mdv

HANS KROMER

DIE VERLETZUNG

Roman

mdv Mitteldeutscher Verlag

Die Personen der Handlung sind erfunden.
Fiktives vermischt sich mit Authentischem.
Es war nichts genau so. Aber es könnte
genau so gewesen sein.

Meinen Lehrern und Freunden gewidmet

1

»Ich diskutiere nicht mehr mit Ihnen. Exmat, Sie wissen doch, was das heißt?«
Natürlich weiß er das, Exmatrikulation, Streichung aus der Liste der Studierenden. In diesem Zusammenhang vorzeitiger Abgang, Rausschmiß. Das Leben, meine Universität. Wohin?
Dr. Kantik bewegt den Kugelschreiber zwischen Daumen und Zeigefinger so, daß das schwarze Gerät den Charakter einer Drohung annimmt. Er sieht auf Mehners, hart, unerbittlich, ein Kopf wie ein Feldstein, Dreiecksaugen, verbissener Mund, lächerlich, das spärliche Kammhaar, ein Kopf, zu Stein erstarrt, im Kampf um das bißchen Futter.
Mehners, der im rechten Winkel zum Schreibtisch sitzt, dem »Alten« die Schmalseite bietet, fühlt, wie Blicke und Worte, als träfen sie auf einen undurchdringlichen Schild, von ihm abgleiten. Das hat er hinter sich, die Furcht vor finanziellen Verlusten, die schlaflosen Nächte vor Angst, zwei Schritt auf das zu, was man Feigheit nennt, Verrat an sich selbst, Sichaufgeben. Jetzt kommen die schlaflosen Nächte vor Mut, angefüllt mit Plänen voll schöpferischer Entwicklung ...
»Ich stimme Ihnen zu, es hat keinen Zweck, mit mir zu reden. Schließlich bin ich nicht mehr Student!«
Der junge Mann mit dem schmalen Gesicht, den aus der schwarzen Brille leuchtenden Augen, dem etwas zu langen Haar, schlägt ein Bein über das andere, so, daß es nicht unverschämt aussieht, aber auch nicht so, daß daraus zu schließen wäre, er sei eingeschüchtert, verkrampft.
Was hat er sich zuschulden kommen lassen in den zwei Jahren seiner kurzen Karriere als Hochschulsportlehrer?
Ein zu lässig hingeworfenes Vorstellungsreferat? Eine nicht termingerecht an die Universitätszeitung weitergeleitete Studentenaktion? Eine Aktentasche »gestohlener« Briketts von einem frei im TU-Gelände herumliegenden Kohlenhaufen?
Der Vorgesetzte, am Schreibtisch über dem letzten, aufgeschlagenen ND, zwischen Marx- und Leninbänden, roten Partei-

tagsbroschüren, gewohnt, jeden, der sich seinem Diktat nicht unterordnet, hart zu bestrafen, läßt die imaginäre Waffe sinken, der Gegner ist nicht zu treffen, was nun?
»Sie sind entlassen«, sagt Dr. Kantik.
Für heute, denkt Mehners, lacht unter seiner Rüstung aus Unschuld, Wissen, Selbstbeherrschung und sagt beinah liebevoll: »Auf Wiedersehn.«
Mehners hat längst die Tür hinter sich zugezogen, ordentlich, wie es sich gehört, einen kleinen Patzer inbegriffen. Er weiß, in der sozialistischen Gesellschaft ist man wegen solcher Kleinigkeiten nicht kündbar. Der kahle Gang in der Baracke, draußen schießt die Sonne Licht auf Bäume, Gras und Institutsgebäude. Der Unisportplatz. Er lächelt. Ein Kind. Der glückliche, unbekümmerte Student von einst. Das ist er nun wieder. Trotz der Gewichte im Nacken, selbst aufgelegt, bitte schön, fort mit euch, wenn ich will, da bleibt nichts, als was ich selber wiege! Ja, das bin ich wieder, er stößt mit dem Fuß an einen Kieselstein, ein Mann an die dreißig, selbstbewußt durch überdurchschnittliche, sportliche Leistungen, nicht durchs Parteibuch, ein Mann mit Erfolgen. Aber auch nicht ohne Niederlagen. Ja, die Niederlagen, wo fingen die eigentlich an?

Steffen Mehners versucht sich zu erinnern.
Als müsse er für längere Zeit Abschied nehmen, betrachtet Steffen einige Details seiner Umgebung schärfer: den roten Pulli eines Mädchens, erregende Formen, den schwarz verfärbten Sandstein am Turm der barocken Dreikönigskirche, einen zerzausten Spatzen, der aufs Dach des Wartehäuschens am Platz der Einheit fliegt. Sein unfreiwilliger Ausflug endet am Friedrichstädter Krankenhaus. Zusammen mit Krankenbesuchern in Sonntagskleidung steigt er aus der Straßenbahn. Ein kleines Mädchen in sommerfarbenem Kleid hat einen Blumenstengel um seine Finger gerollt. Eine ältere Dame mit beigem Hut drückt besorgt einen Tulpenstrauß an ihren flachen Busen. Steffen ist es auf einmal, als verbände ihn mit all den Aussteigenden ein unsichtbares, schwarzes Band. An der harrenden Menge am Tor des niedrigen Kranken-

haustraktes vorbei, bahnt er sich einen Weg zur Aufnahme. Patient Steffen Mehners, Selbstdiagnose: Blinddarm. Blinddarm? Als hätte ihm jemand nach einem Jahr harter Trainingsarbeit, noch ehe er an den Start gegangen ist, das Zielband zerschnitten. Ein Jahr? Vier Jahre, vierundzwanzig Jahre, vom Beginn des Trainings für den Leistungssport, ja vom ersten Schritt seines Lebens an. Steffen Mehners ist Hürdenläufer. Seine Leistungskurve zeigt einen späten, aber soliden Anstieg. Olympiakader, Endlaufteilnehmer bei den Deutschen Leichtathletikmeisterschaften und im vorigen Jahr dritter der DDR-Bestenliste. Nur zwei Zehntel über dem Landesrekord, eine wenn sie im Ausland bestätigt werden könnte hervorragende Zeit. Anlaß für Steffen, den maximalen Einsatz, noch eine Steigerung des Trainings zu wagen. Da reißt der Faden, noch ehe das Knüpfwerk vollendet ist: Blinddarm. Nur Blinddarm. Er hat Glück gehabt.
Wie auch immer, zwei bis drei Monate wird er pausieren müssen. Da sind alle großen Wettkämpfe der Saison vorbei.
Wenn es gut geht, kann ich dann das erstemal über die Hürden laufen. Ein Scheißjahr, ein Jahr für die Katz!
SVK-Ausweis, geboren, wo? Dann wird er auf einen Radwagen gesetzt und zu einem im Hintergrund des parkartigen Hofes gelegenen Gebäude gefahren. Er sieht der jungen Krankenschwester, die auf der schwarzen, viereckigen Tafel oberhalb der Bettkante des Kopfendes seine Daten, Alter und Einlieferungstag, vermerkt, matt und frivol in die Augen. Übermorgen hab' ich Geburtstag, das wird ein schöner Tag!
Dem Eingriff, Äther und Skalpell, sieht er gelassen entgegen. Was sein muß, muß sein. Aber er könnte augenblicklich aufspringen und davonlaufen, wenn er daran denkt, daß er am nächsten Sonntag nicht am Wettkampf teilnehmen kann!
Dieses Jahr wär' das Jahr gewesen! Er hatte es gefühlt, der Gipfel aller Träume, allen Aufbruchs, allen Mühens war so nah!
Über der Tür, zu der er schräg nach halblinks blicken kann, bewegt sich langsam der große, schwarze Zeiger einer runden Uhr. Die Zeit erinnert ihn an seinen Hunger. Daran, daß er seit gestern nichts gegessen hat. Vielleicht brauch' ich doch nicht länger als einen Monat zu pausieren?

Dann gibt er es auf, darüber nachzudenken. Ein Bettnachbar fragt ihn nach seinem Beruf. Der Pfleger kommt und rasiert ihm das Genital. Der latzartige Umhang, der OP-Wagen, die Frage nach der Angst, die er lächelnd verneint, der Operationstisch, auf dem er angeschnallt wird, die Ärzte, die Maske aus Äther, tausend Nadeln, die zu schwingen beginnen, bis er das Bewußtsein verliert.

Nach dem Erwachen aus der Narkose ist es ihm, als schabe ein schieferiger Pflock im Hals. Der Körper von Schmerzen gefesselt. Ein Morgen in Blei. Doch mit den Ablenkungen des Tages beginnt das Vergessen. Um fünf Uhr Fieber messen. Um sechs von zwei Schwestern rigoros in den Sitz gerückt. Befeuchten der fiebrigen, aufgeplatzten Lippen. Doch den übelriechenden Zahnbelag bringt er ohne Zahnbürste nicht weg. Das erstemal pinkeln, das erst beim Anblick des Katheders gelingt. Noch nie hat er sich in einer derartigen Situation befunden, ein Bündel Haut und Knochen, von anderen versorgt.
Ein Zäpfchen, Arschgranate, wie sie im Zimmer dazu sagen, dämpft die Schmerzen. Längst scheint die Sonne in den Raum. Steffen Mehners schläft ein.
Als er die Augen öffnet, sieht er eine Studentin in weißem Kittel sich über ihn beugen. Ihre Brüste, beinah nackt, denkt er. Er greift nach dem Thermometer, das sie ihm gibt. Sie beobachtet ihn halb mitleidig, halb dienstbeflissen mit einem kühlen, von langem, blondem Haar umfächelten Blick. Eine Hoffnung? Ein leises Sichregen?
Nein. Gedulde dich, dann wird es schon werden. Geduld, wer hat für sie Zeit ...?
Mehners tastet mit der rechten Hand an den Verband um Bauch und Hüften: der Wodka! Ich hätte den Wodka nicht trinken dürfen! Da verausgabst du dich bis zum Letzten im Training und dann kommt Klaus, der Weitspringer, und fragt dich mit großen Augen: »Steffen, gehst du heut abend mit in die Bar?« Frühling quillt, ein harziger Tropfen, morgen kein Wettkampf, wer wartet auf dich? Die Sehnsucht ein spielender, hüpfender Bogen, bald Schlange,

bald Stab, bald ein zärtlicher Mund. Deine Mutter wartet auf dich und, in der alten Villa, die pferdeköpfige Wirtin. Lack glänzt, es riecht nach Parfüm und Pomade. Schwaden von Zigarettenqualm wälzen sich unter indirektem Licht. Da, zwischen Playboygesichtern, taucht plötzlich das markante Profil des Ruderers auf, Weltmeister und Kumpel, Jungs, das müssen wir feiern, daß wir uns mal woanders als auf dem Sportplatz treffen, ich geb einen aus! Einen einzigen, kannst du da abschlagen, selbst wenn dich ein ungutes Gefühl davor warnt? Klaus strahlt wie ein Fischotter, der aus dem Wasser taucht: »Doch keine ist wie du, Mary Lou«! Sieh mal an, der Weitspringer und der Hürdenläufer im Tanz mit zwei lila und rosa gewandeten Schönen. Frau Mode, Miß Sex und die Illusion von einem schönen Sommerurlaub mit Radio Luxemburg am Ostseestrande. In der Morgendämmerung seines Zimmers begraben, preßt Steffen die Hand auf den Bauch: aus der Traum! Fort der Zug zu den Europameisterschaften.
Zwei Tage später legt Klaus, in elegantem, braunem Samtanzug, ein Buch auf den weißen Blechnachttisch: »Der geteilte Himmel«. Eine Geschenk der Trainingsgruppe, bei aller Unschuld, dort die Lebenden, hier die fast Toten. Dazu ein Fliederstrauß. Die Grüße des Trainers. Weißt du noch, vor vierzehn Tagen?
Klaus und Steffen, auf die ersten Wettkämpfe des Jahres hungrig, lieferten sich packende Laufduelle.
Klaus, der auf der kurzen Strecke immer zwei bis drei Zehntel schneller war als Steffen, konstatierte über 100 Meter: Zeitgleichheit, 11,0. Über 200 Meter wieder Gleichstand: 22,3. Und über 300 Meter, einer Aufbaustrecke, lief Steffen allen auf und davon. Das wird ein Jahr! Kein Beifall auf der winzigen, aber schmucken Sportanlage der Technischen Universität: der grüne Rasen, der ziegelrote Ring der Aschenbahn, die Lindenbäume, der leichtfüßige, lockere 300-Meter-Lauf des Siegers. Weit zurück die Studenten der Hochschulsportgemeinschaft. Der Trainer in seinem braunen Ledermantel: »Na, schon ganz ordentlich.« Und zu Klaus: »In diesem Jahr bekommst du im Sprint Konkurrenz!« Steffen zeigt Klaus das »Knopfloch« in seinem Bauch, was soll's. Von November bis Mai geschuftet wie die Ochsen, glücklich mit

jedem gelaufenen Meter, jedem Sprung, jedem zur Strecke gebrachten Gewicht, verschwitzt und immer müde, und nun dies: der geteilte Himmel ... Steffen kann das Buch nicht zu Ende lesen, die bittere Liebesgeschichte, die zu klären versucht, wie und mit welchen Wahrheiten die sich Trennenden neu beginnen. Jesus, denkt er, als er sich auf dem Gang zwischen Bad und Toilette, in einem Spiegel erblickt: das lange, viel zu weite, weiße Anstaltshemd, das leidgeprägte Gesicht, gerahmt von der kupfernen Flamme des wild gewachsenen Barts. Hoppla, Blinddarm, das macht bei uns der Pförtner. Aber wenn du Pech hast, schickt er dich ins falsche Land!

Das Mädchen sitzt aufrecht und nackt, eine Flamme lodert ins Dunkel der Nacht, flackert über das teuflische Grinsen wahnbefallener Männer. Das Mädchen muß einen Strick schlucken, zäh und schwarz, endlos in der Finsternis. Es will brechen, aber kann nicht. Es muß ununterbrochen schlucken. Schweißtropfen perlen auf seiner Stirn. Sein langes, aufgelöstes Haar weht im Wind. Das Gesicht eines jungen Mannes, ein Träumer, erhellt sich im Hintergrund und verschwindet wieder im Nichts. Jetzt hat es schon keine Kraft mehr zu schlucken. Die zähe Masse schiebt sich wie von allein weiter. Plötzlich reißt sie ab, wie der Schwanz eines Reptils.
Ein merkwürdiger Traum. Marie-Luise erwacht.
Ihr Blick huscht durch das schmale Zimmer, ängstlich, bis sie sich überzeugt hat, alles ist wie immer: das geschlossene Fenster, der grüne Vorhang, durch den der Morgen schlüpft, der Asparagus an der Wand, daneben eine Tuschezeichnung, der Tisch und die zwei Stühle, über deren einer Lehne ihre Kleidung hängt.
Die Druckwelle eines Lautsprechers schwingt an ihr Ohr, instinktiv beugt sie sich aus dem Bett und erschrickt: Zotti, Jesus, Zotti! Der schwarze Neufundländer der Wirtin liegt unter dem Bett.
Sie ißt eine Bockwurst zum Frühstück, und der Hund, der ihr zusieht, schnappt ein, zwei Leckerbissen und die Pelle.
Zotti begleitet sie bis zur Wohnungstür, ein Brief, sie bückt sich, endlich der Brief, sie tätschelt den Hund, der blaffend zurück-

bleibt, und entschwebt durch den Hausgarten in die mit Platanen bestandene Straße.
Als wollten sich die Frühaufsteher noch einen Zipfel der Bettdecke über die Schultern ziehen, nicht etwa mit dieser schwermütigen Geste, mit der sie es im Winter tun, sondern neckisch mit der Pfote junger Katzen. Marie-Luise steigt in die Bahn, und reißt mit dem Daumen den Brief auf: »Westberlin, im Mai 1962. Sehr geehrtes Fräulein ... Wenn Sie meinen, daß Ihre Komplexe auf körperliche Anomalien zurückzuführen sind, würde ich Ihnen empfehlen, sich an einen Arzt zu wenden. Es gibt dafür bei uns sogenannte kosmetische Operationen ...«

Die Löwen vor dem Friedrichstädter Krankenhaus heben grimmig ihre linken Vordertatzen. Grimmig gegen wen? Gegen die Trägheit des verletzten Körpers? Meinungen wie »Das hast du davon, hättest du deine Zeit anders genutzt, Theaterabende oder Nebenarbeit, denk an ein Auto, und wie alt bist du, 25 und noch unbeweibt?«.
Mehners, zur Bohne gekrümmt, in seinem hellen Paletot, läßt die Tasche zu Boden sinken. Was für ein Haupt, so ein Löwe, Strähnen aus Sandstein, gewaltig, ein Löwe von Mensch in einer Wüste aus Kleinmut und Zählebigkeit! Der gesellschaftliche Krimskrams in der Schule, Sportleistungsabzeichen abnehmen, Nachmittage mit der Patenbrigade, Pädagogische Räte, fachliche und politische Weiterbildung, Reden zum Tag der Befreiung ..., ganz abgesehen von der täglichen Unterrichtsarbeit, höchst ehrbare Anliegen, die Jugend zu fähigem Nachwuchs heranzubilden, aber jetzt, wo du selbst noch im besten Alter der Befähigung bist?
Eine rötlichgelbe Katze überquert die Straße, läuft an der gegenüberliegenden Friedhofsmauer entlang und verschwindet in einer Toreinfahrt. Ein Mädchen, kirschroter Mund über verführerischen Kurven, stöckelt vorbei. »Die weltlichste Natürlichkeit konnt' man in ihren Zügen lesen, doch das übermenschliche Hinterteil versprach ein höh'res Wesen«, Heine. Mehners fühlt die Wunde wie eine Sichel in seinem Bauch.

»Gib auf«, flüstert eine innere Stimme. »Was hat das noch für einen Sinn?« – »Ist denn alles sinnlos?« – »Nein, etwas mußt du tun«, verhakeln sich die beiden Stimmen, und als sie verstummen, bleibt eine Vision von vielen Händen und einem unerfüllten Herz. Also weiter! fährt Mehners sich grimmig an, was nicht seine Art ist, die Katze ist weg, die Frau ist weg, einsam bleiben, in ihrer Pose erstarrt, die Sandsteinlöwen.

Wer wird es machen? Doktor Schwarzkopf? Ich muß meinen Urlaub dransetzen. Aber wenn mein Vater auftaucht? Was sag ich meinem Vater?
Mist! Sie bleibt mit dem Absatz im Trittbrett der Straßenbahn hängen, ihr Kopf schießt vor, das hintere Bein streckt sich – bald wär' ich der Länge nach hingeflogen! Zusammengedrückte, schmale Schultern, grünseidenes Tuch, schlank, wie eine Gerte, Marie-Luise dreht sich um. Gott sei Dank, niemand hat etwas gesehen!
»Grüß dich, Lu!«
»Morgen, Morgen!« Licht strahlt durchs Fenster und geht dort, wo ihre Augen hinhuschen, wieder verloren. Sie zieht einen weißen Kittel an. Es riecht nach Schweiß, Puder und Parfüm im Raum. Durch den Gang hallen die Anfeuerungsrufe einer Gruppe Studenten beim Staffelschwimmen.
»Du, ich hab' Post«, sagt Marie-Luise unvermittelt zu der gleichaltrigen Kollegin mit Bürstenschnitt und senkt die Augenlider.
»Was für Post?«
»Sie empfehlen eine OP.«
»Bist du verrückt?«
Bürste sieht sie eindringlich an. Sie wird niemanden finden, der so einen Humbug macht! Ein Schnitt unter die Brust, das geht ja noch. Aber den ganzen Hintern wegschneiden!
»Ich kenne einen Arzt, der hat eine Privatklinik. Ich könnte meinen Urlaub dazu nehmen!«
»So ein Wahnsinn!« Bürste verdreht ungläubig die Augen. Wie kann man sie bloß davon abbringen? Mit wem reden? Eine schöne Patsche, die uns da verbindet! Wenn bloß die Jungs nicht so blöd wären! Mein Bruder Eckhard und wie sie alle heißen, Scheißkerle,

die bloß ihre Wissenschaft im Kopf haben und sich einen Dreck aus Mädchen machen. Kein Wunder, daß man mit ihnen nicht schlafen kann! Lu, so ein zurückhaltendes Wesen, dem bleibt viel erspart, denkst du, und du beneidest sie, daß sie sich auf keine Halbheiten einläßt. Und jetzt dieser Irrsinn! Mein Gott, darum beneid' ich sie nicht.
Zeit zu weiteren Gesprächen bleibt nicht. Zwei Kundinnen sind eingetreten und machen es sich in den Sesseln bequem. Die Kosmetikerinnen arbeiten geschickt und ohne viel Worte. Marie-Luise sieht in den Spiegel, ihr schmales, energiegeladenes Gesicht schräg über der Maske einer Vierzigerin. Vollendung in Harmonie und Duft. Was für eine Täuschung! Sie möchte am liebsten alles hinschmeißen. Wozu das Ganze, wozu?
Die Kundin, brav und vertrauensselig wie im Zottelgang über die Weide, blättert in einer Modezeitschrift. Heute, viel zu spät, hat sie ihr Thema gefunden, die Ursache von welker Haut und Falten.

Wie ein alter Mann den Dreitritt der Straßenbahn hoch und den schmerzenden Bauch in die erste beste Ecke. Draußen tanzen goldene Buchstaben vorbei, Conditorei, Kolonialwarenladen, Zeichen der »guten alten Zeit«. Niedrige Fassaden. Krämerlatein. Ja, ja, ich weiß, Gras wächst über zerfallene Mauern, sieh die blühenden Sträucher und Bäume in den Farben des Mai!
Vor dem Bahndamm, Ecke Weißeritzstraße, wartet die Straßenbahn auf Vorfahrt. Zeit für eine Wegminute ins Heinz-Steyer-Stadion. Entlang der düsteren Fabrikwand mit Klappen, aus denen ein übelriechendes Gas, Ammoniak, strömt. Wechsel zur anderen Straßenseite, auf ein alleinstehendes Mietshaus zu, ein übriggebliebener schwarzer Zahn in einem von Bombeneinschlägen im zweiten Weltkrieg zerfetzten Gebiß. Im Stadion steht Trainer Basel an der Weitsprunganlage. Paukenschlag, Absprung – wie weit wird er segeln? Messen, dann Kontrolle der Fährte in Balkennähe, der letzte Schritt. Korrekturen. Der linke Arm, der Ansatz der Beine zur Landung, Sekundenbruchteile zu spät. Zwei Türme im rechten Winkel, gehen der Weitspringer und der Trainer wieder zurück.

Nein, ich komm' noch nicht zurück. Was soll ich heute, ein jämmerlicher Held am Rande, ein abschreckendes Beispiel in der lichten Bahn eures Tuns!
Gelöschte Erinnerungen. Mehners sinkt apathisch in die Ecke zurück. Fahrende Straßenbahn auf der Brücke. Die Elbe mit Dampfern und die Silhouette der alten Hofstadt mit Modellierung von Semperoper, Hofkirche und Schloßruine. Die Aura eines sandsteinernen Herzens unter blau aufgerissenem Himmel. Ein Liebespaar, Hand in Hand im Uferbogen der Elbwiesen. Menschenfackeln im Uferbogen der Elbwiesen. Friedlich, eine Schulklasse beim 60-Meter-Lauf.
Mehners blickt in die Gesichter der vor ihm Sitzenden. Keine Aufregung, meine Damen und Herren, es ist nur der Blinddarm.
Spatzen lärmen in den Bäumen am Neustädter Bahnhof. Die Äste schuppen sich und aus dem Gewirr der Blätter fällt ein kalkigweißes Material.
Steffen muß mehrmals stehenbleiben und ausruhen, ehe er die kastenförmige Villa mit dem niedrigen Dachgeschoß erreicht. Verwilderter Vorgarten, Stiefmütterchenparade, Freitreppe zum Wohnzimmer der Wirtin. Von der nahen Hauptverkehrsader brandet Straßenlärm und schwappt über die Lanzen des schmiedeeisernen Zauns.
In den Vorsaal der Wohnung eingetreten, verharrt Mehners, gebannt wie ein Insekt vorm Anblick der Spinne, in einem kegelförmigen Sonnenstrahl. Beide Flügel der Wohnzimmertür sind offen, und in ihrem großen Fauteuil sitzt, mit dem Blick auf Straße und Korridor, in verhaltener Neugier, die Wirtin.
»Na, da sind Sie ja wieder! Das war eine schöne Bescherung, was?«
Mehners, ins Netz gelaufen, heute wie damals, als er ein Zimmer suchte, mißfällt der lauernde Tonfall in der Stimme der ausgefuchsten Alten, er läßt sich nicht gern aushorchen. Längst hat er mitgekriegt, daß sie ihre Untermieter nicht nur für das Aufbessern ihres Geldbeutels, sondern auch zur Unterhaltung und zur Fortpflanzung ihrer Lebensansichten braucht. Nachdem ihr Mann über den Abtransport ihrer Pferde durch die Russen den Verstand verlor und das Zeitliche segnete, ihre einzige Tochter nach Wien heiratete, kommen nur noch ihr Schwager, der Sauer-

krautfabrikant, und seine Schwester zu Besuch. Sie spielen dann hinter verschlossenen Türen Roulett. Bei jedem Coup dringt tierisches Gejohle in den Korridor. Dazwischen wird mit der Kuhglocke gebimmelt.
»Ja, ein Volltreffer.«
»Volltreffer, recht so!« Die ehemalige Pferdehändlerin und Millionärin lacht. Nur daß es immer die Falschen trifft in diesem Staat. Diesen unschuldigen Jungen mit seinem Sportfimmel. »Und was wird aus Ihren diesjährigen Reisen in den Westen?«
»Wahrscheinlich nichts, Frau Reißert, vorläufig nichts.«
Die Reißert ist enttäuscht. Kein Zündstoff für ihre Lieblingsrakete, die Rückkehr in die Glanz- und Glamourwelt. Das Kinn auf den verschränkten Händen, gibt sie sich wieder ihren Meditationen über ihre Krankheiten und ihre hoffnungslose Zukunft hin. Der runde Tisch verdeckt ihren Rock und ihre geschwollenen Beine. Sie war einmal ein Mädchen, Steffen hätte sich in sie verlieben können, aber eines Tages mochte er sie nicht mehr ...

Man muß den Tatsachen ins Auge sehn! Frau Mehners weiß irgendwo in der Tiefe ihres Fühlens und Denkens: Es wird schon alles gut. Nach dieser Lebensweisheit hat sie ihr Kind erzogen: das einzige, was man dem anderen geben kann, wenn eine Sache schiefgelaufen ist, ihm mit Rat und Tat zur Seite stehen, ihm helfen.
Das sagt sich so leicht! Doch wenn der einzige Sohn, überhaupt der einzige Mensch, mit dem man durch so viele Lebensfäden verbunden ist, wie ein Halm geknickt, vor einem steht, überschlagen sich Gefühle und Gedanken.
Wie ist das passiert? Ausgerechnet dich hat's erwischt, so ein Pech! Jeden Tag Training – jetzt siehst du, was rauskommt! Geh nicht wieder hin! Schließlich ganz leise die Frage: Wozu?
Wozu? Die Schule in Lommatzsch, seine erste Lehrerstelle. Um aus der Kleinstadt wegzukommen. War es das? Nein, es hat doch viel früher angefangen. Die Spiele der Straße, Tummelsportarten, Fußball, Schwimmen, Rodeln, Ski- und Schlittschuhlaufen. Nach der Schule war er sonst immer allein. Als guter Fußballspieler wird

er in der achten Klasse für die Schulauswahl geworben. Mit Sport in der Freizeit verbringt er die Oberschuljahre. Was gibt es denn Schöneres als Fußballspielen? Die Kinder aus Arbeiterfamilien. Seine Mutter hatte ihr Arbeitsleben in der Fabrik begonnen. Dann Herd- und Zimmermädchen. Dann wieder Fabrik. Bis sie sich in den fünfziger Jahren qualifizieren konnte zur Serviererin. Jetzt Stabwechsel an Steffen, sie hat alles getan, ihm seine Chance zu geben ...
»Ich bin 63 Jahre und nicht ein einziges Mal im Krankenhaus gewesen!«
Dann Sportstudium. Wenn er daran denkt, Lehrer werden und Reden halten! Aber sechs achtzig im Weitsprung. Ein neues Talent wird entdeckt. Spät, mit neunzehn. Man gewinnt ihn für die Hochschulsportgemeinschaft. Weitsprung und Hürdenlauf. Start in der Uniauswahl. Einer der besten. Auch im Studium.
Viel zu schnell ist die Studienzeit zu Ende.
»Das kann doch jedem passieren, Mutter! Blinddarm ist heute Routinesache.«
Ja, wozu? Das Unisiegel für die Erkenntnis, etwas leisten zu können, was nicht jeder kann – die Leistungsgrenze erproben. Was treibt der Lehrer in Spikes auf dem Sportplatz oder wenn er nach dem Unterricht hinaus in die Wiesen läuft? Der lange, leptosome Sportlehrer lagert, kaum sichtbar, Muskeln an. Meißelt an seiner Figur. Körper, Psyche werden kräftiger ...
»Eine Operation ist eine Operation!«
Frau Mehners hat jetzt die Augen einer Silberlöwin, unter dunklen, von Zorn bewegten Augenbrauenbüschen.
Noch immer: Wozu? Frei sein, draußen bei Regen und Sonne. Auf du und du mit der Natur. Schließlich als Argument für die ewigen Frager nach Nützlichem: Das Land sucht Olympianachwuchs. Fördert entwicklungsfähige, junge Talente. Beileibe nicht selbstlos. Will mit internationalen Spitzenleistungen im Sport auf die Vorteile der sozialistischen Gesellschaft aufmerksam machen. (Zumal die sonstigen sozialistischen Errungenschaften sich immer mehr als Chimäre erweisen.) Kämpft mit sportlichen Erfolgen um seine internationale Anerkennung. Steffen, froh über diese Situation, diese Chance, verläßt – in den Großstädten herrscht

Zuzugssperre – den Sarg einer tristen Zukunft auf dem Lande und kehrt zurück in die Großstadt.
»Wozu?« sagt Steffen, »du hast vorhin gefragt wozu? Weil es mir Spaß macht! Vielleicht würde ich ebensogern Klarinette spielen, oder malen oder Häuser bauen, wenn du oder irgendein gebildeter Mensch in unserer Familie, den es nicht gab, mich hätte dafür interessieren können. Irgendwann muß man im Leben mal eine Leistung vollbringen! Jeder auf seinem Gebiet. ›Kauf dir einen bunten Luftballon‹ ... Darüber ist eure Generation doch nicht hinausgekommen! Das kannst du nicht verstehen. Es sei denn als Mutter, die ihr Kind großzieht.«
»Ich hab' das Leben zur Genüge kennengelernt! Das kannst du mir glauben!«
Im ersten Weltkrieg nichts zu essen, geschweige denn Geld für den Besuch der Handelsschule. Als Arbeiterin wollte sie keinen Arbeitermann. Wenn schon Armut und Not, dann lieber allein bleiben. Nach der Weltwirtschaftskrise Zeit der Arbeitslosigkeit. Sie muß ihre zwei Brüder und ihre Mutter durchbringen. Unter Hitler das blauäugige Schlittern in eine hinterhältige Zukunft. Ein Geschäftsmann, dem sie sich in einem Ausbruch von Leidenschaft anvertraut, läßt sie, als er erfährt, daß sie ein Kind von ihm erwartet, »sitzen«. Als Haupt der Familie muß sie sich in den Kriegs- und Nachkriegsjahren um ihr Kind, um ihre altersschwache Mutter und den an Asthma leidenden, nie ganz selbständig gewordenen Bruder kümmern.
»Wir kriegen, wenn wir heiraten, Neubauwohnungen!«
Über Nachteile reden wir nicht. Die verschenkte Zeit. Wenn Zeit Geld ist? Viel Geld fürs Essen. Abstinent leben. Kein Alkohol. Keine Frauen. Und später, wenn du über 30 bist und die Gleichaltrigen den Gipfel ihrer Karriere erklimmen?
»Du und heiraten?« Die Mutter lacht. Dabei vergißt sie ganz zu fragen, für wen er sich am meisten einsetzt, für sich, den Staat oder am Ende für ein Mädchen? Sie schummelt sich in diese Mädchenrolle. Und für Sekunden ist sie trotz seines »Pechs« auf ihren Sohn stolz.

Steffen winkt noch einmal zum Fenster hoch, wie immer, wenn er aus dem Blickfeld der Mutter um die Hausecke biegt. Aber diesmal mißrät die Handbewegung zu einer grotesken Geste. In der Hauswand des alten Mietshauses, zweiter Stock, streicht seine Mutter das graue Haar aus der Stirn. Sieh dich vor! Dann ist die Straße leer für sie. Das Rauschen der Freiberger Mulde steigt über die Gärten, und hinter den Schuppendächern des Bauhofes hängt eine Frau am Ufer Wäsche auf.
Mehners, krumm wie eine Banane, vorbei am Wäschetrockenplatz. Knie der Mulde, Malerwinkel: der Fluß, vom Wehr nach links gedrängt, hier, wo wir nach 1945 im Schlamm des Flußbetts nach hochwasserangeschwemmten Bäckerbriketts buddelten oder im Winter mit Schlittschuhen wagemutig vor dem Eisrand kurvten, der Müllersohn jagte uns weg, am anderen Ufer, an den Felsen des Schloßbergs geschmiegt, die kleinen, weißgetünchten Gerberhäuser, junges Grün davor und Treppen hinab an den Fluß. In der Flucht die Giebel alter, verwitternder Häuser, neben denen Uferweg und Wasser schmaler werden, bis sie ganz verschwinden. Darüber aufragend das schiefergedeckte Schiff und der Turm der Nikolaikirche, daneben der Rathausturm, die Uhr mit dem römischen Zifferblatt, die Zeiger auf halb sieben. Ein Irrsinn, zu dieser Prüfung zu fahren! Was soll ich jetzt mit dieser Prüfung?
Joachim Kenter mischt sich ins Bild. Ein Rotschopf, im weißen Chemikerkittel in einem mit allerlei Apparaturen vollgepferchten Labor. Hält ein Reagenzglas ins Licht: »Einen Stein in seine elementaren Bausteine auflösen, jetzt kann ich sagen, ich bin Chemiker!«
Steffen geht über das holprige Pflaster des Uferweges weiter bis zur Brücke, legt die rechte Hand auf das Eisengeländer und zieht sich die Stufen hoch. Wie ein Teilchen, das langsam treibt, geht er dicht an der steinernen Mauer über die Brücke. Kenter, ein Freund? Schwierig. Wegen der ganz auf die eigene Größe ausgerichteten Natur des anderen. Der durch Wissen nach Überlegenheit strebt. Der sein Wissen wie ein Schwert gegen andere gebraucht. Dennoch, sein Drang nach Wissen ist wie ein Samen auch in Steffen gefallen. Hat irgendwo in einer Windung seines Hirns Wurzeln

geschlagen und zu treiben begonnen. Warum nicht über den Leistungssport Schritte in eine neue Richtung probieren? Steffen wittert eine neue Chance: noch einmal studieren! Mit einem Fernstudium beginnen und dann, auf der Basis sportlicher Erfolge, mit Unterstützung des Clubs zum Direktstudium überwechseln. Chemie, die einzige empirische Wissenschaft! Joachim Kenter.
»Lessing-Oberschule« steht in strengen, klaren Buchstaben über der breiten Treppe und dem Portal eines grau zerbröckelnden Kastens, ihre »Penne«. Im Hintergrund des brachliegenden Gartens ein kleiner, über Bruchsteingründung verputzter Bau, das chemisch-physikalische Laboratorium. Steffen erinnert sich an das Experimentierzimmer, die treppenartig nach oben steigenden Bankreihen, das lange, breite Demonstrationspult vor beweglichen Tafeln und im Gang dazwischen wie ein weißes Reagenz, gefürchtet, ein Zyniker – »Wenn du so weitermachst, gehst du Steine klopfen« –: Harig, ihr kahlköpfiger Chemielehrer. Seine Forderung: Die einzige Alternative nach Entmündigung, Krieg und Hungerjahren heißt intensives Studium! Wer das nicht glauben will, soll erst einmal Steine klopfen! Die Haare, die ihm als Folge des Stahlhelmtragens ausgefallen sind, hat er innen, gewissermaßen synthetisch, nachgebildet.
Steffen beißt die Zähne zusammen und schleppt sich den Anstieg der Straße des Friedens hoch. Als er zum Bahnsteig des Ostbahnhofes, eines kleinen, peripher gelegenen Bahnhofs, hinuntergeht, fährt schon der Zug ein.
Stunden später sitzt er in einem der Hörsäle der Techischen Universität auf Lücke wie einstmals im Abitur. Nachweis von Säuren und Basen, die Grundlagen. Die Prüfung ist leicht, sie sind eine Klasse achtzehn- bis fünfzigjähriger Männer. Man ist sich in diesem Vorbereitungslehrgang auf ein Fernstudium fremd geblieben. Steffen fragt nichts, antwortet nichts. Die Wunde, trotz des Sitzens spürt er die Wunde. Nach der Matheklausur verläßt er befreit den Raum, das Gelände der Universität. Zwei Blätter bleiben dort mit seinem Namen, Aufgewärmtes, fortgetragen und mit Zahlen zwischen eins und fünf belegt.
Ausgewertet unter der aktuellen Losung des Arbeiter- und Bauernstaates: »Die Entwicklung der Chemie ist eine ökonomische

Hauptaufgabe und der Bedarf an Nachwuchskadern rechtzeitig sicherzustellen«.
Nun doch die Straße am Kühlhaus vorbei, zum tausendundeinsten Mal.
»Verdammter Schiet, Mensch«, empfängt der Trainer an der Aschenbahn Steffen, der im Moment überhaupt nicht denken kann, die Tränen möchten ihm kommen. Jugendliche im Schrittsprung über fünf auf Abstand gestellte Hürden.
»Daß du bis jetzt noch keinen Stuhlgang hast, gefällt mir nicht!«
Steffen hätte sich gefreut, wenn der Trainer ihn einmal im Krankenhaus besucht hätte. Ein paar Worte zu dem behandelnden Arzt. Der Körper eines Leistungssportlers, hochgezüchtet, plötzlich in Ruhe. Zwischen Basel und Steffen bleibt Unausgesprochenes. Kein Wort von Meisterschaften, dem anvisierten Europameisterschaftsstart, der geplanten Norm für den Verbleib oder Nichtverbleib im Olympiakader.
Kein Vorwurf, kein Ziel (zum Glück), das beste, was es in so einer Situation geben kann: abwarten. Und Steffens Studienpläne? Abwarten. Keine voreilige Kritik. Keine voreilige Unterstützung. Das Nächstliegende, verdammt noch mal, kein Stuhlgang. In der Stadionkurve umkreist Frau Zoll, eine hünenhafte Amazone mit aufgelösten Haaren ihr Riesenbaby, Kugelstoßer Akadamo. Der stößt Kugeln wie schwarze Vögel in die Luft und trägt sie, nachdem er sie wieder eingesammelt hat, in zwei Eimern bedächtig zurück.

Aus einem sich verdunkelnden Himmel mit einem bizarr verlaufenden Riß bricht ein Rad von Sonnenstrahlen. Doktor Schwarzkopf, im weißen Kittel, aus dem atavistischer Haarwuchs lugt, läßt eine silberne Taschenuhr in die Hand springen, neben der jetzt, unten, in einem parkartigen Innenhof, eine Patientin, Gallensteine, sich mit einem Regencape über ihr Kind beugt. Wie von einer Feder in Bewegung gesetzt, schnellt der Arzt um hundertachtzig Grad herum, und umfaßt mit einem Blick wie vorher den Himmel, das große, schlanke Mädchen, das sich ihm scheu nähert: ihr lila Kleid, sie fröstelt, den zur Linie zusam-

mengepreßten Mund, lange, getuschte Wimpern, das sich an den Hals schmiegende, schwarze Haar, ihre Brüste, zwei waagerechte Striche – Erinnerung an einen Kunstgriff – wie alt bist du, 20, du kommst viel zu früh.
Mit verschämten Augen deutet Marie-Luise auf die Schwester. Doktor Schwarzkopf versteht und bittet sie, aus dem Zimmer zu gehen.
»Also, was gibt's, du bist die letzte heute und es wird gleich regnen!«
Marie-Luise kämpft einen inneren Kampf, hinter ihr an der Wand hängt das Bild einer Tänzerin von Degas, Doktor Schwarzkopf starrt auf das Bild, Marie-Luise muß weinen.
»Also, was ist los, für zehn Mark kannst du mir nicht eine Stunde vorheulen! Sag schon, was du auf dem Herzen hast! Schwanger? Also, sonst kommst du ein andermal wieder!«
»Ich ... ich ...«

Lichtgrüne Ahornbäume entlang der Mietshäuser, vor denen ein klappriger Opel tuckert.
»In Pantoffeln, hast du überhaupt kein Ehrgefühl?«
Ganz vorn, an der Kreuzung ein alter Mann, das Grollen eines Flugzeugs am Himmel, kein Mensch in der Nähe, aber sie könnten ja hinter den Gardinen aus den Fenstern gucken. Na und? Ich bin hier zu Hause, Joachim ist übergeschnappt!
Die beiden Jünglinge schräg über die Straße, der Weg im Park, zu beiden Seiten Stummel von Rosenbüschen, unter einer jungen Weide mit gelbgrünem Rutenschopf setzen sie sich auf eine Bank. Marmor, braun gesprenkelt, Raubtierzähne, Joachim Kenters Gesicht.
»Uns beobachtet man! Wir sind die Hoffnung der Kleinbürger!«
Der Hieb Joachims, die Wunde, Steffen beugt den Oberkörper nach vorn und schweigt. Verstellung, Überheblichkeit, wie ich das hasse! Wer bist du denn, nicht mehr als ich – ein Mensch!
Joachim, durch Steffens Schweigen besänftigt und unsicher geworden, dreht seinen massigen Schädel nach rechts und reicht ihm die Leiter: »Wie geht dir's denn?«

»Nicht besonders.«
»Konkret?«
»Blähungen und seit zwei Tagen Schmerzen.«
»Das geht vorbei. Bettruhe, vor allem mußt du dich oft hinlegen.«
»Das ist gut gesagt.«
»Ohne Frau, ich weiß schon, das ist nicht leicht für dich.«
Ironie und Spott in Joachims Stimme. Egomanie, der Mangel, sich in die Psyche eines anderen versetzen zu können. Dennoch tut Steffen ein Gran dieser Rücksichtslosigkeit gut, denn sie zwingt ihn, seine Kräfte zu formieren.
»Hast du was gelesen?«
»Ich hab' viel Zeit. Zuerst ›Das Chagrinleder‹: ›Journalistik ist eine moderne Religion. Die Oberpriester glauben nicht, das Volk auch nicht‹.«
»Gut.«
»Dann Maupassant ›Sonntagsgeschichten‹: ›Im allgemeinen lieben Frauen keine Kunst, verstehen sie nicht und haben keinen Geist‹.«
»Sehr gut.«
Joachim lacht: »Na bitte, gute Fortschritte. Langsam kann man sich mit dir auch unterhalten. Ich nehme an, du wirst nicht so bald auf die Laufbahn zurückdürfen, wollen wir in der Zwischenzeit vierzehn Tage an die Ostsee fahren?«
Von rechts ein Schatten mit Stock und baumelnder Handtasche, am dünnen Hals der gelbe Falter eines Seidentuchs, eine alte Dame in hohen Schnallenschuhen.
Warum hab' ich heute keine Lust zu streiten? Bet' ich ihm zuliebe diese Sprüche runter oder glaub ich selbst daran?
Joachim und Steffen sehen sich an, im blauen Himmel quillt ein Kondensstreifen. Das Flugzeug durchbricht die Schallgrenze. Die Explosivität, die zwischen ihnen lag, entlädt sich jäh und ungefährlich in einem schallenden Lachen.

»Ich … Ich hab' so einen dicken Hintern. Das sieht idiotisch aus. Ich möchte, daß Sie ihn …«
Eine Regung tief unten in einem verlorenen Reich, in dem der Teufel auf einem Sonnenstrahl sitzt.

»Mit deinem Hintern kannst du dich in den besten Kreisen zeigen! Wenn das alles ist, kannst du wieder gehn.«
»Ich ... Ich bitte Sie ... Verstehen Sie? Nur die paar Schnitte. Ich hab' darauf gespart.«
Gespart? Tausend mehr oder weniger ... Dumme Gans auf einer Blumenwiese. Ringsherum Winter. Der Teufel als Fuchs verkleidet und vor ihm die leidende Gans.
»Ich bitte Sie!« Regen über Bäume und Dächer. Der Himmel hat sich geschlossen. Doktor Schwarzkopf knipst die verchromte Schreibtischlampe an.

»Ich staune, wie du diesen Absturz so verkraftest«, sagt Kenter. Steffen, geschmeichelt, hebt den Kopf.
»Was soll ich tun? Es wird nicht besser, wenn ich tobe oder klage.«
»Wenn schon: anklage!«
»Mich? Willst du sagen, Leistungssport schließt die Entscheidung des Individuums aus?«
»Exakt.«
»Ich hab' in diesem Winter mehr trainiert, als mein Trainer für mich vorgesehen hatte – und für die anderen von uns trifft das ebensowenig zu.«
»Na gut, und wenn sie dich abschieben?«
»Das werden sie nicht tun, solange die Hoffnung besteht, daß ich den Anschluß wieder schaffe. In zwei Jahren sind Olympische Spiele. Wenn ich die Form dieses Frühjahrs wiederfinde und aufstocken kann ... «
Dummkopf! Ansichten wie ein Kind. Joachim kehrt sich ab. Laut sagt er: »Du denkst ziemlich real.«
Aber lauernd fügt er hinzu: »Und was, wenn du aufgeben mußt?«
Neid in der Stimme, da ist er wieder und lauert auf seinen Triumph.
»Weißt du, in einer guten Gruppe macht es Spaß auf ein Ziel zuzuarbeiten, und es ist, glaube ich, nicht wesentlich, ob es ein sportliches oder ein anderes ist.«
»Gut, ich melde mich dann morgen oder übermorgen noch einmal.«
»Bring bitte etwas zu lesen mit!«

Zwischen den Zaunlatten des Gartens, der dreieckförmig das Ende der Straße begrenzt, an dem sie jetzt angekommen sind und sich verabschieden, entrollen sich grüne Blätterzungen ...

»Zwei bis drei Wochen Bettruhe, wenn du willst, heute in vierzehn Tagen. Was du mitzubringen hast, weißt du! Und nun geh noch mal durch die Stadt. Und zier dich nicht. Wenn ich nicht schon vergeben wäre, würde ich dich mit diesem Hintern heiraten ...«
Marie-Luise, Tränen in den Augen, senkt den Kopf. Darunter ein leiser Schauer: heiraten. Hat er gesagt heiraten? Wieviel wird es kosten, versucht sie wieder klar zu denken.
»Reichen fünfhundert Mark?«
»Mach dir darum keine Sorgen. Das können wir später besprechen.«
Vielleicht kann ich sie auf Krankenkasse nehmen. Ein Tausender ohne Risiko. Ein Grund mit Sekt anzustoßen, heute abend, hoch oben über den Toren der Stadt. Noch im weißen Mantel, wäscht er sich, wie nach jedem Gespräch, die Hände, stählerne Finger, schwarz behaart, dann wendet er sein Fuchsgesicht – oder ist es ein Geiergesicht – zum Fenster. Draußen fällt unaufhörlich Regen. Marie-Luise, Blick nach oben, die Arme angewinkelt auf die Brust gedrückt, ein fliehendes Weib, von Regen gepeitscht, kalt der Regen, das Wasser, der Regen. Verwirrt, das Opfer einer krankhaften Imagination.

Steffen überwindet sich und geht, obwohl ein Bus hinfährt, den Weg zur Poliklinik am anderen Ende der Stadt zu Fuß. Bewegung, für den Gesunden der natürliche Quell der Kräftigung, für den Kranken der schmale Grat zwischen Besserung und Rückfall.
Auf dem Roten Platz, an dem Eckhaus mit dem Buchladen, stößt er fast mit einem Mädchen zusammen. Wie ein Basketballspieler klappt er schützend den Oberkörper nach vorn. Hoppla, das ist doch die Strömlin, das hübsche Mädchen aus dem Schulorchester mit den zum Kranz gesteckten Zöpfen! Jetzt blickt er

in ein hohlwangiges Gesicht, aus dem unter kurzem, blondem Haar die Backenknochen hervortreten. Ein fleckenhaftes Rot durchbricht die Wangen, der Bogen ihres Munds an beiden Seiten nach unten gezogen, verächtlich, ein Mädchen, das Violine spielt.

Sie lächelt, als Steffen sie anspricht. Weil Kenter hin und wieder ihren Namen erwähnt.

»Und was machst du?« fragt sie ihn.

»Ich habe Sport studiert. Ich bin Sportlehrer.«

Steffen schämt sich. Er hätte fast gesagt »nur« Sportlehrer.

»Ein phantastischer Beruf! Jeden Tag an der Sonne.«

Dagegen ihr winziges Zimmer in einem alten Weimarer Bürgerhaus, oval gespiegeltes samtbraunes Dunkel, draußen rankt wilder Wein. Sie im Faltenrock, Kinn auf der Geige, übt Sonaten von Mozart. Der Abend glänzt festlich auf, die Musik wird zärtlicher und inniger, doch der junge Mann mit der Perücke und Schleife, weißen Kniestrümpfen und schwarzen Schuhen, er kommt nicht, unter ihrem Fenster mit einem Veilchenstrauß ewige Treue zu schwören.

Über dem Warten hat sie die Zöpfe abschneiden lassen. Unruhe und Begehren haben ihre Frische verzehrt. Heiraten? Sie wird vielleicht nie heiraten können. »Sobald ich die geringsten Hausarbeiten mache, wie Möhren schaben, verderbe ich mir die Finger.«

Steffen ahnt, warum Kenter scharf auf sie ist. Vulkan der Gefühle. Einsamer Weg in die Ferne eines Ideals. Steffen begegnet ihr wie einer Fremden, die er kennt.

»Wenn du mal eine große Geigerin bist ... Was sage ich, an Hausangestellte ist ja heutzutage nicht zu denken!«

»Ach Gott, eine große Geigerin, ich muß schon froh sein, wenn ich nach dem Studium in ein gutes Orchester komme. Denn wovon jeder von uns träumt, eine Solistenstelle, ist so gut wie aussichtslos.«

Das Taubenmädchen am Brunnen zwischen dem Rathaus und den alten Schienen der Pferdebahn. Flügelschlag über der Schale in ihrer Armbeuge, zu ihren Füßen, als Flugkurve in der Luft. Unter den Falten ihres metallenen Gewands beugt sie ein Knie, gießt aus einem irdenen Krug Wasser aufs Pflaster. Aus dem Por-

tal des zweischultrig aufragenden Gebäudes mit seinem im Winkel stehenden Turm strömt, wie von Pissarro gemalt, eine Hochzeitsgesellschaft, roséfarbene Nelken vor schwarzen und weißen Roben, und steigt, die Herren zylinderschwenkend, die Damen kichernd, in eine weiße, schimmelbespannte Kutsche.
Ein Notenschlüssel in rot, Kenters Jahrgang, wippt die Strömlin schnippisch in ihrem Faltenrock über den Marktplatz und verschwindet in einem der grau verputzten Bürgerhäuser.
Hol's der Teufel, je weiter er geht, desto schlimmer werden die Schmerzen!
Am anderen Tag, auf dem Weg zum Sportplatz, fährt ihn Kenter, hinter dem er ständig zurückbleibt, vorwurfsvoll an: »Hast du von dem russischen Arzt gelesen, der sich am Nordpol selbst am Blinddarm operiert hat? Nimm dich ein bißchen zusammen!«
Geh nicht wieder hin! Im Stadion ist der Stabhochsprung in vollem Gange. Auf den Traversen neben der den Rasenplatz rot umlaufenden Aschenbahn, eine Handvoll Zuschauer. Mehners und Kenter setzen sich. Die Favoriten schonen sich noch und lassen die Höhe aus. Einer von ihnen, der Steffen kennt, springt lässig über das Geländer und steigt, den Kopf schräg zur Seite geneigt, zu ihnen hoch.
»Mein letzter Wettkampfsommer«, sagt er und richtet seine ruhigen, braunen Augen fragend auf Steffen. »Ich brauchte einen Glasfiberstab, um weiterzukommen!« Steffen nickt. Eine traurige Geschichte: der Stahlstab mit seiner althergebrachten Technik passé. Der Glasfiberstab, nur für das Gewicht eines Springers zugeschnitten, zerbrechlich und zu teuer, unrentabel für eine kleine BSG. Abgesehen von der aufzuwendenden Zeit für die Umstellung auf die neue Technik. Wer weiß, ob die Umstellung überhaupt gelingt.
»Warum geht er denn nicht in einen Sportklub«, räsoniert Joachim, als der Stabhochspringer wieder zur Wettkampfanlage zurückkehrt.
»Er ist zu alt.«
»Zu alt?«
Joachim stützt sich mit den Ellenbogen auf die obere Traversenplatte.

»Achtundzwanzig. Damit hat er in einem Sportklub keine Perspektive mehr.«
»Was heißt keine Perspektive? Er kann doch trotzdem weitertrainieren!«
»Der Sportklub nominiert ihn für keine großen Wettkämpfe mehr!«
»Verstehe.«
Sisyphus. So lange du immer schneller wirst – Erfolgserlebnisse. Aber wenn du zu alt bist, Jüngere plötzlich mehr versprechen ...
»In den USA ...«
Ja, in den USA ist alles anders. Da zählt die Leistung ... Aber selbst wenn es nicht so wäre, mich interessiert das jetzt nicht! Hier sitz' ich, die Zeit bleibt stehen! Päppel dich wieder hoch! In der Schule fällt der Unterricht aus. Basel mit einer »Kastanie« weniger im Feuer. Und für den Verband, der über deine Perspektive oder Nicht-Perspektive entscheidet, bist du ein toter Mann. Lesen kannst du und lieben ... So mit kahlgeschorenem Genital?
Quatsch, hier sind Joachim, der Stabhochspringer und all die anderen Freunde! Zu Hause, ins Unverlorene zurückgekehrt, geborgen.
Doch aufgepaßt: letzter Versuch! Auftakt, Vor- und Rückpendeln des Körpers, Lauf mit raumgreifenden Schritten auf dem schmalen Anlaufband, den Stab in den Händen schräg nach links, Beschleunigung, jetzt senkt sich der Stab, zielt in den Einstichkasten, krr, Absprung, Schraube mit den Füßen nach oben: gerissen. Die schwarzweiß lackierte Latte fällt auf den Springer. Als Siegerhöhe bleibt vier Meter zehn.
Mit hängenden Schultern, doch stolz, das Gesicht zur Seite gegewandt, läßt sich der Sieger gratulieren.
»Vor vier Jahren, als Soldat, ich hätte beim Armeesportklub bleiben können. Aber Training auf Befehl ... Selbst, wenn sie dort gute Trainer haben ... Der Ehrendienst in der Nationalen Volksarmee hat mir gereicht.«
»Das kann ich verstehen«, bestätigt Joachim, gratuliert dem Sieger, erinnert sich, Wachposten, MP auf dem Rücken, ein Buch in der Hand. Wehe, wenn sie dich beim Lesen ertappen! Aber es ist Nacht und klirrender Frost. Und niemand sieht ihn außer den Sternen.

Keine leichte Wahl: Leistungssport und Angehöriger einer militärischen Organisation oder Lehrer in einer Kreisstadt mit Frau und Kindern und dem letzten Beweis einer blasser werdenden Hoffnung: der Sprung über vier Meter zehn.
Ein begeisterter älterer Herr, hellblaues, kurzärmeliges Hemd, lichtgraue Hose, Hobby: Sportfotoschnappschüsse, pirscht, ausgerüstet mit einer Praktica durch das spärliche Zuschauerfeld. Entdeckt Mehners.
»Sind Sie nicht der Siebenmeter-Weitspringer vom vorigen Jahr? Sie nehmen wohl gar nicht mehr teil an unseren Provinzwettkämpfen?«
Der Herr aus dem Fotoladen verbeugt sich. Entschuldigen Sie. Ein verletzter Spitzensportler, kein Foto für die Kreisseite. Mehners hat es ausgeschnitten, das Foto vom vorigen Jahr von seinem Siebenmeterdreißig-Satz. Eine miserable Sprungphase gleich nach dem Absprung, trotzdem hat er es in sein Trainingstagebuch geheftet. Sein weitester Sprung.
Am Abend quält sich Steffen abermals in die Stadt. Die Eisenbahnüberführung, über die Kenters Zug nach Leipzig rollt. Links das jetzt menschenleere Armeestadion. Rechts der Bürgergarten. Spaziergänger, die auf verschlungenen Wegen durch die laternenhellen Teichanlagen promenieren. Gartengestühl am Wasser. Quakende Frösche und Froschweiber mit ihren Babys auf dem Rücken. Lichterketten über dem teils von Rasen, teils von Wald bewachsenen Hang. Die Freilichtbühne, in freiwilligen Arbeitseinsätzen von der hiesigen Bürgerschaft erbaut, liegt im obersten Zipfel der Parkanlage. Steffen erkennt die Gesichter einiger stadtbekannter Bürgertöchter, affektierte Gesten, die sich in der sanften Nacht verlieren. Überhaupt, alle sitzen brav auf Bänken. Sie damals, Steffen und eine ABF-Studentin, lagerten mit anderen Liebespaaren, dunkle Umrisse im abendlichen Himmel, auf einem Hang der hallischen Galgenberge. Zu Händels Wassermusik wallte von der gegenüberliegenden Felswand ein roter Feuerwerkswasserfall. Neben jenem Mädchen, seltsamerweise Zimmermann von Beruf, empfand er das erste Mal ein Gefühl für die Schönheit symphonischer Musik. Sie hatten sich erst jetzt, kurz vor ihrem Examen, kennengelernt. Als sie in jener Nacht auf

einer stillen Parkbank lagen, war sie erschrocken über die tierhaft in ihr verborgene sexuelle Gier. Wegen des vor ihr liegenden Studiums hatte sie nur Freundschaft gewollt.
Leise, vom Taktstock geleitet, sinkt die Nacht hernieder. Steffen vergißt seine schmerzende Wunde, schließt die Augen und gibt sich ganz der Musik und seinen Erinnerungen hin. Schön bist du, wer du wohl sein magst, Turandot?
Einsam bleibt er sitzen und sieht lange den unter den Laternen als Farbreflexe abwandernden Gestalten nach. Schwermütig und voll bitterer Sehnsucht: Ich hab' noch nie geliebt!
In der Nacht, in der schmalen Kammer, in der sein Bett hinter dem seiner Mutter steht, kann er lange nicht einschlafen. Der Mond geht mit gelben Samtpfoten über die Wand und verläßt dann lautlos das Zimmer.
Endlich eingeschlummert, reißt ihn sein eigener Schmerzensschrei aus dem Schlaf. Gesichtlos seine Mutter in der Nacht, ihre Stimme, ihr Weinen und Bitten, mein armer Junge, was kann ich denn tun?
Ins Krankenhaus, verordnet der Arzt. Das zweite Mal, diesmal ins Döbelner. Was werden sie machen?
Noch einmal aufschneiden? Rizinus. Er hat Aufstehverbot. Wenn es die Schwester sähe, daß er schon am nächsten Tag auf dem Fensterbrett sitzt. Das grüne Buschwerk am Zaun, die Straße dahinter, eine Pappelreihe, der Fluß und auf der anderen Seite die herangewachsenen Birken, in seiner Schulzeit gepflanzt. Auch ich, Mutter, bin ja bisher noch nie in einem Krankenhaus gewesen ...

Die Häuser wie große, verblaßte Wäschestücke, von denen es tropft. Der Zug fährt durch einen Regentunnel. Gereizt wie ein eingesperrter Eber sieht ein Mann, an die fünfzig, aus kleinen, schlaflosen Augen aus dem Fenster in das vom Himmel stürzende Naß.
Und übermorgen ist Pfingsten! Auf diese Wetterpropheten ist auch kein Verlaß! Was, wenn es das ganze Pfingstfest so regnet? Ich will sie nach Hause holen und wenn es Bindfäden gießt! Der Zug fährt am Neustädter Bahnhof ein, der Mann steigt aus.

Muschkoten, die haben mir gerade noch gefehlt! Er ist in einen Trupp sowjetischer Soldaten geraten, blutjunge, schmächtige Kerle, zäh wie kleine wilde Tiere in ihren viel zu großen braunen Soldatenfilzmänteln. Der russische Feind in der weiten, schneedurchwehten Landschaft. Kneif den Arsch zusammen, Napoleon ist hier durch, und auch uns bleibt keine Wahl, wir müssen hier durchkommen! Die Kleine! Das Bild von der Kleinen. Ich kann doch jetzt nicht schlapp machen! Hunger und Kälte. Kälte und Angst. Mit froststarren Beinen quälen sie sich über die endlose, schneegefrorene Weite. Wieder läßt sich einer fallen, gibt auf, laßt mich, laßt mich doch hier, im Schnee. Die Kleine, verdammt, ich darf nicht verrecken! Die Heimat – ich will die Kleine wiedersehn!

Was andere aushalten müssen! Neben Steffen liegt ein Transportarbeiter, dem ein Eisenträger den Fuß zerquetscht hat. Schon Monate kämpfen die Ärzte gegen die Amputation. Stündlich muß er irgendwelche Kapseln schlucken. Was, wenn sie ihn nicht durchkriegen? Steffen schaudert es weiterzudenken. Zu allem Übel wird dem Mann jetzt auch noch ein Zahn gezogen. Als die Wurzel abbricht und der Zahnarzt die Bruchstücke einzeln herausziehen muß, ächzt und zuckt der Arme, eine gequälte Kreatur, über blutverschmierter Schürze und Schüssel. Im Gedächtnis bleibt auch seine spätere Frage an Steffen: »Wieviel Geld brauchen Sie im Monat als Leistungssportler fürs Essen?« 200 Mark? Er verdient 250 und muß davon noch seine Frau und zwei Kinder ernähren!

Um sie hat man gebangt, schon nicht mehr um sein eigenes Leben! Dieses Scheißleben! Und jetzt hört man wochenlang nichts mehr von ihr. Und Pfingsten kommt sie womöglich nicht einmal nach Hause. Aber aufgepaßt!
Die Bahnhofshalle, ein graues Karree von gut fünfzig mal zwanzig Metern. In der Mitte drei Stände: Zeitungskiosk, Blumenpavillon, Mitropastand. Er ist nicht das erstemal in diesem Bahn-

hof. Menschen wie Regen von den Bahnsteigen herabgeweht oder durch die offenen Tore hereingedrückt, ein Durcheinander von Menschen, Warten einzeln oder in Gruppen, Gepäck abgestellt, andere hasten zu den Fahrkartenschaltern, verlieren sich in den Gängen, über denen »Restaurant«, »Toiletten«, »Friseur« steht, stellen sich an der Warteschlange am Zeitungskiosk an oder rennen mit einer Bockwurst in der Hand, Blick auf die Bahnhofsuhr, Senf auf die Hose und den schmutziggrauen Boden verspritzt, zum Zug. Der Mann geht langsam in diesem Gewimmel von Ankommenden und Wegfahrenden, Jungen, Alten, Frauen und Männern, Arbeitern und Dienstreisenden, Stadtbesuchern und Stadtflüchtern eine ellipsenförmige Runde.
Ein Fräulein mit langen Beinen, hohen Absätzen, die aus der Halle stöckeln, erregt seine Aufmerksamkeit. Er überholt es draußen und guckt mit unverschämter Neugier unter den Regenschirm: Nein, sie ist es nicht.
Er knöpft den oberen Knopf seiner Lederoljacke zu, verdammter Regen, er hatte vor, erst zu ihrer Wirtin zu fahren, aber das abweisende Gesicht des Regenschirmfräuleins hat ihn unsicher gemacht. Sein Instinkt läßt ihn nichts Gutes ahnen, und so fährt er schnurstracks ins »Sachsenbad«, ihren Betrieb.

Steffen unterdrückt mühsam seine Freude. Jakob, der »ewige Student«, kommt zu Besuch! Jakob, der einzige Freund, der Seelenverwandte, er setzt sich aufs Bett, streng blicken seine grauen Augen. Statt einem Verzweifelten sieht er einen, der lacht, da muß er auch lachen.
»Sag mal, wie geht dir's denn?«
Jakob lockert den Schlips unter dem Anzugsjackett, ein betont unauffälliges, aber teures Stöffchen, Steffen blickt in sein ausdrucksstarkes, konkaves Gesicht.
»Der Sommer ist hin«, sagt Steffen. »Auf eine Woche mehr oder weniger kommt es nun auch nicht mehr an.«
Einstellen auf Jakob. Der Freund strahlt Ruhe, Gelassenheit aus. Wenn er den Kopf zur Seite wendet, sieht er mit seinem griechischem Profil wie einer jener antiken Philosophen aus. Er ist

aber kein Grieche, sondern ein Nachkomme von nach Ungarn ausgewanderten Schwaben, die nach dem zweiten Weltkrieg exmittiert wurden. Jakob mußte erst die deutsche Sprache lernen. Später, in der Oberschule wurde er, zwei Jahre älter als seine Mitschüler, höflich, großzügig und mit den Formen des gesellschaftlichen Umgangs vertraut, das stille Vorbild der Klasse.
»Und du, machst du in diesem Jahr deine Prüfungen? Oder brauchst du noch einmal Studienverlängerung?«
Verwöhnt von zu Hause. Strenger Katholik. Familientradition. Haltung. Uralter Glaube. Eins ihrer Lieblingsthemen in verräucherten Nachtlokalen bei heißem Jazz: die Unterschiede zwischen Marxismus und Christentum, das Verhalten eines echten Kommunisten und eines wahren Christen. Die vielen Spielarten und Zwischentöne. Und, »Liebe deinen Nächsten mehr als dich selbst«, das Gemeinsame daran.
»Ich hab' noch ein Semester Studienverlängerung beantragt und – bekommen. Allerdings diesmal ohne Stipendium.«
Der Schelm, die wohlerzogen Schwererziehbaren, man kann sie nach fünf Jahren Studium nicht mehr von der Uni werfen. 200 Mark Schulden. Behalt sie für dich, solange du am Hungertuch knabberst. Gedankenübertragung, Jakob sagt: »Ich bin total verschuldet. Es wird langsam peinlich.« Der rote Vollbart steht ihm gut, denkt Jakob, er müßte ihn nur etwas pflegen.
»Aber große Feste feiern«, grummelt Steffen in sich hinein.
»Pfingsten wollen wir, Gaub, Advokats und noch ein paar Leute, mit einem alten Adler und zwei Rollern einen Ausflug in die Sächsische Schweiz unternehmen. Was sag ich, du wärst ja doch nicht mitgekommen.«
Nein, denkt Steffen, ich hätte Wettkampf gehabt. Jena und Weimar, die traditionellen Pfingstsportfeste, bei denen, wie in jedem Jahr, die DDR-Elite das erste Mal aufeinandertrifft. Was soll ich in den übervölkerten Bummelschluchten von Rathen, dazu hab' ich, wenn ich ein Greis bin, noch Zeit.
»Grüß bitte alle von mir.«
Jakob wirft einen Blick auf Steffens Lektüre: »Du liest Platon?«
»Ja, über Sophisten, deren Ziele Macht und Lebensgenuß waren. Über Sokrates, dessen Wahlspruch lautete: ›Unrecht tun ist schlim-

mer, als Unrecht leiden.‹ Das ist schon eher etwas für uns. Dann über Platons Lebensansichten, der erst als 40jähriger seine Lehr- und Wanderjahre beschließt. Du siehst, du bist nicht der älteste Student!«
»Bin ich sowieso nicht! Gaub hat es vor mir an der Technischen Hochschule Dresden auf 14 Semester gebracht!«
Gaub, ein vertrotteltes Genie, ein Immer-zu-spät-Kommender infolge sich bis ins kleinste verzettelnder Genauigkeit.
»Und über Frauen?« fragt Jakob, der Steffen das schwarze Buch mit den Goldbuchstaben aus der Hand genommen hat und darin blättert. »Steht etwas über Frauen drin?«
»Über die Liebe und das Schöne. Aber das ist kompliziert. Von der Würde der Älteren ist die Rede, der schönen Gestalt, der edlen Seele, die Weisheit und Tugend ausstrahlt, Vorbild für die Jüngeren, aber weit und breit nichts von einer Frau.«
So haben die Großen gelebt, würde Kenter sagen. Jakob fragt, von wem das Buch ist. Natürlich von Kenter! Kenter, eine ferne Macht, die Neugier erregt. Kenter nimmt Einfluß auf Mehners durch Bücher. Kenter, im Gegensatz zu den Freunden ein ehrgeiziger, erfolgs- um nicht zu sagen machtbesessener Streber, will sein Studium zwei Semester früher beenden. Kenter verdirbt Mehners. Kenter ist unbeliebt.
Jakob kramt in einer seiner Jackentaschen, eine Apfelsine, wo hat er nur diese Apfelsine her? Als schäme er, der Gesunde (wer hätte keinen Kummer), sich seines Wohlbefindens, legt er sie wortlos auf Steffens Nachttisch und geht.
Da liegt sie, ein orangefarbener Ball, eine kleine Sonne, die Apfelsine. Ich hab' Glück, denkt Mehners, Freunde wie Jakob, die Wunde hat sich gebessert, das einzige, was mir fehlt, ist eine Frau!
Flatternder Puls, der Kreislauf am Boden, ein Kranker, auf seine Mutter gestützt, mit einem winzigen Lächeln in den Augen – schön der Fluß, die Gärten und Bäume, in der Brust ruckt es, wie das erste Fühlen der Schwingen – verläßt er das Krankenhaus. Wärme umgibt ihn, Licht, die helle Stadt, der Weg am Fluß entlang, die Frau an seiner Seite, nicht kleinzukriegen, seine Mutter.
»Das wird schon wieder«, sagt sie zu ihm, dem vor Schwäche ganz schwindlig ist, »dir fehlt nur ein bißchen Bewegung!«

Dafür hat man sich abgeschunden: daß sie eine Werktätige wird! Dafür hat man vor den Bonzen um einen Oberschulplatz gebuckelt! Dafür ist man höchstpersönlich in die Akademie gefahren, hat sie für einen Studienplatz für Medizin eintragen lassen, ihr ein Leben lang Rosen auf den Weg gestreut, doch der Popel weigert sich, einen Patienten zu waschen, kann den Mund nicht auftun und fliegt – noch ehe er richtig Fieber ablesen gelernt hat – aus der Akademie. Besucht einen Kosmetiklehrgang und wird Kosmetikerin. Kosmetikerin! Wenn sie wenigstens daraus etwas machen würde: Einen Laden würde ich ihr kaufen, einen weißen Wartburg könnte sie fahren! Statt dessen trägt sie ihre Haut in diesem Hallenbad zu Markte. Na warte, dir werde ich den Kopf waschen! Wird Zeit, daß du mal wieder Pfeffer kriegst!

Steffen liegt angekleidet auf der olivgrünen Couch im Wohnzimmer seiner Mutter. Herumliegen, warten, jeden Tag lesen! Er lacht angewidert. Als wenn man statt irgendwelchen Tuns nur immer ein Pulver zu sich nähme! Blinddarm, na gut, aber jetzt wird die Geschichte langsam peinlich! Wenn es so weitergeht, werde ich noch hysterisch! Er wirft einen Arm hoch und winkelt ihn wieder ab. Bücher, meine Freunde, ein Glück, daß man sich genug davon besorgen kann.
Mühsam konzentriert er sich wieder auf die Verwicklungen von Aragons Romanfigur Aurélien, der unabhängig, aber ziellos dahinlebt, mißtrauisch gegen sich und eine geistreiche, aber in Wirklichkeit fade Welt. Gelingt es ihm, die große Liebe und über sie die Kraft zu einer schöpferischen Tat zu finden? Unvorstellbar, daß wir, anstatt zu arbeiten, nur unseren Launen nachgehen könnten! Und dennoch, grinst nicht in jedem von uns ein Gran dieses Wahns? Ein Glas an die Wand schmeißen, bitte sehr, zehn Mark, ist das nicht einer von Joachims Wünschen?
Und ich, brauch' ich die Liebe schon nicht mehr, um meinen Lebenssinn zu finden? Hindert mich das Zusammenleben mit einer Frau nicht gar daran? Physische Höchstleistungen – würden dich die Liebesnächte auf Dauer nicht schwächen? Training, Reisen, Wettkämpfe – hängt sich die Liebe da nicht wie ein Klotz ans Bein?

Es müßte eine Frau sein, die Verständnis für diese Art von Vergnügen, von Quälerei hat, die genau so denkt: unendliche Hingabe zugunsten einer Bestleistung! Die Strömlin! Wie kompliziert, wenn man untätig herumliegt und sich zuviel Gedanken macht!
Und doch ist es das Meditieren über sein Leben, das Steffen hilft, sich in dieser Krise zurechtzufinden.
Seine Mutter ist lautlos ins Zimmer getreten. Das Junilicht macht sie jünger, als sei sie eine jener immergrünen Pflanzen. Sie hat einen Nachtdienst hinter sich. Die HO hat Arbeitskräftemangel. So hilft sie hin und wieder als Serviererin in der »Bauernstube« und dem »Café des Friedens« aus. Ihr Morgen ist ohne Bad und WC, aber mit Fernsicht und Südseite. Jetzt stützt sie die Hände auf den Tisch, das geblümte Nachthemd bauscht sich. Sie möchte singen. Statt dessen fragt sie nur heiter: »Wie geht dir's, mein Lieber?« Ein Eisberg, ein Ochse, sie hebt den Blick zu dem Ölbild über ihm, eine Maienlandschaft; im Mai bist du zur Welt gekommen, es war ein wunderschöner Tag!
Als er ihr sein mürrisches, überreiztes Gesicht zudreht, bleibt ihr vollends das Lied im Halse stecken und schlägt in das Stereotyp des Jammers um: »Ob denn das wieder wird? Ob denn das wieder wird?«
Er hat es satt, hier untätig herumzuliegen! Mißmutig dreht er sich um.

Die Frau an der Kasse mustert die grobe, ungepflegte Hand des Mannes, schwarze Schmutzränder unter den unbeschnittenen Fingernägeln. »Zu Fräulein Marie-Luise wollen Sie? Bedaure, sie ist heute nicht da.«
»Aber sie arbeitet doch hier?«
»Ja, mein Herr, aber sie ist heute nicht im Haus.«
Der Blick des Mannes wird unterwürfig.
»Wann könnte ich sie denn wieder antreffen, ich habe etwas Wichtiges auszurichten.«
Wer das nur sein mag? Diese falsche Freundlichkeit und diese ungepflegten Hände ... Die Kassiererin verscheucht ein unangenehmes Gefühl, während sie telefoniert.

»Hören Sie, mein Herr, Fräulein Wolch hat bis zehnten Juni Urlaub.«
Urlaub? Blitz und Donner in seinem Kopf. Ein Pithekanthropus in der Großstadt. Ein aufgebrachter Vater, der seiner Tochter Feuer machen will. Aber von den Steinen des tristen Häusermeeres springt kein Funke, nichts was zünden könnte, es regnet, es regnet.
Der Mann bleibt draußen, mitten auf der Straße, stehen. Ich muß wissen, was hier gespielt wird! Ich muß sie finden! Wehe, wenn sie mich hintergangen hat! Wehe!

Dynamisch schiebt Joachim, beige-braunes Karomuster, seinen massigen Oberkörper durch die Tür. Er ist erstaunt, ein in hellen Farben harmonisch aufeinander abgestimmtes Zimmer vorzufinden. Er setzt sich gegenüber Steffen an den mit einer Netztischdecke überzogenen Tisch und liest nach kurzem Begrüßungshallo aus Thomas Manns »Doktor Faustus« vor: »Krankheit schafft einen gewissen, kritischen Gegensatz zur Welt, zum Lebensdurchschnitt ... Genie ist eine in der Krankheit tief erfahrene, aus ihr schöpfende und durch sie schöpferische Form der Lebenskraft.«
Auréliens Befreiung. Steffens Rückkehr aus der provinziellen Windstille zum Leistungssport. Versuch einer Tröstung. Trotz überall durchdringendem übersteigertem Geltungsbedürfnis. Denn ohne das ist der andere auch diesmal nicht gekommen. Sucht er in Steffen am Ende nichts anderes als Selbstbestätigung? Sind nicht allzuleicht hinter seiner Position der Stärke Zweifel, verheimlichte Unsicherheiten zu erkennen? Da ist seine zweite Liebe, ein siebzehnjähriges Mädchen, »das Küken«, wie er sie nennt. Wie unsicher sie ihn macht! Nach der sündhaften Schwester ist er nun an dieses drolligplappernde, nichtsahnende Kind geraten, und ich, der Liebe, der Böse, verstehst du, will nur eins!

Der Mann beobachtet ein Liebespaar, blutjung, fast noch Kinder. Der Junge, schlank, schwarzhaarig, die Beine gegrätscht, umfaßt das Mädchen mit beiden Armen. Sie schmiegt sich mit hin-

gebungsvoller Kurve an ihn, langes blondes Haar, die Hände auf seiner Brust. So stehen sie, preisgegeben und zugleich von ihrer Liebe geschützt, im Regen.
Wenn Marie-Luise mit so einem …! Ich glaube, ich würde ihn erwürgen! Und sie gleich mit! Marie-Luise, mein Herzblut, meine Prinzessin, meine Königin!
Regenspuren in der Bahn. Überallhin kriecht der Regen. Es ist nicht kalt, doch Marie-Luises Vater friert.
Regen an den Fensterscheiben der Bahn, auf den Blättern der Bäume, auf Autos, Regenschirmen, Regenumhängen. Ob ich erst anrufe? Ob ich ein Stückchen rücken kann? Eine Tonne von Weib. Wieder läßt er den Vorsatz fallen. Auf frischer Spur ertappen! Keinen eigenen Fetzen auf dem Hintern, aber an nichts als an Kerle denken!
Die hellgefleckten Stämme der Platanen, das Haus hinter verwelktem Flieder, dazwischen ein üppig heranwachsender Gemüsegarten. Der Mann hat es eilig. Seine Beine klappen bei jedem Schritt wie bei einem Cowboy im Knie nach außen. Besonders das linke. Es macht den Eindruck, als ob er hinkt.
Die Dame, die Marie-Luise das Zimmer vermietet hat, ist eine Blinde. Sie legt einen Spiegel aus der Hand, als es klingelt. Der Spiegel erinnert sie an ihre Zeit an der Oper. Reisen, Gastspiele in Leipzig, Wien, Paris. Horrende Gagen für die begnadete Sängerin, die Gunst der Menge, vornehmer Herren, aber als Mensch nicht mehr als eine Singmaschine.
Zotti, ihr schwarzer Hund lungert hinter der Tür und hechelt, gefährliche Pfeiftöne von sich gebend, nach Luft. Dieses schwarze Ungeheuer hat mir gerade noch gefehlt! Verdammt, grübelt Wolch, wie komm' ich an dem vorbei?
»Fräulein Marie-Luise ist nicht zu Hause«, sagt die Sängerin hinter dem Spalt mit der Türkette. Ihr Gesicht gleicht einer Maske aus Ebenholz. Sie ist eingeweiht in das Zerwürfnis des Mädchens mit ihrem Vater und läßt ihn in deren Abwesenheit nicht in ihr Zimmer.
»Sie ist in den Urlaub gefahren und hat den Schlüssel mitgenommen. Ich weiß nicht, wohin, ich weiß auch nicht, wann sie wiederkommt. Es tut mir leid.«

Lügenaas! Das zahl' ich dir heim! Wolch sagt in demütigem Ton: »Was soll ich denn machen? Ich bin extra wegen ihr nach Dresden gekommen. Ich wollte sie für Pfingsten heimholen.«
»Tut mir leid, aber da kann ich Ihnen nicht helfen.«
»Kann ich meine Sachen bei Ihnen ein wenig trocknen und ein bißchen verschnaufen?«
Sie lebt zurückgezogen mit sich und ihren Erinnerungen. Geschenke von Verehrern, zwei kleine Plastiken, Meißner Porzellan. Man weiß nie, sie läßt ungern jemand herein.
»Ich bitte um Entschuldigung, aber ich geh in wenigen Minuten aus dem Haus.«
»Wissen Sie wirklich nicht, wo sie ist?«
Sind Sie oder bin ich der Vater? Dummkopf! Soweit sie sich erinnert, hat sie sich nur ein einziges Mal aus der Fassung bringen lassen, in einer Szene mit ihrem zweiten Mann.
Ganz Tragödin, deklamiert sie jetzt: »Ich könnte schwören, wirklich nicht!«
Die Maske lächelt. Wolch gerät vollends aus der Fassung.
»Verdammte Weiber, Weibsgesindel!« flucht er sich seinen Frust von der Seele und vergißt, daß die Frau hören kann, Ohren hat für die Königin Marie-Luise. Diese Göttin von einer Frau. Peinlich, wenn er einmal wiederkommen will. Ein anderer, wer glaubte ihm dann. Wo könnte bloß die Kleine sein?

Jakob kommt Steffen noch einmal besuchen. Seine Eltern, der Vater Maurer, wohnen ebenfalls in einem der alten Mietshäuser. Steffen braucht sich der schlichten Wohnungseinrichtung seiner Mutter nicht zu schämen. Jakob strahlt noch vom Wein, den er, wie öfter, bis spät in die Nacht in einer der Elbtal-Tavernen getrunken hat. Seine Augenringe sprechen Bände. Steffen beneidet ihn nicht. Ein Tröpfchen, das die Zunge lockert, und die selbstlosen, ernsten Glaubensbrüder vergessen ihre Keuschheitsgelübde, hie Geist, da schlüpfriges Fleisch, schimpfen auf die Politik, die die Seelen verbiegt, und fangen an zu singen. Angehende Bauingenieure. Zwei Mädchen waren auch dabei. Jakob hat plötzlich Brust und Stimme, er, der in Musik nicht »piep« sagen konnte,

grölt und singt. Kneipenlicht blitzt auf schwarz glänzenden Holzbalken und auf an der Wand aufgehängten Stücken alter Rüstungen. Der Raum schwankt wie der Bauch eines Korsaren, und niemand bestreitet, daß der Kobold des Weins auch das Gefühl erzeugen kann, das Leben ist schön.
Draußen, am Tag, steigt die Sonne höher und höher. Schüleraufgabe in Astronomie: Ermittle die Höhe der Sonne am Ersten des Monats am Fensterkreuz und vergleiche sie mit der einer Woche später zur gleichen Stunde! Alles bewegt sich, alles verändert sich, und das Wie ist nur eine Frage des Wirkens in der Zeit.

Wolch lüftet seine Mütze, von der ein Schwall Wasser über die Plakate der Anschlagtafel schwappt. Er liest: »Meine Tage mit Pierre – meine Nächte mit Jaqueline«, »Fanfan, der Husar«, »Verliebt in einen Fremden«. Was hier alles gespielt wird! Vielleicht geht sie heute abend ins Kino? Oder ins Theater? Aber in welches? »Der Besuch der alten Dame« wird gespielt. Wer weiß, was das für Kokolores ist. Maiumzug müßte sein, da würde sie irgendwann mal vorbeimarschieren. Was sag ich bloß der Alten? Ich seh schon ihre Krokodilstränen. Die Kinder, das Leben – die Kleine bringt es fertig und ruiniert mein ganzes Leben!
Wolch zergrübelt sich den Kopf. Ein Fremder, von seiner Zukunft getrieben, irrt er quer durch die Stadt.
Für einen Wolkenzug hat es aufgehört zu regnen. Er schnüffelt in Läden, Gaststätten, Hauseingänge, Cafés, durchnäßt und argwöhnisch, gekleidet wie ein Schrebergärtner: seine Schuhe und Hose schmutzig, seine Lederoljacke ein dunkler Fleck, der Mützenschirm mürrisch nach unten geschoben. Er steht stundenlang auf dem Altmarkt, sieht in tausend Gesichter, sucht Auskunft, nur dieses eine, kleine Wort, doch die Leute, wie elend fühlt er sich unter diesen vorübereilenden Leuten, sind wie Wasser, wie ein großer, durcheinander rennender Haufen Ameisen oder wie Sand in der Wüste Gobi, stumm.
Trinken, denkt er, ist gut. Rauchen und trinken. Laster, die er verabscheut und haßt. Doch heute, maßlos auf der Suche, der Hatz, vorm Stellen der Abgängigen, trinkt er, raucht er, besäuft

er sich, daß er sich kaum noch auf den Beinen halten kann. Kehrt mit rollenden Augen zum Haus der Sängerin zurück, schwankt hin und her, wartet, wartet, daß in einem der Fenster Licht angeht. Hier und da wird auch eine Lampe angeknipst, aber nicht in jenem von Marie-Luise.
Noch ist Kraft in ihm. Mit diesem letzten Rest schleppt er sich auf den Bahnhof, lallt in den Fahrkartenschalter »Budysin«. Zwei Arbeiter, die von der Spätschicht kommen, haken ihn unter und bugsieren ihn in ein leeres Abteil. Sie selbst wählen ein anderes, sie haben genug an so einem Tag.

Ein Stechen in der Brust jagt Steffen, überempfindlich geworden, einen neuen Schrecken ein: Hab' ich einen Organschaden gefangen, Herzfehler oder gar TBC? TBC, die Todesursache des Bruders seiner Mutter, Zeit seines Lebens Schleifer bei Thümmler, einer ortsansässigen, metallverarbeitenden Fabrik. Steffen erinnert sich nach dem Tod des Onkels, auf dem Weg zu den Nachuntersuchungen für die nahestehenden Familienangehörigen, seiner Ängste und der bangen Frage: Habe ich auch TBC? Beklommen Herzens stürzt er sich von neuem in Bücher, Heine, »auch rate ich dir, baue dein Hüttchen im Tal«, in die Psyche der »Madame Bovary« und den frivolen Sarkasmus der kleinen Francoise in »Lieben Sie Brahms?«. Leihgaben von Lehrer Joachim, nicht ohne angestrichene Stellen. Wie läßt es sich nur erklären, daß kein Deutschlehrer es verstanden hatte, Steffens Büchersinn zu wecken?
An einem Vormittag flattert Post aus Messina ins Haus. Ich bin indolent. Ich bin tranquille. Ich habe leidenschaftliche Sehnsucht nach meinem Nino. Sie schreibt in französischer Sprache. Liebe, die älteste Sorge der Welt. Steffen schnuppert am Briefpapier, Oleander, wer weiß, vielleicht haben wir mal einen Wettkampf da unten am Stiefelfuß?
Welt durch die Jahrhunderte und Welt der Gegenwart, mit denen wir durch einen Zufall verbunden sind und Gedanken austauschen. Botschaften aus diesen Welten, die uns mit Kraft beleben, indem sie uns Einblick geben in den Kummer anderer.

»Ich bin gesund geschrieben!« jubelt Steffen endlich nach eineinhalb Monaten, abgemagert wie ein Greis.
Vier bis sechs Wochen Sportverbot, unsinnig lange, scheint es ihm, aber er nimmt sich vor, diesmal strikt die ärztliche Vorschrift einzuhalten.

Es ist ein verhangener Sommertag, an dem Steffen nach Bautzen zum Astronomielehrgang fährt. Essen, denkt er, ich muß vor allem mein Gewicht hochkriegen! Im Gepäck Bücher: Tucholsky, Kästner, Brockhaus der Astronomie, Sternkalender. Ein ungewohntes Gepäck. Keine Turnschuhe, keine Trainingssachen. Das übliche, Handtuch und Seife, na ja.
Die Sorbinnen? Das Institut für Lehrerbildung, ein großzügig angelegter Neubau, Sinnbild der Gleichberechtigung. Die wenigen Studentinnen, denen Mehners begegnet, erscheinen ihm typisch slawisch: aus der Tiefe des Waldes, kernige Gestalten, Trachtenfiguren für Weiß und Tannengrün. Das moralische Recht, jedermann anzusprechen, wenn man fremd in einem Ort ist: »Wissen Sie, wo sich der Klubraum befindet?«, »Verzeihen Sie, wie kommt man am schnellsten zur Innenstadt?« Die Fähigkeit, die kleinste Chance zu nutzen und die Kunst, ein Gespräch anzuknüpfen, Gewandhaus, Sagan, Brahms, uh, diese Schwermut, uh, dieses dunkle Rauschen, nein, Brahms liebe ich nicht. Oder eine Dame mit Federhut, hoppla, die Bovary, diesen Namen noch nie in Bautzen gehört? Oder aus Lommatzsch, zum Beispiel, das Sparkassenfräulein, ein bildhübsches Mädchen á la japonaise, das Einsicht in alle Konten hat. Mit gebrochenem Blick auf die höheren Summen welkt es in Blau dahin. Was das mit der Bovary zu tun hat? Darüber lohnt es sich, ein Gespräch zu beginnen ...
Macht das die Ortsveränderung? Der alte Mehners kommt wieder durch. Spielgedanke, wenn nicht Angriff, dann Verteidigung. Wenn nicht Hürdenlauf, dann eben Astronomie. Geschichte der Sternkunde von Demokrit, Anaxagoras, Plato, noch einmal Plato, für den der Himmel hinter dem Mond anfängt (so eng sind wir nicht, nachdem wir Jahrhunderte etwas Falsches gepredigt haben), Kopernikus, Kepler, die Bahnen der Planeten sind Ellipsen, in

deren einem Brennpunkt ein Mädchen steht, bis zu Einsteins Relativitätstheorie, die jede Wahrheit relativiert, wohlgemerkt für den Makrokosmos, den Weltraum, aber warum nur für den Weltraum?

Mehners spürt keine Müdigkeit, dem Referenten zu folgen, der mit seinem flachsblonden Haar, den tiefblauen, leuchtenden Augen, der hageren Gestalt inmitten des trockenen Klassenraums den Zauber der Natur vergegenwärtigt, mit Raum und Zeit (Vergangenheit, Gegenwart, Zukunft) überspannender Kraft. Philosoph an der Technischen Universität Dresden, Este oder Lette, jedenfalls Sowjetbürger, schlaksiger als Klaus, dessen Vorfahren auch im Baltischen wohnten oder Filmemacher Schukschin. Ob er auch einmal Weitspringer gewesen ist? Er wirkt jungenhaft für sein Alter. Wissen nimmt man auf natürliche Art und Weise ein, wie Atem, Brot und Wasser. Und davon gibt es für jeden genug.

»Sehen Sie«, sagt der Philosoph, und Steffen amüsiert sich über ein widerborstig nach oben stehendes Haarpiez, »Sie haben alle ein anderes Teilchen, eine andere Farbe, eine andere Gestalt dieser Zigarettenschachtel oder meinetwegen auch von mir, der ich mich für jeden von Ihnen an einer unterschiedlichen Stelle des Raumes befinde, vor sich. So ist es in etwa verständlich zu machen, daß es einen Zusammenhang, gewissermaßen ein Spiel, zwischen Größe (= Raum), Zeit (= Geschwindigkeit) und Masse gibt, deren augenblickliche Summe die sich immer in Bewegung befindende und sich von jeder Position anders definierende Wahrheit darstellt.«

Alles ist relativ, philosophiert Steffen weiter, was für den einen schwer ist, ist für den anderen leicht, was Verlust ist, Gewinn, was Reichtum, Armut, und nur auf das, was man aus dem, was man hat, macht, kommt es in Wirklichkeit an. Er, der hier sitzen muß, während Klaus und all die anderen um Zentimeter und Sekunden kämpfen, ermißt auf einmal den Reichtum und die innere Gelassenheit, die sich von so einer Erkenntnis ableiten lassen, im Gegensatz zu Verlorenheit und Ohnmacht, die sie zweifellos auch auslösen kann. Erkenntnis als höchstes Glück, notiert er in sein Heft, während der Philosoph bei den sowjetischen Raumflügen angelangt ist. Wissen, was die Wirklichkeit in Wirklichkeit ist, damit wir nicht unsere Identität, damit wir nicht unseren Mut verlieren!

Dagegen verblassen die Losung »Stadt und Land, Hand in Hand« im Klassenraum, die Gespräche der Fachkollegen – »Können wir in der Großstadt denn überhaupt noch das eindrucksvolle Erlebnis des nächtlichen Firmaments vermitteln?« – und die Pausen mit dem Besteckgeklapper: »Kollegen, sind das nicht herrliche Schnitzel!« Immerhin, Steffen läßt das Essen nicht aus den Augen, die dampfenden Kartoffeln, die braune Soße, das dunkelrot leuchtende Kraut. Essen bedeutet Masse anlagern, Muskeln aufbauen für das bevorstehende Comeback. Er stopft sich voll bis an die Grenze des Faßbaren. Günstiger konnte er es nicht treffen: maximale Befriedigung von Körper und Geist. Obst besorgt er sich zusätzlich aus der Stadt. Aber mehr als deren Gesichter, ein Flirt, zieht ihn ein freiliegender Weg an, der ihn an den letzten Lehrgang erinnert. Die Steine in der knochenharten Kruste, in der die Zähne der Trainingsspikes keinen Biß hatten. Betonharte Rinnen, Gift für die Knochenhaut. Der Schweiß troff ihm von der Stirn in die Augen in der Gluthitze dieses Julitags.

In der Wochenmitte sieht der Plan ein Hinlenken auf den Bautzner Kulturpfad vor.

»Achtung, Platz!« herrscht ein Mann die auf dem Bürgersteig versammelten Astronomielehrer an und treibt fünf Kinder vorbei. Es ist Wolch mit seiner Bagage auf einer Geburtstagsrunde. Ein paar Satzfetzen klingen ihm nach: Kreuzung der mittelalterlichen Handelsstraßen von Süd nach Nord und Ost nach West, Aufblühen der grünen Stadt an der Spree. Bautzen hatte im vierzehnten Jahrhundert fast zweitausend Nasen mehr als Dresden. Einige Augenpaare folgen irritiert dem davonziehenden alten, ausstaffierten Gänserich mit seinen Kindern.

Der Pfadführer, ein alter Lehrer mit spärlichem Kammhaar und langem, dürrem Hals, blinzelt aus lustigen Augen. Mit diesen gesehen, bevölkert sich die trutzige Ortenburg augenblicklich mit Haustieren, Vögeln und augenzwinkernden Zechbrüdern und das blaue Flüßchen darum herum wird zur Schlinge, in der bald der eine, bald der andere Kopf und Kragen riskiert. Brüchige Türme ragen aus dem Grund, aus dem das Wasser der Spree mit alter Kunst hochgepumpt und mittels eines Röhrensystems aus Holz an die Münder der Stadt geleitet wurde.

»Kennen wir uns nicht?« Steffen, der auf die Girlande ineinandergeschobener Häuser auf der Straße »Unter dem Schloß« hinabblickt, dreht sich um.
»Du bist doch beim Klub Leichtathlet!«
Der Kollege, der ihn von der Seite her angesprochen hat, arbeitet als Trainer für Turnen an der Kinder-und-Jugend-Sportschule. Er r-rollt Lausitzer Granitbrocken, hat schwarzes Haar und lächelt.
»Du unterrichtest auch in Astronomie?«
»Sonst wär' ich wohl nicht hier! Aber du hast recht, ich fange erst an.«
»Wie gefällt es dir an der Sportschule?«
»Vor- und Nachteile. Aber besser als anderswo. Ich hab' die Kleinen, fünfte Klasse. Die Arbeit mit ihnen macht Spaß. Man kann sie noch ganz nach seinen eigenen Auffassungen formen. Sie sind auch sehr gute Schüler, du weißt ja, körperliches und geistiges Leistungsvermögen stehen in einem gewissen Zusammenhang. Und was machst du?«
»Ich bin schon seit einem Monat verletzt. Blinddarm. Und weiß noch nicht, wann ich wieder auf die Beine komme.«
»Ich meinte, wo unterrichtest du?«
»Ich bin an einer Berufsschule. Eine ideale Stelle, die einem genügend Zeit fürs Training läßt, aber vom geistigen Anspruch her unbefriedigend.«
»Komm doch zu uns, vielleicht kannst du wie Ochs bei den Leichtathleten eine Gruppe Jungen oder Mädchen trainieren!«
»Vielleicht später. Im Moment ist alles o. k.«
Eine Mannschaft beim Stadtbummel, gruppieren sich die Astronomielehrer malerisch auf dem Platz vor dem Rathaus und seilen sich mit den Augen an der weiß getünchten Turmnadel hoch.
»Ein oft zerstörter Bau«, hüstelt das Kulturmännlein, indes ein Lüftchen seine grauen Pluderhosen plustert und seine linke obere Extremität skelettartig auf- und abbaumelt. »Als sich im Jahr 1405 die Handwerker gegen die Willkür der hiesigen Patrizier auflehnten, die Macht an sich rissen und die Stadt verwalteten, kam es wenige Jahre später zum Eingreifen des Königs. Er ließ hundert der aufständischen Zunftmeister in Ketten schlagen und verurteilte sie zum Tode. Vierzehn von ihnen wurden hier, wo Sie

das Kreuz im Pflaster sehen, gehängt. Schließlich soll die Gattin des Königs Wenzel den Anblick so vieler Gehängter nicht mehr ertragen und den König bewogen haben, die übrigen zu begnadigen. Sie wurden mit ihren Frauen und Kindern des Landes verwiesen.«

Wenig später stehen sie am kunstvoll geschmiedeten Gitter im Bautzner Dom, der einzigen Simultankirche auf deutschem Boden, und Steffen stellt sich die kultische Koexistenz der verschiedengläubigen Christen, wie sie durch die Jahrhunderte gegangen ist, vor.

Am Abend schiebt sich die Lehrgangsgesellschaft die enge Wendeltreppe der Bautzner Sternwarte hoch. Wie im Spiel plötzlich den Ball vor den Füßen: der leuchtende Jupiter in der kalten Ferne des Weltraums – und wie an einer Kette angehängt daneben drei helle Punkte, seine Monde, der vierte hinter ihm, verdeckt. Sie richten das Fernrohr auf junge und alte Sterne, auf kosmische Nebel, aus denen vielleicht in Jahrmilliarden ein neues Gestirn entsteht. Geburt, Akt des Vertrauens in die Natur in undenkbar langen Zeiten. Wenn auch Sterne Lebewesen wären, sinnt Steffen, mit einer, wenn auch anderen Art von Nerven, Herz und Hirn?

Tags darauf sitzen sie bei einer Exkursion im Planetarium der Technischen Universität Dresden. Ein Druck auf den Knopf und der Mensch bewegt die Kuppel mit dem Weltraum, aber nur so, wie er sich immer bewegt. Nicht auszudenken, was passieren würde, änderten plötzlich die Gestirne ihre Richtung und ihre Bahn!

»Es wird Ihnen sicher bekannt sein, daß die dunklen Stellen am Himmel, mit schärferen Teleskopen betrachtet, sich in ferner liegende Sterne auflösen. Bis schließlich eine Wand von Sternen entsteht, die die noch ferneren verdeckt.«

Von der geistigen und körperlichen Strapaze in der verbrauchten Luft der Kuppel sackt plötzlich einer der Kollegen ohnmächtig in sich zusammen.

»An die frische Luft!« entscheidet der Lehrgangsleiter. »Und einen Krankenwagen!«

In der Sternwarte Professor Manfred von Ardennes auf dem »Weißen Hirsch«, der letzten Station der Exkursion, sind die

Sterne unter der Kuppeldecke phosphorieszierende Punkte. Geisterhaft bewegt sich der Turmbau und öffnet einen Ausschnitt des Südosthimmels.

Von hier ist es nicht weit bis zur Terrasse des »Luisenhofes«. Die Gestirne am Himmel und die Lichter der fünfhunderttausend Bewohner der Stadt unter ihnen – was für ein erhabenes, beflügelndes Bild!

»Wie sagte Kant? ›Zwei Dinge erfüllen das Gemüt mit immer neuer und zunehmender Bewunderung: der bestirnte Himmel über mir und das moralische Gesetz in mir‹«, frotzelt ein Kollege. Ein anderer sagt: »In diesem Sinn, ich hab' jetzt Hunger!«

Ein Sommerwind flauscht die Gardine der Tür zur Terrasse. Platten mit gekochtem Schinken, rosig und frisch, stehen auf der Tafel. Die Kollegen langen zu. Eine Scheibe schaffst du noch, denkt Steffen, ekelt sich plötzlich, weiß nicht warum. Am Morgen spürt er einen Klotz im Magen.

Hinter dem »Körnergarten« wendet sich Marie-Luise nach links und nimmt den Weg an der Elbe entlang flußauf. Links die Koppel und vor ihr die uralte Flußlandschaft mit den wuchtigen alten Bäumen. Wer mag vor ihr hier alles entlanggegangen sein? Sie streichelt ein zottiges, schwarzweiß geflecktes Kalb. Endlich keine Schmerzen mehr, aber allein. Mutterseelenallein. Für immer von zu Hause fortgehen? Das wär' das beste, kleines Kalb. Bei so einem Vater! Du mußt immer in seiner Spur bleiben. Wenn du müde bist oder zur Seite pendelst, kriegst du einen Anpfiff, schreit er oder schlägt er dich. Einmal hatte ich Durst, und ich wollte unbedingt etwas trinken. Immer hatte ich Durst ... Weißt du, wie das ist, wenn du Durst hast und darfst nicht an die Quelle? Marie-Luise sieht sich als Mädchen in der kleinen, elterlichen Wohnung willenlos am Tisch sitzen. Mechanisch die Schularbeiten erledigen. Aus naher Ferne Mahnungen, wirre Töne, gebrochene Linien, ein blauer Fleck. Zucker und Peitsche, überall lauert der Schrecken. So hat sie ihr Vertrauen verloren ...

Der Strom fließt träge dahin. Auf der braunen Flut ein seidiger Glanz. Der Wanst eines Schifferklaviers treibt vorbei. Als spielte

es noch irgendwelche Töne. Ausgerechnet Schifferklavier mußte ich lernen! Diese blöden Stunden! Akkordeonspielerin! Ich sollte Akkordeonspielerin werden! Ich will meine Ruhe haben! Am besten allein bleiben. Allein ...
»Ist das nicht traurig?« streift sie die Rede zweier alter Tanten, die wie der Strom an ihr vorübergeht.
Sie fährt zusammen. Was will ich denn? Diese Tortur bei Dr. Schwarzkopf nicht noch ein zweites Mal!
Marie-Luise fürchtet sich vor Männern. Aber zu nichts fühlt sie sich stärker hingezogen, gebrannt von ihren Blicken, ihrer Spur. Als könnte sie sie fühlen unter ihrer Traurigkeit, die Glut. Die wenigen Spaziergänger ... Wenn man sie analysiert, haben sie fast alle irgendwo etwas Schwarzes an sich. Die Dame mit dem schwarzen Hut und dem schwarzweißgesprengelten Hund. Wie schmal und lang er ist. Ein Dekadenter ...

»Haben Sie früher einmal Kinderlähmung gehabt?« Oberarzt Dr. Wartenhöh, Kardiologe und Sportmediziner an der Medizinischen Akademie Dresden, mustert den in einem weißen Slip vor ihm stehenden Mehners.
Der erschrickt. »Habe nie etwas gemerkt.«
»Ihr linkes Bein ist entschieden dünner!«
»Ich bin Rechtsspringer«, versucht Steffen den Unterschied zu begründen, so als gelte es, mit der Erklärung die Angst vor einer nachträglichen Lähmung zu bannen.
»Sie müssen unbedingt etwas zur Kräftigung des linken Beines tun, sonst kann es zu Beschwerden im Bandapparat kommen. Haben Sie Fußbeschwerden?«
»Nein.«
»Ihr Fußgewölbe ist sehr hoch.«
Darauf war ich immer stolz, denkt Steffen, für den der Gedanke an Plattfüße etwas Unangenehmes hat.
»Jetzt legen Sie sich bitte einmal hin.«
Sensibel, diese Leichtathleten, gelöste Muskulatur, die Fesseln für einen Sprinter schon fast zu dünn. 400-Meter-Hürdenfinale der Olympischen Spiele. Wartenhöh sieht die asketischen Endlauf-

teilnehmer, die Muskelhüllen ihrer langen Beine schüttelnd, zu den Startblöcken gehn.
»Was laufen Sie? Vierhundert Meter Hürden?«
»Nein. Hundertzehn. Ich kann meine Grundschnelligkeit noch verbessern. Erst, wenn ich da stagniere, steige ich um.«
Anteilnahme und Verständnis des Arztes lösen bei Steffen eine Welle der Dankbarkeit und des Vertrauens aus.
Der Arzt setzt das Stethoskop an die flache Wölbung seines Brustmuskels und kontrolliert die Herzgeräusche.
»Das Herz ist in Ordnung.«
Mit sicherer Hand fährt der Mediziner dann rechts, unterhalb des letzten Rippenbogens, über die Leber. Nachdenklicher Blick, umfältelte, etwas gerötete Augen, kräftige Augenbrauen, hinter den Schläfeneinbuchtungen silbergrau durchzogenes, schwarzes Haar. Scharfsinn und Unbestechlichkeit.
»Die Leber ist etwas angeschwollen, haben Sie in letzter Zeit einmal ein Ekelgefühl verspürt?«
Der Schinken! Der Schinken im Luisenhof!
»Überlastung des Fettstoffwechsels. Eine abklingende Hepatitis wahrscheinlich. Wir werden noch eine Blutuntersuchung machen. Sie können sich anziehen.«

Zwei Halbstarke gaffen ihr nach. Sie braucht sich nicht umzudrehen, sie kann es fühlen.
Blöd, wenn man so allein herumläuft, wie durch sein eigenes Leben. Das Leben meiner Mutter? Ein glückliches Mädchen auf dem Bauernhof. Bis sie sich verliebt in die schneidige Fliegeruniform eines Jungen aus dem Nachbardorf. Hochzeit im zweiten Weltkrieg. Warten auf die Rückkehr des Helden auf dem Land in Schlesien. Nach der Gefangenschaft entschädigt er sich für die Entbehrungen im Krieg und macht ihr jedes Jahr ein Kind. Herr über ihre Kinder, ihre Wünsche, ihre Sorgen. Herr über ihre Tränen. Eine Frau, demütig wie ein geprügelter Hund, ausgelaugt wie eine alte Kartoffel. Nein, das ist kein Leben für mich!
Kein Wunder – und wenn er sie totschlägt – daß sie jeden Sonntag in die Kirche geht.

Wenn ich meine Mutter nicht hätte ... Dennoch wagt sie es nicht, sich ihr in allem anzuvertrauen.

Ein älterer Herr kommt ihr entgegen, friedlich, Marie-Luise senkt den Blick. Warum so schüchtern, junge Frau? Der Mann schaut sie mit Wohlgefallen an. Pepitarock und weiße Bluse. Hübsch, die beiden, über ihren Ohren geflochtenen Haardeckel.

Ein Dampfer schwant lautlos durch die Wiesen. Hüteschwenken und Blasmusik. Die schräge Bugwelle flutet zum Uferrand.

Mutti hätte mich so gelassen, wie ich bin. Bin ich denn schlechter, wenn ich nichts besonderes will?

Ich will nicht! Wenn ich damals bei Wilfried übernachtet hätte, vor Angst hätte ich nicht »piep« sagen können!

Sie geht in die Kniebeuge, ein junger Frosch, sie hebt ihn auf, er glotzt über ihren langen Zeigefinger, sie trägt ihn ein Stück. Die Jungs aus der Klasse? Nicht einer, der mir richtig gefallen hätte. Man kennt ihre Schwächen zu genau. Nähe entfremdet. Ferne entrückt.

Sie setzt den Frosch in eine feuchte Wiesenmulde. Ich sollte doch wieder mal nach Hause fahren! Vielleicht hat sich Papa beruhigt und es ist gar nicht so schlimm. Nein, ich brauch' ihn nicht! Da treff' ich mich lieber hier mit Mutti.

Sie setzt sich neben einen verrosteten Anker. Das Ufer bedecken an dieser Stelle graue Sandsteinplatten. Eine Möwe segelt über den Fluß. In einem schmalen Ruderboot hebeln sich vier Ruderer flußauf. Ihre Schläge sind kurz und heftig, sie haben keine Zeit, zum Ufer zu sehn, geschweige denn zu winken.

Keinen Pfifferling kriegt sie zur Hochzeit! Mich dauert nur meine Mutter, an der er seine Wut ausläßt.

Ich werde nie heiraten! Der kann mich mal!

Aber immer so allein?

Sie sieht sich langsam in den Fluß, in die braune Strömung gehen ...

»Eine Woche nicht rauchen«, Steffen, konsequenter Nichtraucher, lächelt, »eine Woche keinen Alkohol, keinen Kaffee, keinen Sport, außer ruhigem Schwimmen. Danach können Sie mit

leichten Läufen beginnen. Auch nicht zelten«, als hätte der Arzt seinen Plan mit Joachim erraten, »Sie könnten sich einen Darminfekt holen. Wenn Sie es einrichten können, öfter und nicht zu viel essen, vier bis fünf Mahlzeiten am Tag, das ist überhaupt zu empfehlen bei Ihrer Konstitution.«
Wie im Training, denkt Steffen, öfter, statt zu viel auf einmal, er fühlt sich bis auf das Innerste seiner Individualität erkannt.
»Wir werden darüberhinaus eine Rehabilitationskur beantragen.«
Der Druck einer wohlwollenden Hand, Steffen ist entlassen.
In der Toilette mustert er sein Gesicht im Spiegel: Da ist es, ein gelbes Gewölk im Augenwinkel der graublauen Iris! Gelbsucht. Er kennt die lateinische Vokabel von den Attesten seiner Schüler. Verbunden mit einem halben Jahr Krankenhausaufenthalt. Ist ein Sportler doch widerstandsfähiger als andere? Der Druck, da ist er wieder, die Faust auf den Solarplexus! Hoffentlich die letzte Trainingspause! Ich muß Herrn Basel Bescheid sagen. Im Vertrauen zum Arzt betrachtet Steffen die Misere trotz des Klotzes auf dem Magen doch endlich als überwunden.
In der Stadionkurve läuft er dem Verantwortlichen für Kaderfragen über den Weg. Der springt über die leeren Traversen, als wär' er ein vom Wind getriebenes Papier.
»Na, wie geht's, Steffen?« Die stereotype Frage der Funktionäre, die unzulänglich mit der Sache vertraut sind und Einzelheiten erfahren wollen. Dennoch Mitgefühl in der Stimme. Die beiden können sich gut leiden. Steffen, zurückhaltend, vernünftige Ansichten, Kollege. Der Kaderverantwortliche, offiziell Cheftrainer, entgegenkommend, um das Wohl der ihm Anvertrauten besorgt.
»Nicht besonders«, sagt Steffen, sich der Unverbindlichkeit des anderen anpassend.
»Das wird schon wieder, Kopf hoch!«
Wenn das Wasser bis an den Hals reicht – was soll ich darauf sagen? Der Sommer ist vorbei.
»Kennst du schon die Resultate von den Meisterschaften?«
Auch das noch! Der Frager steht eine Stufe höher als Steffen und reibt sich mit seinem sommersprossigen Zeigefinger unter der gelben Hornbrille das linke Auge.
»Ja.«

Wasser auch am Kinn von Trainer Basel und der Klubleitung. Eine einzige Athletin aus dem Klub für die Europameisterschaften qualifiziert. Helga Wegelore, aus einer anderen Trainingsgruppe. Trotz ihres fachlich wenig beschlagenen Trainers. Ein Naturtalent. So viele gute Leute gibt es nicht im Klub.
»Wolltest du nicht ein Fernstudium in Chemie beginnen? Wir werden dich darin unterstützen!«
Zweimal Note eins. Die Chancen sind günstig. Steffen antwortet: »Vielen Dank, ich muß das auf nächstes Jahr verschieben, jetzt will ich erst einmal sehn, daß ich den verlorenen Boden wieder gutmache.«
Der weiß, was er will, denkt der Cheftrainer beeindruckt und fühlt sich in seinem guten Werk bestätigt.
Basel testet an der Weitsprunganlage einen jungen Springer, blond, O-Beine, die Oberschenkel, Muskelpakete mit reliefartig heraustretenden Venen, sein Kopf, die Körperhaltung, sein ganzer Habitus erinnern an ein Pferd.
»W-war das so richtig?« wendet er sich stotternd an den Trainer, der gedankenschnell seine Flugkurve rekonstruiert. Keine Spur von Gereiztheit oder Niedergeschlagenheit wegen des schlechten Abschneidens seiner Athleten bei den Meisterschaften. Alle Achtung!
»Sieh an, Steffen!«
Basels Gesicht verfinstert sich nun doch nach den ersten Begrüßungsworten.
»Hast du schon von den blamablen Leistungen von Klaus und Henning gehört? Klaus wie immer, wenn es gilt, unter seinen Möglichkeiten! Er hatte seinen Saisonhöhepunkt zu früh. Und Henning, das Hochsprung-As, ein totaler Durchhänger! Na, jetzt sind sie erst einmal im Urlaub, die beiden Experten. Henning mit seiner großen Liebe, einer Oberschülerin vom Abiturientenball. Und Klaus bei seiner Mutter. Übrigens soll er neuerdings auch eine Freundin haben.«
Steffen, ein skoliös gebogenes Fragezeichen, hört unbeteiligt zu.
»Du siehst wieder mal, Steffen, im Sport ist alles möglich! Deswegen geht's weiter, na hör mal, was denn!«
Basel, wie ein Fisch in seinem Element, schießt schon wieder auf den Platz hinunter, gibt dem Weitspringer neue Aufgaben, be-

vor er vehement mit drahtigem Schritt in seiner blauen Trainingshose an seinen Beobachtungsposten auf den Traversen zurückkehrt.
»Hast du seinen letzten Satz gesehen? Ungeheure Sprungkraft! Darin ist er schon jetzt Klaus überlegen. Das wird der Mann! Von der Schubkraft schon jetzt ein Acht-Meter-Springer! In der Koordination hat er noch Schwierigkeiten. Geduld. Noch zwei, drei Jahre. KJS-Schüler. Hat jetzt erst Abitur gemacht. Das kriegen wir hin!«
Basel gerät vor Begeisterung ins Schwärmen. Vergißt, daß Steffen nicht wegen des Weitspringers gekommen ist. Was soll er hier? Er wird wieder nach Döbeln fahren, ins Stadtbad Schwimmen gehen, eine flaue Zeit. Aber doch schon hoffnungsvoller als die vorige. Vielleicht mit Monika, der »Zahnarztspritze«, wie Gaub die rothaarige Zahnarzthilfe nennt, ein Sommerabenteuer beginnen ...
Basel merkt, daß den neben ihm Stehenden seine eigenen Sorgen und Hoffnungen beschäftigen, läßt ihn aber noch nicht gehen.
»Ich hab' noch eine Bitte an dich«, sagt er und sieht Steffen fest, aber mit dem Spielraum einer Frage in die Augen. »Ich werde im September mehrere KJS-Schüler übernehmen und wollte dich fragen, ob du bereit wärst, mich in ein, zwei Trainingsstunden in der Woche zu vertreten? Du bekommst diese Arbeit selbstverständlich bezahlt und kannst von mir aus auch mit einigen der Jugendlichen im Hürdenlauf experimentieren.«
»Abschieben«, ist Steffens erster Gedanke. »Sie wollen mich abschieben.« Dann schämt er sich seiner Unterstellung gegenüber Basel und protestiert für sich: neue Belastungen für die paar Pfennige? Investiere ich nicht genug Kraft in den Sport? Schließlich ringt er sich durch: Basel zuliebe, na gut. Vielleicht läßt sich auch mit meiner Schule regeln, daß ich das Training statt Unterricht gebe. Mein Gehalt – getarntes Profitum – wird ohnehin nicht von der Schule bezahlt. Und überdies, öffnet sich damit vielleicht nicht gar ein Weg zur Kinder-und-Jugend-Sportschule?
Nachdenklich geht Steffen über den Platz. Zufall? Die wichtigsten Dinge in seinem Leben hat er immer selbst entschieden. Wasserschläuche ringeln sich wie Schlangen über den Rasen und in den Wassergarben der Sprengautomaten glitzern Regenbögen.

Sie sieht das Wasser ihr bis zum Hals reichen. Ein Mann stürzt herbei. »He, kommen Sie raus aus dem Wasser!« Sie torkelt, taucht unter, stickiges Wasser, der Mann springt ihr nach, faßt sie mit festem Griff und trägt sie an Land. Sie, ihr nasses Kleid glattstreifend: »Dankeschön, aber jetzt muß ich weitergehen.« Kommt er mir nach? Nein. Sie ist enttäuscht. So ungefähr ist es immer. Sie muß froh sein, daß es nicht schlimmer ausgeht.
Tatsächlich setzt sich jetzt ein junger Mann mit offenem Hemd und schwarzem Schlapphut etwa dreißig Meter vor ihr an die Uferböschung. Maler oder Pfarrer? Marie-Luise kichert und bleibt stehen. Der Maler bemerkt sie und kommt ihr entgegen. Sie senkt den Kopf und stolpert an ihm vorbei. Nah, er hätte sie berühren, festhalten können. Doch nichts dergleichen geschieht. So sind die Männer, wer sich ihnen nicht anbietet, der interessiert sie nicht. Dumme Pute! Eine Zeit lang sieht der junge Mann ihr nach, aber sie macht keine Anstalten, sich umzudrehen.
Allein, durch wessen Schuld? Sie versucht, sich als altes Weib vorzustellen. Die Geschwister, entstellt von Sorgenfalten, viele Kinder. Nur sie, etwas Besonderes, eine weißhaarige alte Dame, allein. Reue. Auch Angst. In den Westen gehen? Hat er nicht früher manchmal davon gesprochen – er ist im falschen Land? Er will ins Land der ehrgeizigen Väter, die immer mehr, die alles, alles haben wollen, wollen? Selbst wenn es die Mauer nicht gäbe – kein Ausweg für mich. Bleibt nur die Elbe. Ob es poltert auf dem Grund?
Auf der Straße, Richtung Pillnitz, quietscht eine gelbe Straßenbahn.

Einer grobknochigen Hexe gleich, an ihrem Stock, schlurft Mehners Wirtin durch den Korridor. Bleibt, als der junge Mann aus der Küche kommt, stehen und hält eine Lupe über die Zeitung.
»Ich hab' das Zimmer hier nebenan, in dem früher die Schauspielerin wohnte, freigemacht. Ich wollte eigentlich keine Frau wieder nehmen, aber hier ist ein gutes Inserat: ›Nichtraucherin, ruhig, übers Wochenende nicht anwesend.‹ Was sagen Sie dazu?«

Wegen der Annoncen hält sie zwei Tageszeitungen, Netze, über denen sie wie eine Spinne mit ihrer Habe wuchert.
»Wenn sie gut aussieht und nicht verheiratet ist«, sagt Steffen.
»Sie sind mir einer!« So gefällt er mir schon wieder besser, denkt die Wirtin und schlurft in die Küche.
Mehners packt seine Reisetasche. Wenig später sitzt er im Zug. Am Nachmittag, im Döbelner Stadtbad, versucht er das erste Mal wieder zu schwimmen. Inmitten des Gedränges um das Becken läßt er sich vorsichtig ins Wasser. Als wenn es ihm bei den Schwimmbewegungen den Bauch zerrisse! Sein Beinstoß ist azyklisch. Vorsichtig, wie ein Ungeübter, durchquert er mit winkliger Spur das von Menschenleibern und grünem Chlorwasser gefüllte Becken. Ich kann wieder schwimmen! – freut er sich an der zwischen Schwimmern und Nichtschwimmern quer durch das Becken angebrachten Eisenstange.
Tage später stößt er unvermittelt auf den alten Steinbruch in den »Roßweiner Anlagen«, in dessen Tümpel vor der aufragenden Granulitsteinwand sie als Kinder nach dem Krieg versenkte Gewehre und Schrapnells gefunden haben. Grünes, schlieriges Wasser leckt an das Gestein. Die Wand ragt etwa zwanzig Meter hoch. Grasbüschel und Birkenschößlinge quetschen sich aus den verwitterten Gesteinsspalten. Steffen läßt seinen Blick bis zur oberen Kante schweifen, über die sich die Wurzeln der Bäume krallen. Ob ich's wage?
Meter für Meter klettert er höher. Das Herz pocht. Nur nicht nach unten sehen! Der linke Fuß gleitet ab, aber Steffen hält sich mit beiden Händen an einem Steinblock fest. Noch fünf Meter! An eine kleine Birke geklammert, ruht er, am ganzen Körper zitternd, aus. Der Absturz, nicht auszudenken. Ein Wahnsinn!
Suchend pendeln die Hände und Füße nach Halt, kriecht der Körper, an die Wand gedrückt, weiter, höher. Da ist die Oberkante – geschafft! Triumph durchprickelt ihn: dieser lächerliche Tümpel da unten!

Jetzt alles! Der Zehntausend-Meter-Läufer gibt das Letzte, als er sich, vierhundert Meter vor dem Ziel von seinem erbitterten

Gegner absetzt. Neuntausendsechshundert Meter, bange Meter, der Druck am Hals, in der Lunge, an den Muskeln und Sehnen, werde ich's schaffen, die heiße Budapester Sonne, werde ich – ich will, ich will gewinnen! Phantastisch! Als ob er fliegt! Trainer, Offizielle, Zuschauer im Stadion und Millionen Fernsehzuschauer verspüren plötzlich jenes Gefühl der Schwerelosigkeit, in der man alle Sorgen, den entbehrungsreichen, kümmerlichen Alltag vergißt – wir fliegen!

»Jürgen Haase fliegt dem Ziel entgegen, noch zweihundert Meter«, überschlägt sich die Stimme des Reporters, »dann hat er, dann hat unsere Mannschaft, dann haben wir den Europameistertitel gewonnen! Die zweite Goldmedaille! Eine großartige Mannschaft am ersten Tag ihres ersten selbständigen Starts!«

Ein Hamburger Sportjournalist notiert mit unterkühlter Bewunderung: »Die mitteldeutschen Leichtathleten, zum ersten Mal bei Europameisterschaften mit eigener Mannschaft vertreten, haben ihren großen Tag.«

Wolfgang Nordwig prüft vor dem entscheidenden Sprung um die Goldmedaille die Griffhöhe an der Glasfiberstange. Den Stab in der Rechten, ein feines, nervöses Rieseln bis in die Fingerspitzen, steht er am Start. Den Betreuern, die mit ihm und der Mannschaft bangen, entschlüpfen fahrige Gesten. Dann läuft er an, springt ab, schnellt mit den Füßen in die Höhe, über die schwarzweiß lackierte Latte. Und mit ihm die ganze Mannschaft. Das Ungeheuerliche, nicht für mögliche Gehaltene, aber von den Funktionären und Politikern Erstrebte ist Wirklichkeit geworden: Die DDR-Mannschaft holt, nach Jahren in der gesamtdeutschen Mannschaft, die meisten Medaillen und – was sicher nicht geplant war – vor Polen und der Sowjetunion den Gesamtsieg.

Zeit ist wie Wasser, und wenn wir die Hand öffnen, bleiben nur Tropfen zurück. Gut, denkt Steffen und unterdrückt mit einer Handbewegung Hochquellendes, diesen verkorksten Sommer. Aber auch schade, und er versucht die Bruchstücke eines rötlichbunten Herbstes mit der Poesie eines Mädchens zu verbinden. Monika, die durch ihren Liebreiz Wählerische. Die durch ihre

Schönheit Einsame. Warum zog sie von zu Hause, ihr Vater Zahnarzt, fort? Wie sie sich in einem Kuß in bodenlose Tiefe fallen lassen konnte! Warum hab' ich nicht protestiert, daß sie nun auch von Döbeln weiterwandert? Wenn sie sich meiner Liebe sicher wär'! Die Stadt ist dunkel und sie muß zur Arbeit, wenn sie wieder heller wird. Sie hat eine einmalige Chance: In Leipzig kann sie eine Stelle als Assistentin kriegen. Die Möglichkeiten an niveauvollen Bekanntschaften vervielfältigen sich mit der Größe der Stadt. Aber in ihrer Anonymität auch die der Einsamkeiten. Ihr schmales, chlorgrünes Zimmer, in dem er von ihr Abschied nahm. Ein bedrückendes Zimmer. Allzuverständlich, aus dieser Enge wegzugehen ...
Ein Tropfen, nicht der angenehmste, das letzte Bild. Da bin ich besser dran, denkt Steffen, und ein Gefühl der Scham beschleicht ihn. Kraft, es ist eine Frage der Kraft und ihres Wirkens in der Entfernung. Steffens Liebe, das was seinem Herzen näher liegt, gehört dem Sport.
Letzter Versuch, sagt er zu sich und wirft sich den Schlips über den Kopf, den silbergrauen mit der blassen Rose. Der Spiegel reflektiert ein schmales, unruhiges Gesicht. Haare á la Brecht, wie sie natürlich fallen, so daß man sie selten kämmen muß. Der kleine Kopf, unscharf ohne Brille, sonst ist er zufrieden mit seinem Konterfei.
Vor dem in die Holzwand eingefügten Schrank, die langen Beine in den engen »Röhren« abgewinkelt wie bei einem Scherenkrebs, müht er sich, mit dem Lappen noch einmal über die schwarzen Rindledernen zu fahren.
»Heute gehe ich in diesem Jahr das letzte Mal tanzen«, schreibt er in ein kleines, blaues Notizbuch, das er, seit er Stendhals Tagebücher gelesen hat, neben seinen Trainingsaufzeichnungen führt. »Werde ich Wort halten?«
Draußen, im abendlichen Dunkel, geistert Nebel durch die Stadt. »Nebelherz hab' ich gegessen«, es ist November und kühl. Der Nebelmoloch verschleiert die Laternen, verschluckt Fußgänger und speit feuchte Mauerreste aus. Die Straßenbahn, ein Boot aus dem Nebel, Mehners steigt ein.
Wasser macht schweigsam und läßt aus schnellerer Bewegung zu innerer Ruhe finden. Die stummen Fahrgäste drehen den Einsteigenden verschlossene Gesichter zu, und die schweigen auch.

Fremde, was hätten sie einander zu sagen? Auf den ersten Blick kein weiblicher Reiz. Steffen setzt sich ans Fenster, einem Schlafenden gegenüber. Jalousien dicht, ein Blinder, tot, ich hätte mich doch woanders hinsetzen sollen.

Vom Platz der Einheit bis zum »Waldparkhotel« braucht die Straßenbahn knapp fünfzehn Minuten. Zehn Haltestellen, wie Steffen zählt, man sieht nicht einmal die Elbbrücke. »Tilles Kostümverleih«, ein wächserner Herr im Frack und die Puppe in Spitze daneben, obskures Geschäft in der Nacht, hat heute ebenfalls keine Chance.

Im Tanzlokal »Schillergarten« kostet es bis 22 Uhr Eintritt. Steffen hält etwas von Methode. Also bis um zehn ins Restaurant »Waldpark« und anschließend, wenn sich bis dahin nichts tut (keine »Perle« gesichtet), eine Haltestelle weiter in den Schillergarten. Eine Schlenderrunde genügt, um festzustellen, ob es sich lohnt zu bleiben, oder ohne Umschweife in den Vormitternachtsschlaf zu fahren. Rationell und »am Ball« bleiben. Keine Torschlußpanik, wenn sich keine Chance bietet.

Die grünen Leuchtbuchstaben des Etablissements am Waldpark in Blasewitz erinnern ihn stets an grüne Waldmeisterlimonade. Etwas Vertrautes, Heimisches geht davon aus. Das Muldetal, der grüne Wald. Doch diesmal steht zwischen Heute und der Erinnerung an die Kindheit eine undurchsichtige Nebelwand.

Das spiegelglatte Parkett, das matte Gelb der Lampen, dunkle Holztäfelung, weiß gedeckte Tische, neben dem Weißweinglas eine Florenahand, der ablehnende Blick mit der plötzlichen Antwort für den in Eigensinn geflüchteten Nachbarn. Großstädterinnen, mein Gefühl ist ein Drink an der Bar und der Lack von deinem Auto. Die schwarzweißen Kellner mit wedelndem Frack, der erste Hit der Kapelle, Tanz der alten Jungs am Bariton- und Tenorsachs, bebrillte und starr auf die Tanzpaare gerichtete Gesichter – alles ist wie immer.

Steffen sieht sich vergebens um. Am Nebentisch stößt jemand ein Bierglas um, zwei Damen heben pikiert ihre Röcke. Früher ging er mit Jakob oder den Spielern der Jugendfußballmannschaft tanzen. Hier, in der Großstadt divergieren die Interessen, und Wegezeiten legen sich quer. Steffen, der einen guten Kontakt zu Klaus

aus der Trainingsgruppe und zu den Kollegen in der Schule hat, auf seinen nächtlichen Streifzügen ist er ein Einzelgänger. Er tanzt zwei Touren mit einer rotwangigen Potsdamerin in einem Kleid wie weißer Flieder, eine Sektwoche im November, jetzt, wo die Stadt leer ist von Touristen – für Steffen zu wenig, um anzubeißen. Er dreht ab.

Wenn er Rechenschaft ablegen müßte über all die Zeit, die er in Nachtbars und auf Tanzsälen auf der Suche nach der Dame seines Herzens vergeudet hat – ach was, ein Weltmann scheut sich nicht vor Opfern! Aus einem Bogen Licht tritt er hinaus auf die Treppe. Die Luft ist kühl. Der Nebel hat sich etwas gelegt. Als Wiesengeist umschleicht er nun die alten Villen, kriecht an Eisen- und Mauerwerk hoch oder klebt wie ein nasses Unterhemd an dahinter aufragenden Gehölzen. Bis zum nächsten Tanzlokal ist es nicht weit. Am Schillerplatz schwimmen, als wäre der Ort eine Bucht, Häuser mit Türmen und Erkern wie Schiffe, deren Buge übers »Blaue Wunder« zum »Weißen Hirsch« hinüberblicken, den lichtbestickten Samtberg, der am Glitzerband der Elbe ruht.

Der Schillergarten steht etwas unterhalb des Platzes und reicht mit seinem schwarzweiß leuchtenden Fachwerkgebäude fast bis an das Ufer der Elbe.

Steffen dringt durch den Einlaß, als rette er sich aus einer allzuseichten Welle an Land. Tropische Gefilde. Grellrote und grellgelbe Kleider. Über wogenden Köpfen unter imitierten Palmen tosende Schwaden von Zigaretten- und Pfeifenqualm. Als müsse die bunte, orgienhafte Menge jeden Moment gegen einen der hölzernen Pfeiler krachen, als stürze im nächsten Moment der ganze Raum zusammen oder berste wie ein Lebewesen nach einer übergroßen Kontraktion. Im Dickicht der Städte. Nicht dieses kühle, rechtwinklig graue, sondern jenes dichte, dschungelhafte, in dem sich die Vokale O und U zu prächtigen Formen und Farben fügen. Die Kapelle schwitzt bei heißen Rhythmen, nah, hinter dampfenden Schleiern kippt der rote Sonnenball in die grüne Äquatornacht.

Einen Tanz später hält Steffen ein blondes Insulanermädchen an Händen, mit dem er über die rasenden Bewegungen und Grimassen des Bassisten lacht. Zupfende, schlagende Hände, atavi-

stischer Haarwuchs über der nackten Brust, kreisrundes Gesicht, abstehende Ohren, hin und her, auf und ab, verdutztes Innehalten, heiseres Brüllen – alles an ihm erinnert an einen riesigen, ausgelassenen, schrecklich lustigen Affen.
Steffen schätzt seine Partnerin nicht älter als zwanzig. Ihr Leinenkleid wird von einem Ledergürtel halbiert und über ihren Brüsten hängt eine Korallenkette. Start auf Java. Steffen tanzt wieder und wieder mit ihr. Gleich einem Gestrandeten überkommt ihn eine prächtige Stimmung. Ist es wirklich so toll? Ich bin verrückt! – bemerkt er für sich, mit jener Sicherheit, mit der man vor jeder Direktheit, jener banalen Aufklärung, die den Dingen innewohnt, Abstand nimmt. Mit Mühe beherrscht er sich, beim Kellner nicht ein Faß, sondern nur einen Schoppen Wein zu bestellen. Er hat nur einen Stehplatz und stellt sein Glas auf einen Mauervorsprung. Unscharf sieht er drei weibliche Gestalten, zwei kleinere, ovale Formen und ein langes, graziles Wesen mit wehendem Haarschwanz sich einen Weg durch das Gewirr der Herumstehenden bahnen. Unweit von Steffen setzen sie sich an einen mit einem Chaos von leeren Flaschen und Gläsern frei gewordenen Tisch. Ein neuer Tanz beginnt. Mit schelmischem Lächeln schaukelt die Korallenkette an der Hand eines anderen vorbei. Steffen geht drei Schritte in das Gewirr der winzigen Nierentische, die das Dunkel einer Nische ausfüllen und fordert, eine leichte Verbeugung andeutend, das größere der drei Mädchen, das als einziges sitzen geblieben ist, zum Tanz auf.
»Darf ich bitten?«
Marie-Luise zuckt zusammen. »Nein, ich kann nicht tanzen!«
Steffen hebt bedauernd die Schultern. Ein Spiel, bei dem man so tut als ob. An dem Torbogen zum Saal angelt er sich sein Glas und nippt daran. Verdammt schön heute! Etwas ernüchtert, die Eintragung im Notizbuch, er weiß, er muß und wird Wort halten. Sonnenuntergang, und du stehst am Strand, um Abschied zu nehmen. Für wie lange? Aber noch ist es nicht so weit!
Ich werde die übliche Frage heute etwas früher stellen. Steffen versucht, die Insulanerin zu finden.
»Sehen Sie, wie unsere Herzen hüpfen?« lacht er beim Tanzen und hat nur Sinn für seine Partnerin. Zwei Herzen im Cha-Cha-

Cha, merkt nicht, daß zwei fremde Augen ihn suchen. »Darf ich Sie nach Hause bringen?« fragt Steffen das Inselmädchen.
»Tut mir leid, aber ich geh mit meiner Freundin nach Hause.«
Verflucht, beide begleiten?
»Aber wir könnten uns einmal treffen!« wirft sie schelmisch den Rettungsring.
Steffen dreht sich den Rest der Melodie im Vorgefühl eines zarten Glücks.
»Sehen Sie!« lacht das Inselmädchen. Der Orang schlägt jetzt auf eine längliche Schüssel von mattem Silber, spielt mit ihr Baß, die Kunst, lachen zu machen, man ist unsicher, ob man weiter tanzen soll, Steffen neigt sich dem Mädchen zu – da trifft ihn der Blick aus zwei Unschuldsaugen – Pfeilsekunde, Schuß und Treffer, »Die Stelle war's«, Dante, »Göttliche Komödie« – Steffen ist konsterniert.
Als einer der letzten läßt er sich an der Garderobe den Mantel geben. Da steht sie, die ihm jenen Blick zugeworfen hat, wie das Mädchen Rosemarie, in kurzem Pelzmantel und Stöckelschuhen, frierend und allein. Unvorsicht, kausaler Zusammenhang, Zufall?
Steffen nähert sich ihr, wie von einem Magnet angezogen. Ihr Blick, eine Flamme, schon ist sie weggehuscht. Mit einer Stimme, als wenn Glas in tausend Scherben zerspringe, antwortet sie auf Steffens Frage, ob er sie noch zu einem Glas Wein einladen dürfe: »Ich bitte Sie!«
Im Stöckelschritt über die Holzsparren des »Blauen Wunders«. Als dunkle Ahnung darunter der Fluß.
Nicht zu nah, nicht zu weit auseinander, nicht Flucht, nicht Bleiben, gehen sie über die Brücke auf die andere Seite der Stadt. Sie mit seinem Lachen vor Augen und er getroffen von diesem ungeheuren Blick.
»Gestern wollte mich einer malen«, sagt sie mit ihrer hohen Splitterstimme. Die erste Frage nach allem oder nichts.
»Na und?«
Schweigen. Mit dem Raum für neue Gedanken. Was steckt hinter seiner Nonchalance? Wie denkt er über Frauen? Wie denkt er über mich?

Steffen läßt nicht die geringste Unsicherheit aufkommen. Mit einem Seitenblick auf das ungeschickt neben ihm stelzende Wesen im fahlen Brückenlicht auf den grauen Stahlverstrebungen fragt er: »Akt?«
»Nein, Porträt.«
Er ist enttäuscht. Neugier darunter.
Als einzige Gäste der Bergbahn gleiten sie wie im Traum aus der unter ihnen liegenden Stadt. Der Mond steht wie eine Sichel über dem Tal und rafft die letzten Nebelgarben. Da sind sie wieder, die fünfhunderttausend Lichter der Stadt da unten, so nah und so fern. Kaum sind sie losgefahren, kommen sie an. Der Luisenhof, Ardennes Kuppel an der Straße. Zwei Welten, du und ich. Die bange Frage: Was können wir einander sein?
Die Bar ist dieselbe, in der Steffen den Wodka hinuntergekippt hat, müßig, sich Vorwürfe zu machen, es hätte ein Kirschkern sein können ... Es ist spät, früher Morgen. Auflösung schwankt von den Tischen. Die Kellnerin bringt ihnen zwei Gläser mit rotem Wein.
»Ich heiße Steffen«, sagt Mehners und hebt sein Glas. Das Zögern von Marie-Luise zieht sich peinlich in die Länge.
»Und ich Marie-Luise«, sagt sie schließlich. Und sie stoßen an.
Die Band tröpfelt zurück. Sie beginnen mit einen Bossa Nova, aber niemand tanzt. Am Ende verfallen sie in eine schleppende Melodie und die Akkorde wecken stille Bilder, Schritte nach jenem müden oder verheißungsvollen nach Haus.
»In dieser Straße wohn' ich«, sagt Marie-Luise im »Wilder-Mann«-Viertel unvermittelt und entwischt geschickt seinen fragenden Händen. Zurückbleibt die Nacht mit den unbeantworteten Fragen: Wer ist sie? Woher kommt sie, wo geht sie hin?
Kostbare Hoffnung, läßt Steffen ihre letzten Worten nachklingen: »Was heißt, dann treffen wir uns vielleicht wieder?« Steffen antwortete: »Ich weiß doch nicht, ob Sie kommen werden ...«

2

Kraftvoll schiebt eine schwarze Krähe ihre mächtige Brust über den Rasen. Hält den Kopf schief, Seitwärtshüpfen wie Klaus in der schwarzen Paluccahose. Jetzt schlägt sie ihr Horn in die weiche Grasnarbe und zieht, mit Unterstützung eines Flügelschlages, eine längliche Beute heraus. Dann stiefelt sie weiter in Richtung einer Lache Erbrochenem. Gierig fährt sie mit ihrem Schnabel hinein. Und fliegt aus Steffens Gesichtsfeld. Kommt von der anderen Straßenseite zurück, hüpft beidbeinig die Bordkante herunter, da ist sie wieder an ihrem Mahle, argwöhnisch, in Angst um ihr Leben.
November. Ein grau ausgeschnittener Himmel mit schwarz hochflatternden Vögeln über der Silhouette der Neustadt. Das entzauberte Geäst der Bäume neben der Haltestelle. Zwischen den wenigen, fröstelnden Gestalten spielt ein in blauen synthetischen Pelz gehülltes Kind.
Früher Nachmittag. Die Straßenbeleuchtung geht an. Steffen faßt die Henkel seiner Reisetasche und drängelt sich in eine Straßenbahn. Die Kreuzung am Platz der Einheit lenkt unwillkürlich seine Blicke nach rechts: Dort ungefähr, zwischen Königsbrücker Straße und Bahnhof Neustadt muß die Villa seiner Wirtin stehen. In Decken gehüllt, krumm wie eine Hexe, drückt die Reißert in ihrem Wohnzimmer auf den Lichtschalter. Unheimlich, das weich zerfließende Grau da draußen, aber ebenso unheimlich der grelle, elektrische Blitz. Sie setzt sich in ihren großen Ledersessel, stützt das Kinn auf die verkrallten Hände und starrt ausdruckslos vor sich hin.
Basel hat lange überlegt, was er seinen Schützlingen für Jahresziele stellen soll. Was ist machbar, und was wird von ihm in der Führungsetage in Berlin erwartet? Basel weiß um die Tonfüße solcher Prognosen. Er kennt die Schwächen und Stärken der Athleten, ihre jährlichen Zuwachsraten, die Mittel zur Intensivierung und Akzentuierung, zur technischen und taktischen Verbesserung im täglichen und monatlichen Trainingspensum. Was will er denn – über dies bleibt jede Aussage vage. Basel ist vorsichtig in seinen Pro-

gnosen, wagt nicht, zu weit nach vorn zu greifen. Er ist real. Er sieht den Sportler als menschliches Individuum, das auch noch andere Interessen hat, zumindest zwei: Beruf und Familie. In jedem Herbst muß er mit der Klub- und Verbandsleitung um diese Zielstellungen einen harten Kampf ausfechten. Andere Trainer stellen höhere Anforderungen! Aber Basel weiß: sie erfüllen sie nicht! Und er nennt Beispiele aus dem eigenen Klub. Ist es nicht mutiger, wenn wir uns Planziele stellen, für die wir einstehen können, als uns mit Wunschdenken gegenseitig etwas vorzumachen? Denkt ihr, wir erreichen mit Prahlerei die Anerkennung der Republik? Nein. Aber – hier schweigt Basel. Das ist seine Schwäche. Zugleich sein Nimbus als Trainer und seine Größe als Mensch. Die Übereinstimmung von beruflicher Entwicklung, familiären Ambitionen und Leistungssport ist ein höchst komplizierter Prozeß, in dem jede Veränderung nur mit allergrößter Behutsamkeit auf der Basis des Vertrauens in Absprache mit dem Wettkämpfer erfolgen kann. Basel, zugleich Verbandstrainer, mit zwei ehemaligen Olympionikern und drei Olympiakandidaten erfolgreichster Trainer im Klub, kann sich, obwohl ihn die Auseinandersetzung mit der Verbandsleitung um höhere Leistungsziele jedes Mal Kraft, viel Kraft kostet, Solidität und Rücksicht, ja, sagen wir Menschlichkeit, leisten. Für seine Kollegen ist er darin Vorbild, von einigen wird er wegen seiner Vorsicht, seiner Gewissenhaftigkeit, seines Vertrauensverhältnisses zu den Aktiven freilich auch gehaßt. Der hagere Mann schiebt die Gardine seines Dienstzimmers beiseite und sieht in das Graugrün des Stadions. Eine Gruppe junger Sprinter fegt, einer hinter dem anderen, diagonal über den Platz. Am Kabineneingang taucht die lange, sehnige Gestalt von Steffen Mehners auf. Basel verläßt den beheizten Raum.
»Ich freue mich, dich zu unserem heute beginnenden Wintertraining begrüßen zu können«, empfängt er Steffen herzlich und reicht ihm die Hand.
Warum so feierlich? Als hätten wir uns wochenlang nicht gesehen.
»Du bist doch wieder fit?«
Steffen, in Trainingsanzug und blauem Anorak, senkt den Kopf. Wenn er nur einmal nicht daran denken müßte – dieses

Glucksen in den Därmen, als läge er mit dem Ohr auf einem Kanal und könne es im Dunkeln rinnen hören! Das Aufblasen des Bauches nach den Mahlzeiten zu einem riesigen Wanst, dann das allmähliche Schlafferwerden, schließlich so, als bliebe in den Windungen des Gedärms der Rest einer Blähung, den man, lästig, wie die Klingel am Schwanz einer Katze, immerfort versucht, durch Kontraktion der Bauchdecke hinauszustoßen. Krankhafte Selbstbeobachtung. Hypochondrie. Ihr ausgeliefert, erschrickt man allzusehr über das Animalische körperinnerer Prozesse.
»Das wird sich schon geben«, sagt der Trainer und fixiert Steffen. Zwei braune Augen aus einem kleinen, aus dem Ledermantel ragenden Kopf.
»Es muß sich geben!« sagt Steffen. Er hat sich nun einmal dieses zwiefache Comeback, Leistungsspitze und später Studium, in den Kopf gesetzt. Müßte doch zu schaffen sein, denkt er, sich seiner Ausnahme bewußt.
»Dein neues Trainingsziel über die 110 Meter Hürden werden wir auf dem diesjährigen Stand von 14,0 Sekunden lassen.«
Habe ich richtig gehört? DDR-Rekord? Das Trainingsziel dieses Jahres soll ich auch im nächsten Sommer schaffen? Wem hatten sie eine solche Norm denn noch vorgegeben? Und wer hatte sie geschafft? Keiner! Im vorigen Jahr hatte ich mein volles Selbstvertrauen! Bei allem Optimismus, diesmal trau' ich mir diese Zeit nicht zu!
Basel sucht Ausflüchte. Warte aufs Frühjahr. Die letzte Wettkampfvorbereitung war nicht umsonst. Was einmal »drin« ist, bleibt drin.
»Wem redet er Mut zu, sich selbst?« denkt Steffen.
So deprimiert wie nach dieser Blinddarmgeschichte hat der Trainer seinen Schützling noch nie erlebt.
Hätte ich ihm doch nur eine 14,3 vorgeben sollen? Diese Zeit ist heute international nichts wert. Sie hätten Steffen aus dem Kaderkreis genommen. Basel beunruhigen Gewissensbisse. Er hat Steffen spät, zu spät für den Kaderkreis vorgeschlagen. Dann der versäumte Krankenbesuch. Auf der anderen Seite: auf wessen Kosten soviel Humanität?

Rita, ein stilles Mädchen mit geschmeidiger, anmutiger Bewegung, Klaus, Hennig und einige Nachwuchsspringer haben sich nacheinander eingefunden. Steffen wechselt einen Händedruck mit ihnen, dann läuft er sein Programm herunter. Er liebt es, inmitten der anderen allein zu sein. Dieses Ungestörtsein mit sich selbst ist gewissermaßen die Voraussetzung, will man sich ganz auf den Lauf, den Wechsel von Spannung und Entspannung konzentrieren. Nur so erwirbt man sich jenes Gefühl für Lockerheit, die maximale Leistung zuläßt und dennoch alles so leicht aussehen läßt. Nur so wird das Laufen zu jener Vollkommenheit, jener Anmut, zur Kunst.
Individuelle Vervollkommnung. Aber stärkt nicht jede neue Qualität zugleich die Bindung ans Kollektiv?
Was hätten sie sich überdies an Interessantem zu sagen?
Rita, Abitur, unterm Kiefernwipfel des Fläming aufgewachsen, färbt in ihrer Freizeit Grashalme. Blau, grün, orange. Damit schmückt sie ihr 08/15-Zimmer in der Sportbaracke. Herr Basel, ist mein Haar für eine Leichtathletin wirklich zu lang? Eine Pein für Basel, für sie den richtigen Beruf und möglichst auch den richtigen Mann zu finden. Steffen verwirrt soviel Unselbständigkeit, er muß in Ritas Nähe zuviel Kraft aufwenden, sie in ihrer Naivität nicht bloßzustellen. Anders Henning, der Architekturstudent, der keine Gelegenheit ausläßt, sie in ihrer Einfältigkeit zu parodieren: Herr Basel, sind meine Haare wirklich zu lang? Henning ist ohne Zweifel der Intelligenteste von ihnen, aber Steffen hat zu ihm wenig Kontakt. Er bewundert ihn, wie er mit Jeans, Exquisithemd, Hebammenkoffer in den Umkleideraum schneit, seine Muskeln entblößt, eine Eulenspiegelgehässigkeit auf den Lippen, aber er fühlt sich nicht zu ihm hingezogen, wieweil der andere, mit einer scharfen Zunge ausgestattet, in unantastbarer Selbstvergötterung schwebt. Steffen hat das Gefühl, Henning sieht auf ihn herab, und so unterläßt er es, sich mit ihm über Dinge, die ihm wichtig sind, zu unterhalten. Selbst zu Klaus bildet sich dann eine Kluft, wenn Henning auf dem Platz ist. Zumal die zwei außer Studienproblemen – Henning nutzt die Möglichkeit, über den Klub eine Studienverlängerung zu bekommen, während Klaus, ehemaliger ABF-Student, straff ins Diplomjahr geht – und

außer dem Training noch ein weiteres gemeinsames Thema haben: ihre Freundinnen.
Henning, wie sich inzwischen herumgesprochen hat und nicht anders zu erwarten war, eine mit roten Haaren. »Ich hab' ihr einen grünen Kleiderstoff zum Geburtstag geschenkt, Klaus, ein Gedicht, du müßtest sie mal darin sehen!«
»Bist du verrückt?« hört Steffen Klaus in einer Verschnaufpause sich in seiner offenen Art entrüsten.
»Das hat doch Zeit!«
Werde ich Marie-Luise wiedersehen? Steffen, im Trainingsplan voraus, beginnt mit dem ersten von zwei Fahrtspielen. Er liebt diese Läufe, die aus dem Schwedischen kommen. Fünfhundert bis tausend Meter, in denen man das Tempo nach eigenem Ermessen variieren kann: steigern, trudeln, sprinten, traben. Die Gerade flott laufen, aus der Kurve trödeln, ein Stück gehen, dann ein längerer Tempolauf, ständig in Bewegung, Rhythmuswechsel, wie im Leben, in der Arbeit, alle Register an Intensität und doch in allem Spiel.
Es wird früh Abend im November. Einer der Benjamine springt die Treppen hoch bis unters Dach und schaltet des Stadionlicht ein. Vier Glotzaugen erhellen die Zielgerade, an deren Anfang und Ende die Läufer aus der Dunkelheit kommen und wieder darin verschwinden.
Bald gemahnt sie ein grell aus dem Kantinenraum herausspringendes Licht an die Jahreshauptversammlung der Sektion Leichtathletik.
Nach dem Training, in unbekümmerter Entspannung, die langen Beine ausgestreckt, liegen die Athleten mehr auf ihren Stühlen, als daß sie sitzen. Träges Händeschütteln. Die Hindernisläufer. Der Kugelstoßer. Die Fünfkämpferinnen. Sie achten sich untereinander. Und wenn sie etwas zu monieren haben, dann sind es die unzulänglichen Zustände im Klub. Doch erst einmal ist von Erfolgen die Rede: die erste selbständige Mannschaft der DDR bei den Europameisterschaften! Helga Wegelore dabei – auch wenn sie keine Medaille geholt hat. Der Juniorenweltrekord des Zehnkämpfers Carsten Paul, ab September Physikstudent an der TU und mit seinem Trainer in Dresden. Klaus Brahe und der

Kugelstoßer werden genannt, Ergebnisse, Erwartungen, denn die Leistungen können wie immer nicht befriedigen.

»Wann bekommen wir endlich eine Laufhalle?« fragt Klaus. »Denn unsere Leistungen stehen ja in einem gewissen Zusammenhang mit den international üblichen Trainingsbedingungen.«

Wann wird das neue Internat gebaut? Und wann werden wir einmal alle mit einheitlichen Trainingsanzügen (wir erwarten natürlich, daß der Klub sie anschafft) auftreten?

»Wenn die Leitung mangelhafte Kulturarbeit im Klub kritisiert«, sagt ein Hindernisläufer, »soll man sich erst einmal Gedanken machen, wie man uns mehr Freizeit verschafft. Ich verbringe meine ganze freie Zeit im Wald und auf der Strecke.«

»Schon deshalb würde ich nie Langstreckler werden«, flüstert Henning, so, daß es in der Runde zu hören ist, und fügt hinzu: »Soll ich mal fragen, ob sich Ochs darüber im klaren ist, daß die 11,2 Sekunden für die hundert Meter als Zielstellung für Helga Wegelore Weltrekord sind?«

Ochs, der leise Gedemütigte, sitzt mit finsterer Miene in der Menge – nein, es lohnt sich nicht, ein Wort an ihn zu richten.

Hinter der vernickelten Theke in Nebenraum, verkauft der lange, wie ein abgeschnittener Holzstamm wirkende Wirt mit einer Miene, als wolle er alle am liebsten für sich behalten, da es im Laden keine zu kaufen gibt, Apfelsinen.

Marie-Luise greift in der Reihe der Lippenstifte zu einem roséfarbenen. Sein Äußeres? Sie erinnert sich nur an Formen. Der kleine Kopf mit einer spitzen Nase. Die Körpergröße, fast einsneunzig. Dabei schmal, »lang und schmal, den Frauen eine Qual«, sie kichert, er paßt zu mir. Wer weiß, ob er kommt? Was sie in Rage bringt, aber zugleich anzieht, diese Nonchalance, hieß er nicht Steffen? Also sehen wir uns vielleicht wieder? Wie hätte er sonst nach jenem »Korb« noch lachen können? Sie beugt sich vor, in dem Gesicht vor dem goldgerahmten Spiegel einen Strich zu plazieren, wölbt die Lippen nach innen, bevor sie noch einmal nachbessert. Wenn man ihnen zusieht, wird einem klar, warum die Frauen von Natur aus zum Malen begabt sind.

Pferdeschwanz, Jeans, eine blaugrüne Jacke, wiegt sie sich wenig später auf dem niedrigen Eisenzaun an der Straßenbahnhaltestelle. Kopf gesenkt, schämt sie sich über ihr zu starkes Make-up?
Sie sind beide zu früh gekommen. Tun aber so, als bemerkten sie es nicht. Ja nicht lachen! – denkt Steffen, und nicht etwa die Bemerkung: Was für ein viel zu grell geschminkter Mund.
Sie fühlt den Mißklang, den ihr Äußeres in ihm erzeugt und revanchiert sich: nichts Besonderes, dieser Steffen. Manchesterhose, schäbiger Mantel, Kragen hochgeschlagen, schwarz wie eine Krähe. Aber er ist gekommen! Ganz tief drinnen, ein wenig Zärtlichkeit, dreht ihren Kopf nach rechts.
»Es müßte bald eine gelbe Ente ranfahren«, sagt sie.
Steffen lacht und betrachtet auf der anderen Straßenseite auf dem Reklameschild eines Ladens einen Fisch, der auf der Schwanzflosse steht. Etwas weiter ein öder Fleischkonsum, hier wird sie einkaufen.
Während sie über die kalte Jahreszeit reden, sie in dünnen, flachen Schuhen wie Spreewaldkähne, versucht jeder unbewußt aus den Worten des anderen etwas herauszuhören, das sich festhalten ließe. Zwei unschuldige Spieler, zwischen ihnen eine unsichtbare, schwarze Wand.
Ihr gefällt, wie er lacht, als ein Köter einen unachtsamen Alten, der ihm auf den Schwanz getreten ist, am Lodenmantel faßt. Jo, denkt sie, ich werde ihn Jo nennen.
Sie stehen im Sterz der Ente und schweigen. Sie ist nicht gerade gesprächig, denkt Steffen, die Seele voll Glanz. Na wenn schon, ich könnte so mit ihr bis ans Ende der Welt fahren!
Sie tauschen einen Blick: was für Augen! Noch nie hat Steffen Unschuld und Schuld so nah beieinander gesehn! Das Kindliche, In-Schutz-zu-Nehmende. Hoffnung. Scham? Das Stürmische, Begehrende, lächerlich, noch haben sie nicht einen Kuß getauscht.
»Mögen Sie Eissterne?«
Sie verlieren sich inmitten der vielen Gestalten, die dem Licht des Heinz-Steyer-Stadions zustreben. Ein Strom von hastenden Schritten zwischen Fabrikwänden und Eisenbahnanlagen. Auf den Schienen neben dem Stadion pendeln Polizisten mit Hunden.

»Wohin?« fragt sie ein Polizist, als sie die Schienen überqueren.
»Nach Hause, ins Internat.« Sie werden durchgelassen.
Arbeitet er hier? Marie-Luise folgt ihm auf dem Trampelpfad durchs Gebüsch die Böschung hinauf. Auf der Dammkrone des Eisstadions brodelt es. Neonlicht strahlt in den Himmel, Fetzen von Melodien schwirren aus den Lautsprechern. Links die Internatsbaracke, hier wohnen Rita, Klaus, die Turner und Kanuten. Sie erklimmen die Dammkrone. Was für ein schönes Bild: die spiegelnde Eisfläche, darum herum die wie ein Streifen Blech zum Oval gezogene Bande mit der dahinter nach oben steigenden vielköpfigen Zuschauermenge. Ganz oben, im Hintergrund, Rotten von Halbstarken auf Gerüsten, Galgenvögel auf schwankenden Brettern, andere hocken, dunkle Schatten, wie Affen in den Astgabeln der Bäume. Rufe aus heiseren Kehlen übertönen zuweilen die schmissige Musik: »Hüttner, bist du immer noch auf der Straße? Hüttner, Achtung, der Büttel kommt!«
Dann reckt die erste Eisläuferin ihren Po, die Kufen ihrer Schlittschuhe trommeln den Rhythmus aufs Eis, während ihre Arme und Hände wie Flügel schweben. Die Möwe lacht nicht.
Steffen sagt nach einer Weile Zusehens: »Sjoukje Dijkstra war sportlicher!« Über eine Gedankenbrücke fügt er hinzu: »Seit voriger Woche probier' ich so was Ähnliches im Zirkel eines Arbeitertheaters.«
»Sie wollen wohl Schauspieler werden?«
»Nein, nur um mein Gedächtnis zu schulen, ich hab' so ein schlechtes Gedächtnis.«
Steffen dreht sich um und sieht, wie die Halbstarken von oben glühende Zigarettenkippen in die Menge schnipsen. Kindheitserinnerung: Dadda pinkelt Muttersöhnchen Riemsfeld, der geduckt unter dem Schloßbergfelsen entlanggeht, satanisch feixend von oben auf den Kopf. Wie kann man so verrohen? Daddas Vater legte, wenn er abends betrunken nach Hause kam, die Axt auf den Tisch.
Ein Paar umgirrt sich auf der Eisfläche. Schöne Musik.
»Wieviel ich wiege?« piepst Marie-Luise. »Einundsechzig Kilo. Für ein Mädchen gerade richtig. Aber als Frau zu wenig.«

Steffen hält dagegen, als er spürt, daß sich Marie-Luise plötzlich an ihn lehnt. Kalt hier. Dabei glüht ihr Gesicht vor Begeisterung für die Eistänzer.

Völlig überraschend für Steffen flattert eines Tages die Benachrichtigung über die Genehmigung seiner Rehabilitationskur in den Briefkasten. Ihm bleibt nur das Wochenende Zeit zur Vorbereitung bis zur Anreise. Und wenn ich einen Tag später komme? Wird man Sie gleich wieder nach Hause schicken! Die Reißert kennt sich noch in der Hölle aus.
Wie aber Marie-Luise benachrichtigen, daß das nächste Rendezvous ins Wasser fällt? Steffen kennt weder das Haus, in dem sie wohnt, noch ihren Familiennamen. Jakob, fällt ihm ein, er könnte den Freund hinschicken. Wenn er sie ihm beschriebe: langes, schwarzes Haar, hübsches Gesicht mit auffällig rot geschminktem Mund und stark getuschten Wimpern, grazil und scheu wie ein Eichhörnchen ...
Steffen fährt nach Coschütz, der Südhöhe über dem Universitätsviertel, aber Jakob ist nicht zu Hause.
Wie soll ich ihr dies erklären: der erste Vertrauensbruch?
Die Platanenstraße ist dunkel, ein dezemberfeuchter Schlauch, in dem die Schatten unter den Gasfunzeln Menschen mit Gesichtern werden, bevor sie wieder in der frühabendlichen Finsternis verschwinden. Der Lichtschein eines Schaufensters mit Textilauslagen fällt auf die gefleckten Stämme der Bäume. Schwarze Platanenkugeln hängen weihnachtlich im Gezweig. Die Kreuzung! Von hier aus ist sie nach rechts gegangen! Im zweiten der Grundstücke entdeckt Steffen an der Tür der Wohnung im Erdgeschoß die Initialien M.-L. vor dem Nachnamen »Wolch«. Entweder sie ist es, oder wir müssen unser Schicksal dem Zufall überlassen! Steffen beschriftet einen Zettel und schiebt ihn durch den Postwurfschlitz.

Die Straßenbahn 31 zuckelt, elektrisches Herz im ächzenden Wägelchen, wie zu Großvaters Zeiten die Windungen des Lockwitztales hinauf nach Bad Kreischa.

Blühende Apfelbäume, Fachwerkhäuser, von Wiesenblumen bestickte Hänge, Steffen erinnert sich, als Geographiestudent auf einer Exkursion zum Berg Wilisch schon einmal hier hochgefahren zu sein. Eine Horde unbekümmerte Studenten. Einer ließ einen Furz in der Bahn, es stank, als würde sich unverhofft ein Vulkanausbruch ankündigen. Aber ein frischer Wind wehte durch die Tür. Der Basaltaufbruch der Bergkuppe, mein Gott, Tertiär, ein zu schwarzen Stelen kristallisiertes Gestein.
Jetzt hat der Herbst das Tal geweitet und malt große, traurige Landschaften. In der Eile hat Steffen neben der unvermeidlichen Reisetasche nur ein kleines, fuchsrotes Köfferchen finden können. Die ausgebleichte Delle im Leder stammt von dem früher in Mutters Kammer zum Hartwerden darauf gelegten Brot.
Aufregend, von heute auf morgen seine Zelte abzubrechen. Wegzugehen. Alles hinter sich zurückzulassen.
Die letzten Unterrichtsstunden. Die nicht gerade erfreuten Gesichter des Direktors und der Kollegen. Vertretungsstunden. Noch rasch den Plan für die Jugendgruppe. Einweisung eines Jugendlichen. Training in Eigenregie. Wer etwas will, wird auch für sich allein arbeiten.
Fort, fort! Weit genug für Steffen, sich auf Kommendes zu freuen. Zweimal am Tag trainieren, Bücher lesen, wer weiß … Sie hatten sich nach jenem Abend im Eisstadion noch einmal getroffen und sich im Theater »Krieg und Frieden« angesehen. Steffen fällt ein Satz wieder ein: »Wer ohne Liebe von zu Hause in den Krieg zieht, kämpft ein gefährliches Wagestück.« Wird sie eine treue Natascha sein? Wie komm' ich auf Krieg? Kampf um eine Leistung? Muskelkrieg? Nervenkrieg? Abgesehen von all den anderen Schlachten um irgendwelche Vorteile, Besitz, Ansehen, Wissen …
Das Sanatorium von Bad Kreischa steht hinter der Einmündung eines kleinen Zulaufes zum Lockwitzbach. Konvex schwingt sich der wuchtige Hauptflügel von dem Verlauf des Wassers ab. Die Fassaden des hohen, dreistöckigen Gebäudes erinnern ans Leipziger Ringcafé. Steffen, in der Aufnahme gebeten zu warten, hat Zeit, das Foyer zu betrachten: im Kreismittelpunkt eine von Blumen umgebene Stele, von deren bis unter die Decke reichender Spitze ein gelber Lichtquell springt. Inmitten einer kaminartig gemauerten Wand ein

von üppiger Fauna überquellendes Aquarium. Leere, wie irr herumstehende Sessel. Zur Linken im Bogen eine ansteigende, rot ausgelegte Treppe. Kein Vergleich zu den spartanischen Einrichtungen in den Trainingslagern! Hier wird nicht nur der Gaumen, sondern auch das Auge verwöhnt! Hier soll der angeknackste Leistungssportler neuen Mut bekommen! Das schmale, rote Teppichband führt Steffen, nachdem er die Einweisungsformalitäten erledigt hat, geradezu liebkosend nach oben. Schematisch zweigen in den Etagen Seitengänge ab, dunkel und lang, bespickt mit braunen Holztüren, Assoziationen an Klosterzellen oder die vornehmen Verliese Pariser Strafanstalten wie sie Balzac beschreibt. Die Schlafräume mit braunen Holzmöbeln, kein überflüssiger Komfort, wirken ebenso düster, entlassen Fuß und Auge aber auf einen umlaufenden Balkon.
Zwei Sportfunktionäre teilen mit Steffen das Zimmer. Das typische Verhältnis, mokiert sich ein Mittelstreckenläufer, mit dem Steffen während eines Trainingslaufes in den engen Wegschleifen des Parks noch am gleichen Tag Freundschaft schließt. Mehr Fettbäuche, als rekonvaleszente Sportler. Und, wenn du nicht zufällig eine Hoffnung wärst …

Marie-Luise spielt mit der Zeichenkohle, konzentriert sich, wird innerlich fest und fester, das Blut entweicht aus ihrem Gesicht, sie möchte sich auf die Lippen beißen, da entlädt sich die Kompression: der erste erlösende Strich. Der erste Eindruck, wie er an der Wand lehnte, neben sich ein Weinglas, jetzt wird es komplizierter. Aber sie zeichnet lockerer, gelöster. Aus der Senkrechten des Anfangs wachsen seltsam verschnörkelte Formen. Von hier aus ist er auf mich zugekommen! Ich war so überrascht, ich konnte gar nicht anders, ich mußte abschlagen. Als wär' ich nackt. Aus den wie Efeu aus der Wand ringelnden Linien formt sich eine Blüte mit einem Blatt, auf dem ein Tanzpaar balanciert. Er ist größer, sie einen Pferdeschwanz, das bin ich. Wir haben nicht einmal zusammen getanzt! Zum Glück. Ich muß mich fernhalten. Ich war wie ein Stock, als er mich auf die Stirn küßte.
Ich darf nicht zu ängstlich sein! Aber auch nicht gleich nachgeben. Wie soll man sein? Kann man denn anders sein, als man fühlt?

So ist man eben, punktum. Oder ist man so, wie sich's der andre wünscht? Was will er denn von mir? Was weiß ich denn von ihm? Ach was. Es reicht, sich für ein paar Stunden wohlzufühlen. Nicht grübelnd zu Hause zu sitzen. Tanzsäle, Partys, überall dieses sinnleere Allein. Da freut man sich sogar manchmal aufs Weckerklingeln. Aber dann? Maniküre, Pediküre, Gesichtsmasken, Weibergeschichten, daß einem übel wird.
Sie ist nahe daran, Steffen in eine Karikatur zu verwandeln, sie verstärkt die Rückenkrümmung, ein Buckel. Ein gezackter Kopf. Der häßlichste Mann der Welt. Was will ich?
Hier, in der großen Stadt ist man weniger als ein Nichts. Man füllt seinen Platz aus. Räumt den täglichen Schutt von der Halde. Bimbam. Bimbam. Das Bad ist froh, daß es eine gute Arbeitskraft hat und wird sich hüten, mich für ein Studium vorzuschlagen. Eine Sackgasse, diese Kosmetik. Ein halbes Jahr Charlotte Meentzen, und du hast deinen Traumberuf. Ein Papier ohne das Drum und Dran staatlicher Ausbildung, dafür teuer. Kurzum ein Betrug. Diese alten Dresdnerinnen! So lange nicht jede ihre eigene Kosmetikerin hat ... Was soll ich denn tun?
Mein Vater hat recht, nach dem Abitur ist diese Kosmetik keine Alternative. Jeden Abend todmüde.
Sie möchte etwas Neues anfangen, aber weiß nicht wie. Weiß nicht was. Alles will weiter, weiter, irgendwohin. Zu Höherem berufen, die aus den Ketten aufgeschreckte Masse. Aber irgendwo schmerzlicher dann für das geweckte Bewußtsein: Grenzen. Keiner will mehr stehen bleiben. Verführt? Der Bewegte will nicht zur Ruhe kommen, der Geführte nicht alleine weitergehen.
Marie-Luise zerreißt das Blatt. Sie schämt sich, Steffen so verunstaltet zu haben. Sag Liebster, liebst du mich? Vielleicht ist er der, der alle Prüfungen besteht? Sie reicht ihm den Lorbeerkranz. Ein Verführer! Auch ein Verführer. Wer weiß, wie er sich noch entpuppt? Was will ich denn? Beginnt, auf mich selbst gestellt, nicht erst das Leben?

Ich könnte die Welt umarmen! Morgens trainiert er im Park leichte, lockere Rundenläufe, nachmittags Sprungkraft, Serien von

Hock- und Einbeinsprüngen, Tempoläufe und Sprints. Nebenher Essen, Schlammpackungen, Routineuntersuchungen, einschließlich Kariesbehandlungen und HNO. Alle medizinischen Tests sind positiv, Steffen kann sich wieder voll belasten!
Zusammen mit einem jungen Mittelstreckler, der hier ein Vorpraktikum für sein Medizinstudium absolviert, laufen sie an einem Vormittag zu dritt ins Gelände. Der ehemalige Jugendmeister will es den beiden anderen zeigen! Die Knie in der Waagerechten, hetzt er den dem Sanatorium gegenüberliegenden, steilen Berg hinan. Keuchende Lungen, hämmernder Puls, Atemwolken vorm Gesicht, folgen ihm die beiden Rehabilitanten. Ein verfallenes Gehöft auf dem Berg, dahinter eine lange Straße, auf der sich Muskeln und Kreislauf etwas erholen. Bereifte Bäume, gefrorene Pfützen, hier und da ein Fleckchen Schnee. Ist das schön! Die Luft klar, kühl und rauh wie ein Schmirgelblatt. In einem langgezogenen Ort reißt das Trio auseinander. Kinder sehen ihnen nach. Jeder rennt jetzt allein. Die beiden Mittelstreckler, erschöpft am Ziel, sind verblüfft über die Ausdauer des Sprinters, der auf dieser langen Distanz mit ihnen mitgehalten hat.
Im Sanatorium verbringt man seine Freizeit mit Fernsehen, Zeitschriften lesen, Tischtennis-, Skat-, Billardspielen: Steffens Ambitionen aus der Oberschulzeit. Einmal in der Woche Diavortrag. Nur nicht überheblich werden! Steffen nutzt die Zeit zum Lesen und verschlingt Heinrich Manns umfangreichen »Henri Quatre«. Nachmittags, wenn sich manch ein Patient nicht einmal auf dem Klo von seinem Kofferradio trennen kann, zieht sich Steffen zurück, denkt über sein Leben nach und versucht zu schreiben. Geschichten aus der Zeit seiner ersten Lehrerstelle. Ein vierzehnjähriger Schüler, der immer wieder im Stütz auf dem Barren einknickt, bis er schließlich gesteht, daß er am Vorabend den Weinkeller seines Vaters entdeckt und geplündert hat. Die utopischen Reden des Direktors: »Der Kommunismus wird die biologische Lebenserwartung der Menschen auf 150 Jahre verlängern!« Die luftmachenden Spaziergänge mit einem gleichaltrigen Kollegen, der Mathematik unterrichtet, durch die wechselnden Jahreszeiten der Felder rings um den Ort. Das süßliche Parfüm seiner Geliebten, das ihm vom Einhenkeln nach dem Besuch der

»Kleinen Nachtmusik« im kerzenlichtumflackerten Bankettsaal der Meißner Albrechtsburg, noch lange in der Armbeuge hing. Ihrer beider Verstrickung im Nachtschatten einer Linde. Neben einem Wiesenpfad unter einem Regenschirm ihre Angst: Wenn jemand kommt! Und seine Angst, daß sie ein Kind von ihm bekommen könnte. Und er in diesem Ort hängenbleiben müsse. Zu früh für ein Leben im »Sarg«. Die Rotwein-mit-Nelken-Tortur in dem armseligen Zimmer, wie sich herausstellte, zum Glück ohne Grund. An einem sonnigen Herbsttag, hinter gelben Stoppeln, am bunten Waldrand, ihre nackten, desillusionierenden Brüste. Sein zunehmender Ekel vor der Sinnlichkeit, vor dem Sex, auf den jede Begegnung hinauslief. Und vor sich selbst: Hab' ich nur das gewollt?

Draußen empfängt sie ein kalter, blauer Himmel mit erdbeerfarbener Sonne. Unter kahlen Bäumen bummelt sie ziellos durch die Stadt.
In der Straßenbahn glaubt sie jemanden wiederzuerkennen. Sein Kopf rund, quadratisch? Eine Figur, die ihr Angst einflößt, mittelgroß, stämmig. Als er sich ein wenig umdreht und sie sein Gesicht im Profil sehen kann, entsinnt sie sich wieder: der Maler!
Er steigt am Puschkinplatz aus. Als sie sich im letzten Moment überlegt, abzuspringen, verpaßt ihr die anfahrende Straßenbahn einen Schlenker. Über ihr impulsives Tun erschrocken, bleibt Marie-Luise erst einmal stehen. Nein, er dreht sich nicht um, er hat mich nicht gesehen! Klobige Schuhe über grobes Pflaster. Als nur noch Autos die verkehrsreiche Straße der tristen Gegend mit ihren heruntergekommen Fabrikgrundstücken beleben, schöpft sie neuen Mut und geht ihm nach. Der Halbkreis der Bordkante führt zu einer grauen Villa, ehemals Domizil eines Holzlieferanten, jetzt »Puschkinhaus«, Haus der DSF. Umständlich drückt Marie-Luise die hohe Türklinke des Portals herunter und zwängt sich durch den Spalt in das dunkle Gelb und samtene Rot eines schweren Altrussisch.
Hochgestellter Pelzkragen über dem kurzen Mantel, verweilt sie in der Diele lange vor einem großen Bild mit dem Titel »Anti-

kälte«. In einer mit dickem Ölauftrag weiß beschichteten Fläche ein leuchtend roter Fleck. Abstrakte Malerei, die sie, obwohl sie nicht erklären könnte, warum, fasziniert. Im Treppenaufgang fesselt sie eine andere Arbeit des gleichen Malers. Ein Mädchenporträt, in zartem Blau auf grauem Grund. Wie einfach und vornehm! So gesehen und geliebt werden!
Stimmen dringen aus einem Raum in der ersten Etage. Frontal am Ende des Treppenaufganges hängt eine dritte Arbeit des Künstlers: »Die zwiegesichtige Frau«. Entsetzt von der Schärfe und Eindringlichkeit der Darstellung sträubt sich in Marie-Luise etwas gegen dieses halb freundliche, halb satanische, zur Fratze entstellte Gesicht.
»Meine Mutter«, ist der junge Maler in dem überfülltem Raum gerade dabei, den Anwesenden die letzte Arbeit verständlich zu machen, »mit den zwei Gesichtern, in denen sie sich mir gegenüber gezeigt hat.«
Marie-Luise hat sich still wie ein Mäuschen in der hintersten Reihe auf einen Stuhl gesetzt. Kein Wort entgeht ihr.
»Antikälte – was meinen Sie mit Kälte? Etwa unsere Gesellschaftsordnung? So anonym – oder abstrakt, wie Sie es nennen – kann es doch nichts« anderes sein als eine Provokation!«
»Vielleicht hat der Ralf solche Erlebnisse gehabt«, entgegnet statt des Angegriffenen, einem gewissen Ralf Winkler, ein anderer der ausstellenden Künstler, ein Klotz mit einem gewaltigen, dunklen Schnauzbart und einem griechisch klingenden Namen.
»Wir haben es nicht nötig, westliche Formen nachzuäffen!« protestiert ein anderer, offensichtlich im Auftrag der Staatsmacht Erschienener, aus der versammelten Menge.
»Vielleicht kommen wir auch bei uns von Zeit zu Zeit zu analogen Schlüssen?« hält ein dritter mutig dagegen.
»Mein Freund«, nimmt noch einmal der Schnauzbart das Wort, ruhig, als unterhielte er sich mit seinen Plastiken, »hat gute und schlechte Erfahrungen in seinem Leben gemacht. Und er hat versucht, sie mit seinen Mitteln ins Bild zu bringen ...«
Es wird deutlich, den jungen Künstlern geht es mit ihrer Ausstellung um Anerkennung, um Aufnahme als Berufskünstler in den staatlichen Verband. Es hat jahrelang Kraft und List gekostet – abgesehen von ihrer gewiß nicht einfachen künstlerischen Ent-

wicklung – diese Ausstellung in die Öffentlichkeit zu bringen. Die Tendenz der politischen Wertung im Hintergrund wird hörbar: Ablehnung. Der Streit der Fronten verhärtet sich. Die Ausstellung wird Tage später verboten.
Ein Mädchen, wie ein Kosak in roten Kniehosen und Stiefeln, mit dem sie die Treppe hinuntergeht, fragt Marie-Luise: »Malen Sie auch?«
»Ich? Nein, nein«, stottert Marie-Luise.
Die Unbekannte plappert munter weiter: »Ich bin in einem Zeichenzirkel. Aber an so was, wie die, würden wir uns nie wagen! Haben Sie die letzte Ausstellung der Bitterfelder gesehen? Die bulgarische Bäuerin? Sie ist lustig. ›Die Zukunft gehört der Volkskunst‹, sagt unser Zirkelleiter immer. Durch ihre Heiterkeit ist sie völlig frei.«
So wie man an einem Spiegel vorübergeht: kaum hat man mit dem anderen flüchtig einen Blick getauscht, schon ist alles vorbei.
Betroffen, verwirrt, die innere Erregung nur mühsam unter Kontrolle, versteckt sich Marie-Luise inmitten der an der Haltestelle Wartenden.
Ist Steffen nicht auch in einem Zirkel? Unser Zeichenlehrer war mein Lieblingslehrer. Ob die mich in einem solchen Zirkel aufnehmen? Hat das denn Sinn?

Steffen fühlt sich auf wunderbare Art und Weise frei. Entspricht dieses Leben – trainieren und über den Sinn des Leben nachdenken – nicht ganz seinen wahren, tieferen Interessen? Dennoch findet er keine Ruhe. Die Post, ein kleines Hutzelweib mit lila Turban über blauer Uniform bringt sie jeden Morgen. Doch eine Antwort von Marie-Luise hat sie nicht.
Resigniert nimmt Steffen eines Sonntags sein fuchsrotes Köfferchen und fährt hinunter in die Stadt. Eine Regung, so wie man einer entschwundenen Möglichkeit nachtrauert, läßt ihn am Stadtrand aus der Bahn aussteigen und in ein verwaistes Wartehäuschen, an dem er sich mit Marie-Luise verabredet hat, sehen. Nicht zu glauben! Da steht sie und wartet! Mit einer Unschuld, es ist hundekalt! Steffen versteht das nicht. Warum hat sie nicht

geschrieben? Aber er unterdrückt einen Vorwurf. Wie könnte er in das Glück des Wiedersehens jetzt ein Wort des Haderns mischen? Sie friert in dem viel zu kurzen Pelzmantel. Er streichelt ihre eiskalten Finger. Ich werde sie »Eichkätzchen« nennen, denkt er.
Später sitzen sie wie ein Liebespaar in einem kleinen Hotel und frühstücken. Steffen erzählt ihr von seiner Kur, seinem Hobby und seinem Beruf.
Sie sagt: »Und ich hab' schon gedacht, Sie sind Buchhalter!«
Er amüsiert sich über ihre kleine Lüge, daß sie nicht aus Görlitz, sondern Bautzen ist. Sie fröstelt noch immer. Vor Kälte in dem dünnen Kleid und vor Aufregung stößt sie ihr Weinglas um. Steffen stellt das seine in die Mitte und so trinken sie jetzt aus einem.
»Drei Jahre sind Sie schon in Dresden«, sagt Marie-Luise »und haben die Gemäldegalerie noch nicht gesehen?«
»Nein«, beeilt sich Steffen zu gestehen, »ich hab' auch den Louvre noch nicht gesehn.«
Marie-Luise überredet Steffen für die ihnen noch verbleibende Zeit zu einem Besuch der Dresdner Gemäldegalerie. Sie ist neugierig, was er für ein Verhältnis zur Malerei hat. »Wahre Liebesidylle«, sagt Steffen, nachdem sie eine Zeit schweigend vor der »Sixtinischen Madonna«, der »Schlummernden Venus« und dem »Brieflesenden Mädchen« gestanden haben.
Länger noch versenkt sich Steffen in das gewaltige Bild des Odyssee-Gottes Homer mit seiner archaischen Laute. Welche Kraft in ihm steckt! »Wenn der Hürdenlaufen könnte!« sagt Steffen. Und vergleicht jenen Titanen mit dem Bild des Chefarztes des Sanatoriums, des Friedensfahrtarztes, kühle Augen, gewölbte Stirn, kühn gebogene Nase, weißer Kittel – die wissenschaftliche Gegenwart. Mempers unscheinbares Bild »Landschaft mit geknickten Fichten« fällt ihm noch ins Auge, ein Wald nach dem Sturm, vom Messer des Chirurgen außer Gefecht gesetzte Athleten ...

Aus einer mummigen, grauen Decke tastet eine Hand, sucht, greift nach dem Schlüssel, das Klopfen verstummt, der Kollege schließt von innen die Tür auf, Steffen kann eintreten. Schränke,

ein Tisch, Stühle, die Pritsche, die Sportlehrer haben es komfortabel im Zimmer. Steffen lächelt, indes er sich, innerlich ruhig, mit raschen Handgriffen seines Anzugs bis auf den nackten Oberkörper entledigt, die Sportkleidung überzieht, der Lehrer ist das Vorbild der Klasse.
Die Hand, erneut tastet sie augenlos über den Tisch neben der Pritsche, wo ist meine Uhr? Noch immer befangen von schaler Morgendämmerung, röhrt es aus dem blondgelockten Schädel unter der Decke: »Ist's schon soweit?«
Sie sind fünf Kollegen aus zwei Berufsschulen, die in den Doppelstockturnhallen unterrichten. Sie kommen gut miteinander aus, trotz ihrer unterschiedlichen Ticks und Ansichten: der da ruht, braver Familienvater, flippt ab und zu mal aus und geht mit seinem Kollegen, einem feurigen Schwarzkopf, der die Frauen wie Hemden wechselt, auf Pirsch, und, da er im Grunde kein verantwortungsloser Mensch ist, nicht mehr als einen Mächtigen trinken. Da liegt er nun, das zum Bewußtsein erwachte schlechte Gewissen, und sagt zu Steffen, zehn Minuten Fußweg, immer pünktlich: »Gibst du ihnen mal einen Ball?«
In die Falten der Decke kommt Leben, nicht eben hastig. Steffen verzieht das Gesicht, nicht bösartig, eher schadenfroh. Die Laster der anderen, was gehen sie ihn an? Sie sind gute Lehrer, wenn auch von der rauheren Sorte, und halten ihre Klassen in Schwung. Der andere, unverheiratete Kollege lötet in seiner Freizeit aus Bierflaschendeckeln Mickymäuse. Steffen, der sie beide so nimmt, wie sie sind, bewundern sie als einen mit Idealen.
Die Stiege knarrt, Steffen, Lerche in der Brust, die Treppe hinunter, in der oberen Turnhalle zu den mageren Jüngelchen auf der Bank: »Herr Löwe kommt gleich!«
Wirft ihnen einen Ball zu, worauf die brav Dasitzenden augenblicklich aufspringen und sich in wilde Tiere verwandeln. »Oor, das popt!« schreit einer und drischt wie im Rausch an das Leder. Baurülpse. Wehe, wenn die Blödiane die Oberhand über die, die Freude am Spiel haben, gewinnen!
»Das wollt' ich mal sehen!« schreit Löwe, als er Minuten später in die Turnhalle tritt. Als Familienvater jeden Morgen um fünf aus dem Bett, Feuer machen, Kinder anziehen, ab in den Kindergarten!

Wenn ich mal weg muß, schafft euch die Große alleine. Wehe, wenn ich euch unterwegs bei einem Blödsinn erwische! »Fünfhundert Hockstrecksprünge, bis euch die Ruten wackeln«, droht er der außer Rand und Band geraten Meute in der Halle. Die Jüngelchen vor ihm zittern unter ihrer dünnen, schwarzweißen Turnkleidung. Ich war bei der HJ, ich weiß, wo das hinführt – die Schweine!

Was macht man Weihnachten in der kleinen Stadt? Man fragt sich, ob dieses Nest, drei Kinos, Theater, Stadtbad, eine Handvoll alter Fabriken, man fragt sich, ob dieses Runzelgesicht der Fünfundzwanzigtausend, durchströmt von zwei Armen des Flusses, in das man, Saint-Louis-Blues auf den Lippen, zurückkehrt, überhaupt noch sein Zuhause ist. Denn der Mensch hat zwei Heimaten: die, in die er geboren wurde und jene, die er sich selbst erwählt. Steffen verwirrt das: hier nicht mehr Kind sein und dort noch nicht Mann. Welchen Ort meinst du, wenn du »zu Hause« sagst? Die Zeit schiebt einen Keil zwischen Eltern und Kinder. Wann fing das an? Wo führt das hin?
Briefträger über den Platz, auf den Steffen aus dem Fenster der Wohnung seiner Mutter hinabsieht, eine Schulter nach unten gezogen, Westpakete für Kenter. Flanellhemd, Jeans, wissenschaftliche und philosophische Bücher. Kenters Großkotzigkeit. Westbesuch gegenüber, der mit so was protzt, fühlt er sich wie ein Wicht. Äußere Werte? Steffen denkt über Joachim nach, versteht ihn und versteht ihn nicht.
Man läßt sie auspacken. Streit und Mißgunst um ein paar Tafeln Schokolade. Joachims Geläster über das Blumenmuster der Hose für den kleineren Bruder, der bewundernd zu den erfüllten Wünschen des Größeren aufblickt. Das alles einen Stock tiefer im Nachbarmietshaus, von Mehners Wohnung aus gesehen, in der Steffen jetzt aus dem Kammerfenster den Kopf herausschiebt.
»Achim?«
Roter Haarschopf, Hals verdreht, Kopf in der Schräge, Ziel für Dadda, hineinzuspucken, Dadda längst im Westen, Schneeflocken im Haar, Schneeflocken zergehen auf Kenters Gesicht.

Man geht in die Bibliothek, Kenters Umschlagplatz für geistige Nahrung. Zwanzig Bücher Abgabe. Zwanzig Bücher Aufnahme. Schockierend diese Art monatlicher Verdauung. Laxness, Traven? Gehören nicht zu Kenters Reservoir. Er interessiert sich jetzt für die Entwicklung der Luftfahrt im zweiten Weltkrieg. Steffen leiht Gedichte von Brecht und das Buch »Napoleon« von Eugene Tarlé aus. Auf dem Nachhauseweg die Frage: Wer wird bei den Spielen in Mexiko 100-Meter-Lauf-Sieger?
Man schliddert durch die graue, nasse Stadt, in deren zentraler Querstraße, der Kreuzgasse, in Höhe des ersten Stockwerkes der niedrigen Häuser Christbäume leuchten.
Später der Weg an der Freiberger Mulde entlang ins Hallenbad. Das geräumige Foyer, beigefarbener Marmor, unter der Decke ein Fries mit den Symbolen der Sommer- und Wintersportarten. Die Sauna, Fichtennadelduft schlägt ihnen entgegen. Kenter, acht Zentimeter kleiner als Mehners, bringt 81 Kilo auf die Waage. Steffen nur 72. Aber sechs Kilo Muskelzuwachs seit der Studienzeit! Das feine Spiel seiner Muskelkonturen. Sie schrubben sich mit Luffaschwämmen gegenseitig den Rücken, das Ende eines Waschkults vom Kopf bis zum Fuß. Kein Gran Fett, denkt Joachim, aber eine unterentwickelte Hirnrinde. Im Kugelstoßen kann er, der Untrainierte, auf Grund seiner Körpermasse gerade noch mithalten.
»Wir müssen im Frühjahr wieder öfter trainieren«, sagt er, »mein Bauch muß weg!«
Dicke, dünne, fleischfarbene Nacktheit, ungeschminkte Natur mit Narben und Falten. Jakob? Geht nicht in die Sauna. Steffen hat ihn noch nie nackt gesehen. Gaubs schmutzige Phantasie: Jakob hat ein übergroßes Genital! Verbietet es ihm sein Glauben? Nach Heiß- und Kaltwasserbecken, Dampf- und Trockenluftbad sitzen sie im Durchgang auf Bänken. Ein Vegetarier gegenüber, nichts als Haut und Knochen und Steffens Russischlehrer, der ihn mit einer »Drei« in der elften Klasse bei einem Durchschnitt von zwei Komma fünfundzwanzig zum Lernen anstacheln wollte. Das Gegenteil war der Fall. Steffen verträgt keine Ungerechtigkeiten. In einem der Bilderfenster des kuppelartigen Gemäuers, das die Räume der Sauna miteinander verbindet, plät-

tet eine weibliche Furie mit langstieligem Bügeleisen ein spindeldürres Schneiderlein, das mit nichts anderem angetan ist als einer riesigen Schlafmütze. Von seiner mageren Brust steigen Dampfwolken auf.
»Nie heiraten wie die Großen«, sagt Kenter.
»Nie heiraten«, repetiert Steffen. Dann schweigen sie. Sicher hat Kenter fundiert über seine Zukunft nachgedacht. Steffen findet, er hat etwas Grundlegendes, auch für ihn Gültiges erkannt. Zugunsten von etwas Großem aufs Heiraten verzichten. Was aber ist das Große? Eine sportliche Höchstleistung? Wissenschaftlicher Ruhm? Eine politische Karriere? Steffen, als Einzelkind in der herrenlosen Nachkriegszeit aufgewachsen, fehlt es an Gemeinschaftssinn. Er beginnt unsicher von seiner neuen Bekanntschaft zu erzählen.
»Noch nicht einmal geküßt hast du sie?« lacht ihn Kenter aus. »Ich habe eine neue Kerbe im Bettpfosten, sagt dir das was?«
Doch hinter der Konsequenz des anderen weiß Steffen Mangel an Gefühl, Leere. Täuscht er sich? Soll er ihm von seiner Art zu lieben erzählen? Zwei junge Mädchen, offenbar Lehrlinge, gehen mit gesenktem Blick durch den Raum.
Als Steffen und Joachim im Begriff sind, die Sauna zu verlassen, begegnen sie, zierliche Goldrahmenbrille, Gaub, der gerade erst kommt. »Was, ihr wollt schon gehen?« fragt er Steffen. »Die Sauna ist doch noch zehn Minuten offen!« Kenter verzieht den Mund und läßt die beiden stehen. Gaub, der Immer-zu-spät-Kommende, ist für ihn, den Streber, eine schlappe Figur.
»Oh, du fröliche-e, oh du selige-e ...« Man legt sich Geschenke unter den Weihnachtsbaum, einen neuen Schlafanzug, einen hellblauen Plasteeimer, Socken. Dann wird das elektrische Licht ausgeknipst, die Kerzen am Christbaum beginnen zu flackern. Im Radio singen sie und Frau Mehners Stimme verstärkt den Schwall: »Es ist ein Ros' entsprungen aus einer Wu-urzel zart ...«
Man kann es kaum erwarten, am ersten Feiertag wieder auf die Trainingsstrecke zu gehen. Vom Sauerbraten weg, Lauf in Schnee und Kältegrade. »Der hat einen Klaps!« sagt die Riemsfeld hinter der Gardine im Fenster des Ergeschosses, während ihr Sohn Johannes, die fünfte Flasche Radeberger Goldkappe kippt. Frau

Mehners zuckt die Achseln, sie hat keinen Einfluß mehr auf das, was ihr Sohn in seiner Freizeit tut. Schon ist er, zwei Trainingsanzüge, Turnschuhe, Anorak mit Kapuze, über der Straße, durch ein Gäßchen zwischen zwei Gärten am Fluß. Was für ein Bild: der Fluß über Nacht zugefroren, aber vor dem Schloßbergfelsen, der die Mulde wie ein Bug in zwei Arme teilt, gondeln auf einem offenen Wasserfleck ein Schwan und ein Geschwader Wildenten.
Verdammt, in diesem Jahr hätte ich die Norm schaffen können! Eine einmalige Chance ... Eine falsche Reaktion, eine einzige falsche Bewegung und sie ist dahin ... Für immer? Schnee über dem Eis der Mulde in feinen Linien flußauf. Rückenwind. Rechts Uferböschung, links winterkahle, weiße Gärten. Steinbuckel ragen aus dem Weg. Das Krankenhaus auf dem Berg. Frühlingssehnsucht schlägt alle Warnung in den Wind. Am Rand der sonst menschen- und häuserleeren Straße bückt sich ein Kind neben dem Pelzmantel seiner Mutter nach Schnee. Den Anstieg hoch, die Sörmitzer Brücke, erst einmal Gehschritte. Eiskalte Winterluft strömt in die Lunge. Aber das Blut kribbelt wie heißes Öl. Steffen streift die Kapuze zurück, beginnt wieder zu laufen, Schaum auf dem Wasser im Mühlgraben, eine Landzunge dahinter, kleine Häuser zur Linken, ein langer Lauf, Steffen fühlt einen Knoten in der Brust und das Gewicht des noch immer vollen Magens. Im Sprunglauf die grau verwitterte Steintreppe neben der Sörmitzer Mühle hoch. In dem schmalen Gang zwischen Mauer und Zäunen ehemaliger Bauernhöfe beschleunigt er das Tempo bis ans Maximum auf dem glatten Geläuf und schießt wie ein Bob hinaus aufs freie Feld. Atempause. Von der linken Seite des zu einem Reibeisen aufgeackerten Felds stiebt Schnee auf und weht als mannshoher Wirbel, ein weißes Laufgespenst, diagonal über die gewölbte Fläche des Felds. Gymnastische Übungen, Lockerung, Be- und Entlasten von Muskeln und Sehnen. Instinktiv reagieren die Füße auf dem gefrorenen Bruchschollenboden. Marie-Luise müßte mich sehen! Diese Kälte, und ich allein inmitten dieses weiten, weißen Feldes mit wild pochendem Herz. Ob sie heute an mich denkt? Unten, auf der anderen Seite des Flusses, der Sportplatz. Hinter dem Bahndamm als erster den Fuß in den weißen Wald. Die Wolken, die über den Him-

mel jagen, zerstreuen sich. Waldwege mit Phantasiegebilden des Schnees. Der Knoten in der Brust löst sich, der Druck auf den Magen ist verschwunden. Birken-, Eichen-, Fichtenstämme fliegen vorbei. Rehwild springt über den Weg. Das Fauchen der Lunge, das wilde Klopfen des Herzens, Kreislauf, Muskeln halten stand. Gefühl des Glücks.
Am Ende muß sich Steffen doch quälen, Schinderei, der Weg zurück. In der engen Küche entblößt er den schweißnassen Rücken. »Wie du dich wieder geschunden hast!« sagt seine Mutter. Stellt eine Schüssel mit warmem Wasser auf den Stuhl. Nach dem behelfsmäßigen Waschen, Durst, verschlingt er »auf einen Ritt« ein Glas eingeweckter Sauerkirschen.
Am Abend hat man die Wahl zwischen Lesen und Schwadronieren. Und entscheidet sich dann doch zum traditionellen Ball der Tanzlehrerin Suse ins Hotel »Goldene Sonne« zu gehen. Nach so einem Tag! Steffen blickt skeptisch um sich. Betakelte Crème de la Crème. Wie steigert man Spießbürger? Hunderte klatschsüchtiger Augenpaare liegen auf der Lauer. Man riskiert seinen guten Ruf. Nur zu Hause wird getwistet. Jakob, griechisches Nasenprofil, gestrichelte Augenbraue, kaut genüßlich ein Schlückchen Wein. »Ich bin für die unkörperliche Liebe.«
Das Verschmelzen der Seelen, das schon, denkt Steffen, aber ohne Sex geht das doch am Wesen vorbei. Gaub, Miterbauer des Atomkraftwerkes von Rheinsberg, unterhält die Runde mit der Schilderung eines seiner letzten Saufgelage und bleibt stecken bei dem Satz: »Dann haben wir alle Seife gefressen.«
Advokat zitiert als Zwischenbemerkung einen Satz aus »Nathan der Weise«. Da kann ich nicht mitreden, hält sich Steffen zurück, wenn ich dreißig bin, hol ich mein Defizit an kultureller Bildung nach. »Und anschließend haben wir Blumenwasser gesufft«, nimmt Gaub den Faden seiner Verfehlung wieder auf, »danach hab' ich mich krank schreiben lassen.«
Im Rausch der Roben ein Streifen Gold, das dünnbebrillte Babygesicht des Deutschlehrers, den sie in der zwölften Klasse hatten. »Na, wie fühlen Sie sich als Kollege?« fragt er Steffen. Beschissen. Steffen sagt, um ihn nicht zu schockieren: »Ganz gut, aber noch nicht die Lebensstelle.«

Gaub kommt in Fahrt, er hat sich genügend Mut angetrunken, fordert, im schwarzen Anzug, Steffen zum Liegestützmessen heraus. Nach einem Jahr Training schafft er sieben. Steffen fünfzig. Das glaubt er ihm nicht. Gaub beißt die Zähne zusammen und klappt ab bei sechs. Steffen, der merkt, das der Effekt dahin ist, läßt es bei vierzig bewenden. Die Damen sind längst vergeben. Vergeblich bemüht sich Gaub, vom Alkohol enthemmt, an der Garderobe einem Bekannten die Liebste auszuspannen.
Man feiert schließlich Silvester. Steffen hatte Joachims Einladung in das Haus seiner »Schwiegereltern« erst ablehnen wollen. Aus Furcht vor einer Mißstimmung. Kenter spiegelt sich, ein Frauenzimmer in der Nähe, allzugern auf Kosten anderer im eignen Licht. Wenn sie allein sind, ist das anders: »Wir sind die Zukunft der Töchter der Stadt«, ist eine seiner geflügelten Redensarten. Steffen stapfte spöttisch im Schnee neben dem anderen die Obstplantage im »Grünen Stiefel« hinab. Kenter, im Übermut, riß ihn von hinten nieder. Seine Reißzähne über ihm, sie kugelten den Weg hinab wie zwei übermütige, junge Bären. Nachdem sie den Schnee abgeschüttelt hatten, lange danach, ließ Kenter eine Bemerkung fallen: »Mit dir möchte ich in den Westen gehen.«
Mit dir? Das setzt doch voraus, daß auch ich es will! Steffen rümpfte eine innere Nase. Da gibt es eine Menge, was sie beide trennt. Der andere, als Kind Hamburg, den Schwarzwald kennengelernt, hat drüben wohlhabende Verwandte. Sein Vater, einer Kriegsverletzung erlegen, war Chirurg. Königsberger Flüchtlingsfamilie. Sohn der in dieser Gesellschaft benachteiligten Intelligenz. Was uns verbindet? Die Suche nach dem Sinn des Lebens: Leistungsstreben, Bücher, Sport. Ein Gefühl? Ein Gefühl nicht. Wie hätte sich das vereinbart mit Joachims Alles-besser-Wissen, Alles-besser-Können, Immer-mehr-haben-Wollen, wollen, Macht, Frauen, materiellen Gewinn?
Natürlich ist auch für Steffen die Frage des Nach-drüben-Gehens nicht neu. Doch liegen für ihn die Dinge anders: Arbeiterkind, Förderung an der Oberschule, im Studium, in Sport und Beruf. Dankbarkeit. Seit Jahrhunderten erstmals Privilegierung der Arbeiter- und Bauernkinder. Ausgleichende Gerechtigkeit – Humanität? Und meine Mutter? Meine Mutter im Stich lassen? Hat

sie sich nicht ein Leben lang um mich gesorgt? Der Weg zur Polizei mit mir, dem kleinen Sünder, nach einer zerschossenen Gaslaterne. Der Einbruch im Eis der Mulde – statt mich zu bestrafen, hat sie mich nicht stets in Schutz genommen? Lange bevor es diesen seltsamen, neuen großen Freund gab: Vater Staat?
Abgesehen davon, daß wir seit dem Bau der Mauer überhaupt nicht rüberkönnten!
Man feiert also Silvester. Das Haus des Apothekers Branowski am Berg. Ein kreisender Habicht, der Blick vom Geyersberg über die Stadt. Rathausturm, drei Kirchen, die grauen Schieferdächer der Mietshäuser. Jenes Einfamilienhaus der Branowskis also, ganz oben, drei Töchter im Horst. Auch die ältere Schwester aus Steffens Parallelklasse, rechtzeitig vor dem Mauerbau in den Westen gegangen, ist gekommen. Ein puppenhaftes Mädchen, blond, sexy wie die zwei anderen, aber Vorzeigepuppe oder Veranlagung, steif, in ihrem Wesen gehemmt. Old Branowski führt mit tickhafter Einfalt seine frisch erworbene Kamera vor: »Herr Kenter, was sagen Sie dazu?« Kenter nicht wiederzuerkennen, spottet nicht, neigt vor dem alten Erzkatholiken die Stirn, winselt Lobesworte, auch Voltaire hat sich auf dem Sterbebett bekehren lassen. Gegen zehn verziehen sich die älteren Herrschaften, Schiebetür zu, in die andere Hälfte des Salons, Westfernsehen, ein von Auflösung zerfressenes, schwarzgraues, kaum zu erkennendes Bild.
Man tanzt. Kenter schaukelt verlegen und dumpf wie ein Nilpferd seinen Bauch.
»Ein Meter sechs hoch ist eine Hürde? Und zehn stehen auf einer Bahn?« gluckst das Küken. »Mein Gott, ich bin in der Schule beim Hochsprung nicht einmal über fünfundneunzig Zentimeter gesprungen!«
Wie schüchtern dieser Steffen ist! Die mittlere der drei Schwestern, brünette, schlanke Pharmazie-Studentin, mit Utz, einem Arzt, verheiratet, drängt Steffen in die Küche. »Warum trinkst du so wenig?« Sie umarmt ihn. Er fühlt die Schlangenhaut ihrer Strümpfe und ihren großen, ihn wie eine Beute einsaugenden Mund. Joachims Leidenschaft und die Flucht zur jüngeren Schwester. Was ist Liebe? Françoise Sagan: »Der Kontakt zweier Hautoberflächen.«

»Ich hab' das Buch auch gelesen«, sagt die Pillendrehertochter, Joachims zukünftige Schwägerin, »aber mir nichts gemerkt.«
Prosit NEUJAHR! Was ihr euch wünscht! Utz, der Arzt, torkelt als erster aus dem Lichtschein der aufgerissen Tür, taucht die Klarinette in die Sterne und spielt: »WHEN THE SAINTS GO MARCHIN'IN ...«
Wo seid ihr? Das Lied der Heiligen verklungen. Kenter am Boden zerstört. Das Küken gluckst, es wird nie herauszukriegen sein, ob belustigt oder entsetzt: »Utz und Joachim haben, über das blaue Waschbecken gebeugt, gerade gekotzt!«

Marie-Luise blickt wie durch ein Schlüsselloch: Jo? Kalt, von einem rätselhaften Mechanismus in Gang gehalten, bewegt sich draußen die Stadt.
Steffen, ins Undurchschaubare dieses Labyrinths zurückgekehrt, hat seinen Tagesrhythmus wieder aufgenommen. Vier bis sechs Stunden Unterricht, Lauftraining im Freien auf dem Weg hinterm Stadion, Unterrichtsvorbereitungen und abends Krafttraining. Da kann man froh sein, daß man kein Turner oder Schwimmer ist, die schrubben das doppelte bis dreifache Trainingspensum herunter! Abends kommt man ausgelaugt in die fremde Bude. Tag für Tag.
»Einen Liter Tee trinken Sie am Abend?« sagt die Reißert in der Küche, der Lack der einst weißen Möbel vergilbt, sie beobachtet, wie Steffen mit ihren billigen Scherben, den Gesindetassen hantiert. »Wie unsere Pferde!« Acht Schnitten, zu denen man hier im Volksmund »Bemmen« sagt, schlingt er vor ihren Augen hinunter, während sie umgekehrt für den Stuhlgang acht Leopillen braucht. Ob er nicht lieber bei ihr im warmen Zimmer essen will? Nein, ihm ist nicht kalt. Marie-Luise? Draußen ist Winter.
Steffen hat einen neuen Jugendlichen in seine Trainingsgruppe aufnehmen müssen, der es ihm nicht leicht macht. Elfte Klasse an der Kinder-und-Jugend-Sportschule. Ein Talent. Kräftiger, lässiger Typ. Welcher KJS-Trainer gibt freiwillig ein Talent ab? 15,2 Sekunden ist er über die Jugendhürden schon gelaufen. Ein älterer Kollege – es gibt in der Schule und im Klub keinen speziellen Hürdentrainer – hat den Jugendlichen wegen seiner

Aufsässigkeit abgeschoben. Drei Jahre ergebnislose Erziehungsarbeit. Steffen gefällt der Junge. Seine Robustheit, die in ihm steckende »Urgewalt«, wichtige Eigenschaften für einen Hürdensprinter. Als Kaan, so heißt der Neue, im Fußballspiel wiederholt hinterhältig einen Jüngeren rempelt, verwarnt ihn Mehners: »Hör mal, das hast du nicht nötig!« Der Ertappte grinst ungeniert. Als er nach dem Duschen seinen Trainingsanzug auf den Fußboden der Umkleidekabine wirft und darauf herumtrampelt, fragt ihn Mehners: »Wer wäscht den, du oder deine Madam?« Immerhin vor seinem Abgang hat der Kerl noch die Stirn zu fragen: »Herr Mehners, haben Sie mal einen Kamm?« – »Für heute – das nächste Mal hast du deinen eigenen Rechen!«
Spät abends oder am Wochenende, die Spinnenglieder einer Architektenlampe über dem Bett, versinkt Steffen in Büchern. Blättert in seltsamen Geschichten, fremden Leben und Orten. Ein Suchender mit der neugierigen Frage: Wie haben andere gelebt? Wie soll man selbst leben? Welche Wahrheit liegt in der erzählten und welche in meiner Welt? Was kann und muß man zu seiner eigenen Vervollkommnung tun? Ist es so: Entweder du entwickelst dich oder du wirst entwickelt? Etwas wollen, selbst entscheiden, ist nicht vor allem das ein Teil von dem, was alles hält? Und wie ist das mit dem Glück? Der Liebe? Sehnsucht, die sich im Dunkeln verdichtet? Stendhals »Kristallisation«: Gibt die Geliebte, wenn man sich rar macht, auf oder liebt sie um so leidenschaftlicher? »Die Liebe ist eine Blume, die man über einem schaurigen Abgrund pflückt.« Ist dieser Satz zeitlos in seiner Bedeutung?

»Treffen wir uns heute abend?« Ihre hohe, splittrige Stimme, Steffen lächelt ins Telefon.
Am Abend überläßt sie ihm nach freudiger Begrüßung ihre Hand.
»Gehn wir in die ›Kakadubar‹?«
»Warum nicht? Wohin sonst in der Kälte?«
Sie schlittert vergnügt an seiner Seite über eine Eispfütze. Steffen muß sich erst umziehen. Aber Marie-Luise weigert sich scheu, mit in sein Zimmer zu gehen. Bitte, wartet sie eben draußen! Kei-

nen Zynismus, aber auch keine übertriebene Hast. Als er endlich am Hoftor ist, wo sie gewartet hat, schüttelt sie schelmisch den Kopf über seine ungeputzten Schuhe.
Der Schlips mit der blassen Rose ist der gleiche, den er am Abend ihres Kennenlernens trug. Sie weiß nicht, daß es sein einziger ist. Er erinnert sich an ihre hohen Stöckelschuhe und ihr grünes, handgewebtes Kleid, das unter ihrem Pelzmantel hervorguckt.
Der Tisch, den sie in der Bar wählen, ist diesmal ein anderer. Die Bar ist gähnend leer, und sie sitzen weit hinten an der Wand. Warum nicht einmal einen russischen Wein probieren? Wenn er jetzt meine Hand berührt – Steffen zögert.
»Gefallen Ihnen Männer mit Bart?« fragt Steffen.
Statt einer Antwort gibt sie ihm einen Klaps auf die Wange. Sie liebt mich, denkt Steffen.
»Nicht alle Mädchen sind so ...«
Was hatte er sagen wollen? Schüchtern? Sensibel? Liebe, ein verletzbares, an feinen Fäden sich bewegendes Gebilde. Ein Traum, an dem man nicht herumtastet. Der eines Tages, viel zu früh, herabfällt, zerplatzt, bevor er sich, je nachdem, zu irdener Realität verdichtet. Jenem Urtrieb ausgeliefert: sexuellem Verlangen. Kenters Kerben im Bettpfosten. Ist Angst im Spiel? Angst, ein Kind zu bekommen? Angst vor der Beeinträchtigung sportlicher Höchstleistung? Auch das. Die Träume hüten. Das Alltägliche aufschieben. Transzendenz.
Ein tiefes Gefühl zieht Steffen und Marie-Luise wie mit Ketten zueinander. Doch eine unausgesprochene Erfahrung hält sie voneinander ab: Marie-Luises Bedenken, er wolle nicht mehr, als nur mit ihr schlafen. Und Steffens Furcht vorm allzuschnellen Versinken im Banalen.
Sie führt seinen Daumen an ihren Mund, zupft an den Haaren seines Handgelenks, spielt an seinem Schlipsknoten, sie sind der Umwelt entrückt, ein Gefühl, augenlos, ein Schweben, ach würde es nie zu Ende gehen, die meiste Zeit schweigen sie.
Einmal gräbt sie ihre Krallen in seinen Arm: »Ich bin böse!«
Steffen lächelt darüber.
Wie er den Arztberuf findet?

»Ich könnte ihn nicht ausüben. Fleisch wie Fleisch zerschneiden. Immer umgeben von menschlichem Leid.« Warum fragt sie?
»Weißer Kittel, Pillen verschreiben, na ja, das ginge noch.«
»Aber jemandem helfen, das würden Sie doch?«
Jungen Menschen helfen, lebenstüchtig zu werden, ist das nicht sein Beruf?
Dann will sie einen Walzer tanzen! Die Drehungen können ihr nicht schnell, nicht heftig genug sein, verzückt, in Ekstase, ist sie im Tanz wie abwesend. Sie faßt sich hart und härter an, als wär' ihr Körper aus Glas. Steffen erschrickt, als blicke er in einen schaurigen Abgrund.
»Danke.«
Danke. Sie drückt Steffen die Hand, bevor er am Neustädter Bahnhof aus der Bahn springt. Der Schnee knirscht. Minus fünfundzwanzig Grad. Das Bahnhofsgebäude liegt verwaist im Neonlicht wie ein großer fahler Knochen.

Basel hat Steffen die Verantwortung für den heutigen Trainingsabend übertragen. Zigeunerleben, die Trainer, heute da, morgen dort, Wettkämpfe, Lehrgänge. Diesmal allerdings ist Basel unterwegs aus einem anderen Grund. Nach seinem Trainerstudium hat er die Absicht, ein Fernstudium an der DHfK mit dem Abschluß Diplomsportlehrer aufzunehmen. Vielleicht später einmal an eine Schule zu wechseln. Man weiß nie, was kommt.
Im Vorübergehen wirft Steffen einen Blick ins Eisstadion. Zwei Spieler jagen hinter dem Puck her und prallen an der Bande mit einem Bodycheck aufeinander. Hinter dem Stadion steht eine neue Trainingshalle, für die Turner gebaut, aber die Leichtathleten haben darin auch einige Stunden.
Henning Kopp, der Hochspringer und zwei Nachwuchsmittelstreckler hüpfen schon auf dem Trampolin. Henning erklärt »actio gleich reactio« und demonstriert das mit dem Nachvornwerfen des linken Armes, was eine Körperdrehung nach rechts auslöst. Hochspringer sind die Artisten über der Latte. Einer der jungen Mittelstreckler erwischt den Absprung nicht und fliegt schräg durch die Halle auf einen Heizkörper. Hat er sich den Fuß gebrochen?

Mehners flucht, vor Trainingsbeginn hat niemand etwas auf dem Trampolin zu suchen, andererseits ist er dafür noch nicht verantwortlich, und der Schwarzkopf gehört nicht zu ihrer Trainingsgruppe.

Steffen blinzelt zu Rita hinüber: Handball zur Erwärmung. Bei Basel muß sie immer mit Fußballspielen.

Die Halle ist licht, hellbraunes Parkett, große Fenster. Allerdings müssen sie sich mit einer Riege Turnerinnen teilen, die heute im Rad über den Schwebebalken gehen. Aber auch wenn sie die Halle nicht allein nutzen können, ist es kein Vergleich zu dem »Loch«, in dem sie vorher ihr Sprungkrafttraining absolvieren mußten.

Steffen läßt zwei Mannschaften bilden, spielt selbst mit und leitet das Spielgeschehen. Was die Gefahr der Parteilichkeit, der Selbstbevorteilung in sich birgt, wenn es um etwas geht. Aber es geht doch um nichts! Es geht nur ums Aufwärmen für das Krafttraining. Henning Kopp sieht das anders. Steffen spielt mit Klaus zusammen. Klaus hat früher einmal Handball gespielt. Er schlängelt sich wie ein Aal mit dem Ball durch die gegnerischen Reihen. Schnell, geschmeidig, sprungkräftig. Wenn ihn ein Handballtrainer sähe, würde er augenblicklich versuchen, ihn für seine Sportart zurückzugewinnen. Klaus und Steffen, die in einer Mannschaft spielen, führen mit zwanzig zu sieben. Für Henning, den Hochspringer deprimierend. Steffen tippt den Ball, links, rechts, links, rechts, Henning hält ihn böse am Hemd fest: Siebenmeter. Steffen wirft. Tor! Nummer einundzwanzig. »Du darfst nicht mit verschiedenen Händen tippen«, schreit Henning und rennt Steffen, heftig gestikulierend, bis ins andere Feld nach. Steffen dreht sich um, sieht, wie Henning, wutverzerrtes Gesicht, mit dem Ball in der Faust ausholt – so schnell kann kein Mensch reagieren, wenn er durchzieht, sind meine Zähne futsch – doch in letzter Sekunde beherrscht sich der Hochspringer und drückt ihm den Ball nicht ins Gesicht.

Kopp schäumt vor Wut.

»Laß ihn in Ruhe«, sagt Klaus Brahe leise zu Steffen. Steffen hat das Spiel abgebrochen, die anderen gehen ratlos umher oder haben sich auf Turnbänke gesetzt.

»Henning wird Vater. Er hat es mir gestern gesagt.«

Der Held, der Besserwisser. Schadenfreude und Verachtung im Augenwinkel, beruhigt sich Steffen. Eine Abiturientin. Die kann sich freuen!
Als wär' nichts geschehen, geht Steffen in dem vom Trainer vorgegebenen Programm weiter. Gymnastik.
Dreimal, die Beine in der Waagerechten, das Tau hoch. Hocksprünge auf einem Bein ohne Zwischenhupf – wie im Zirkus – über ein Meter sechs hohe, im Kreis aufgestellte Hürden. Und dann die Arbeit an der Scheibenhantel, sechzig Kilo Reißen, achtzig Kilo Stoßen, bis die Arme und Beine weich wie Pudding werden.
»Wachsen durchs Krafttraining neue Muskeln?« fragt Rita, die wie die zwei anderen Mädchen leichtere Aufgaben bekommt. Vom Gewichttraining sind sie fast ganz ausgenommen.
»Wachsen durchs Krafttraining neue Muskeln, Herr Basel?« äfft Henning, der an der anderen Seite der Halle allein trainiert, Rita nach. Und da Klaus, an den sie diese Frage gerichtet hat, nicht so recht weiß, was er darauf antworten soll, doziert Henning: »Es ist wie mit deinen Hirnzellen, Rita, sie werden durchs Training nur besser durchblutet und aufgeblasen, und denk dir nur, deine Oberschenkel werden dicker!«
Ihre Turnhemden sind durchgeschwitzt, die Trainingshosen schmutzige Lappen, eine salzige Kruste überzieht ihr Gesicht. Ein dreiviertel Jahr Schwerstarbeit, den Pfeil anspitzen für die fünf, sechs großen Wettkämpfe der Saison.

»Ich muß ihr einen Brief schreiben!« schreit Steffen in den Wind. Der Morgen wütet mit schwarzen Wolkenfetzen am Himmel. Kassiopeia, Fuhrmann, he, ho, he! Zuweilen stürzt der Mond hervor. Was nicht standhalten kann, wird weggeblasen. Steffen, allein auf der menschenleeren Landstraße, die Skier gebuckelt, schreit und lacht in den Wind.
Olympiavorbereitung, Skilehrgang, statt der einem auf die Nerven gehenden Berufsschüler. Die Sprintelite der Republik trifft sich in dem kleinen erzgebirgischen Ort Seiffen.

Bilderbuchhaus mit Rauch aus der Esse. Zentralheizung. Wie bei Muttern, Füße unter den Tisch und allerbeste Küche: Kalbfleisch, Südfrüchte, verschiedene Moste. Aus edlen Quellen müssen starke Ströme fließen. Das Ganze zu einem symbolischen Tagesbeitrag von einer Mark!
Ein prophylaktischer Lehrgang. Nicht alle sind vertraut mit den »Brettern«. An den Nachmittagen trotz allem ein hartes Kraftprogramm: zehn mal fünfzig Meter in Skischuhen, die Knie in der Waagerechten, den fast senkrechten Hang hinauf. Zehn mal Zweihundert-Meter-Läufe, zurück Gehpause, auf schneevereistem Terrain. Trotz der Kälte »kocht das Wasser im Arsch«. Na und? So was braucht der Mensch in diesem Alter, noch dazu in winterreiner, freier Natur! Und wenn sie uns zwanzig mal zweihundert Meter laufen ließen! Nein, Steffen liebt diese stumpfsinnigen Wiederholungen nicht. Da ist Basel sensibler. Er variiert die Streckenlängen. Zwei Trainingsmethoden stoßen hier aufeinander: Basels Schule – spielerische, submaximale Belastung mit häufigem Wechsel von Umfang und Intensität, monatliche Trainingszyklen mit Reserven für einen Leistungssprung – und die Leipziger Auffassung: höchstmögliche Leistung als Dauerbelastung über das ganze Jahr. Am Ende der unmerklich ansteigenden Kurve die stabile Wettkampfleistung. Die Sprintfortschritte der Leipziger scheinen ihre Methode zu bestätigen, aber bei den Athleten ist sie nicht so beliebt.
Ein baumlanger Hundertmeterläufer, Student der Medizin, liegt in den Mittagspausen im Bett und büffelt fürs Physikum. Steffen nutzt die freie Zeit, um zu lesen. Die anderen »kloppen« Skat oder spielen Tischtennis. Während der Mahlzeiten wandern die Blicke begehrlich hinüber zu den Mädchen. Außer einer hübschen Sprinterin – wenig Busen, wie die meisten, aber einen Po – ist nicht viel Anziehendes dabei. Steffen kennt das schon von früher aus der Hochschulsportgemeinschaft – mit der Leichtathletik sympathisieren nur die härtesten, die männlichsten unter den Frauentypen ...
Immerhin, die Tagespensen hab' ich gut verkraftet, Steffen fühlt sich erfrischt von diesem Lehrgang. Es geht bergauf! Allerdings läßt sich noch nicht viel sagen, nach diesen Läufen im Schnee.

Alles lacht, als der Bus, in dem sie ein Stück zusammen fahren, zum dritten Mal halten muß und eine bebrillte Mehrkämpferin, die Rappeligste des Abschlußabends, aussteigt, um sich zu übergeben. Auf Wiedersehen bis zu den Hallenmeisterschaften! Fröhlich verabschieden sich die Athleten.

Ein Geräusch am Fenster läßt Marie-Luise hochschrecken. Das wird er sein!
Steffen wartet unruhig im Schatten einer Platane und beobachtet, wie sie hastig das schützende Dunkel des Grundstücks verläßt. Allzu Deutliches verraten ihre Schritte. Er schweigt nach kurzer Begrüßung, spielt den Gekränkten, weil sie wieder nicht geschrieben hat. Sie hakt vorsichtig ein.
»Schön, daß Sie mal rauskommen!«
Nur weil er zufällig in der Nähe eine Besorgung hat. Wie gemein! Sie schaukelt an seiner Aktentasche und zieht an seinen Kragenspitzen. Jedoch beim leisesten Versuch, sie anzufassen, weicht sie zurück. Steffen ist viel zu müde, um ihr das übelzunehmen. Sechs Stunden Unterricht, anschließend ein hartes Training. Ihrer Zuneigung sicher, ist Steffen froh, wieder nach Hause fahren zu können.
Marie-Luise, die seinen raschen Rückzug auf ihre Rühr-mich-nicht-an-Geste schiebt, ärgert sich über sich und kehrt enttäuscht zurück in ihr Zimmer.

Wintertraining macht langsam. Wenn wir eine Laufhalle hätten! Draußen in der Kälte ist es unmöglich, über die hohen Hürden zu laufen!
Steffen konzentriert sich auf den nächsten Lauf und wirbelt dann die Gerade hinter der Holztribüne herunter. Trommelwirbel der Beine und Trommelwirbel des Regens, der stärker wird, je schneller Steffen läuft.
Vielleicht sollte ich die Hallenmeisterschaften in Berlin doch nicht mitmachen? Warum blamieren? Uns fehlt beides: Techniktraining und Spritzigkeit. Klaus und Henning können an den Sprung-

anlagen in der Halle wenigstens noch ein Technikprogramm absolvieren. Wenn auch auf spiegelglattem Parkett. Steffen könnte ein, zwei Hürden aufstellen. Aber was ist das gegen die Läufer von Dynamo oder dem ASK, die in einer richtigen Laufhalle über alle zehn Hürden laufen können! Außerdem bereiten sich viele Athleten extra auf die Hallenstarts vor, während wir mitten aus der Winterbelastung starten! Zweigeteilte Meinungen: Einerseits verliert der Athlet durch die spezielle Vorbereitung auf die Hallenwettkämpfe wertvolle Zeit, Grundlagen aufzustocken, andererseits hat, wenn in der kalten Jahreszeit ab und zu einmal die Schnelligkeit geweckt wird, die Frühjahrskurve nicht so einen niedrigen, schwerfälligen Beginn.
Regentropfen auf Anorak und Schläfen. Nasse Hände, durchnäßte Spikes. Aber warme Füße! Nur ein wenig schneller, die Pausen kürzer und die feuchte Hülle begänne zu dampfen!
Steffen wurmen diese bevorstehenden Hallenmeisterschaften. Ich werde nach dem langen Trainingsausfall schlechter abschneiden! Früher hätte ihn das nicht gestört. Aber da hatte auch niemand von ihm Spitzenleistungen erwartet. Eiskalte Mienen, die hinter den Tribünen über Förderung oder Nichtförderung entscheiden. Richtspruch der Zahlen. Daumen nach unten, wenn die Zahl nicht stimmt. Taktische Erwägungen – soll ich darauf Rücksicht nehmen? Wichtig ist doch, mein derzeitiges Leistungsvermögen kennenzulernen! Ich brauch' überhaupt keine Laufhalle! Mir reicht die Zeit im Frühjahr auf der Laufbahn, um mich schnell wieder an die Hürdentechnik zu gewöhnen. Ja, im Gegenteil, dieses monotone Bimsen über das ganze Jahr, man darf doch auch nicht blöde werden! Basel jedenfalls gibt einen Dreck auf Hallenwettkämpfe.
Noch fünf Läufe. Die endlose Gerade, ein fester Sandweg, Regen, Regen. »Den Kopf halt kühl, die Füße warm, du machst den besten Doktor arm«, eine der Lebensregeln seiner Mutter.
Steffen kämpft gegen Kälte und Müdigkeit. Dennoch auch schön, diese Läufe im Regen. Der Weg führt hinaus in die weite, graugrüne Ebene hinter dem Stadion. Büsche und Bäume stehen kahl, hier und da Reste von durchnäßtem Schnee. Im gebündelten Grau des ungemütlichen Tages archaische Regenformen ...

Sportlerliebe. Er zum Wettkampf. Sie bei Freunden eingeladen. Was für Freunde? Tonbandmusik, Bierflaschenfröhlichkeit? Steffen, in der Telefonzelle, wird es heiß vor Eifersucht. Wie spitz ihre Stimme auf einmal ist! Eine siedende Flutwelle stürzt durch seine Adern, die Zelle wird plötzlich zu eng. So weit ist es schon mit mir? Fehlt nur noch, daß es mir schwarz wird vor Augen oder daß ich den Verstand verliere! »Was haben Sie denn an?« fragt Steffen, dem nichts weiter einfällt, mit gepresster Stimme und schielt mißmutig auf den Hörer. Entweder sie hält zu mir oder sie geht andere Wege. Ein blaues Flatterhemd? Als wenn das wichtig wäre!

Aus dem Abteilfenster des Zuges, der mit einer langgezogenen Kurve aus der Dresdner Neustadt fährt, kann man in die Stuben der hohen Mietshäuser sehen, so dicht fährt er daran vorbei. Basel faltet mit Genuß ein druckfrisches »ND« auseinander. Klaus und Steffen, die wissen, was zu erwarten ist, sehen sich belustigt an. Henning blättert in der Traumfibel »Le Corbusier«. Die Kirche von Ronchamp. Die Gewohnheiten und Sehnsüchte der Menschen, für die man ein Werk erschafft, leben und bauen. Es heißt, der Architekt hat, bevor er die berühmte Kirche entwarf, zwei Jahre in jener Gegend gelebt.
Mit Zisch- und Stoßlauten zerschneidet der Zug das graugrüne Land. Sinuskurvige Feld- und Wiesenbuchten. Wälder, Weite, befreiende Einsamkeiten. Steffen kann sich nicht satt sehen daran. Es wär' ein Frevel, jetzt ein Buch zur Hand zu nehmen! Zu sehr reizt ihn das sich zu immer neuen Formen und Bildern verändernde Land. Welche Reserven an Reinheit, Ruhe, Gelassenheit darin liegen – was für ein Reichtum! Dagegen wir, die wir mit höchster Intensität einer Grenze zujagen! Schweißtropfen auf der Stirn, auf der Seele, schwarzer Ruß, die unterirdisch lähmende Droge: Ich will, ich muß, ich will!
»Die Stellung des Betriebes im Neuen Ökonomischen System«, jetzt ist es soweit, Basel hat seinen politisch-pädagogischen Auftritt. Muß er das planen und abrechnen wie die Lehrer in der Schule? Grast er deshalb so eifrig durchs »ND«? Oder ist es, wie Henning sagt, tatsächlich die naive Begeisterung für den Aufbau

des Sozialismus? In diesen ist Basel – die Schnauze voll vom zweiten Weltkrieg, und sie rühren schon wieder die Trommel – in den fünfziger Jahren aus dem Westen gekommen. Die neue Welt braucht stillere Helden, nicht solche, die mit Krieg zerstören, sondern solche, die in Frieden und mit Menschlichkeit bauen. Bessere, hellere, menschenwürdigere Werke. Darüber redet die jüngere Generation wie Steffen und Klaus nicht gern. Entgegnen mit Zweifeln. Sie sind hier aufgewachsen, stoßen sich an den Nachteilen des Sozialismus und bewundern die Vorzüge des Westens. Sie haben sich nicht wie Basel, die Frage nach der Richtigkeit eines Schrittes vor Augen zu halten, den sie nicht getan haben und den sie, keiner weiß für wie lange, auf legalem Weg nun nicht mehr tun können. Für sie stellt sich die Realität anders dar. Sie lachen Basel nicht aus: Er hat dem »goldenen Westen« den Rücken gekehrt und hier sein Glück gefunden. Beruf, Wohnung, Perspektiven ... Sicherheit, Geborgenheit. Was will der Mensch mehr? Worüber sich Steffen wundert, wenn er sich wie Klaus ab und zu höflich und mit kritischen Einwänden an den Diskussionen mit seinem Trainer beteiligt, aber, um eine Bloßstellung zu vermeiden, immer wieder zu fragen aufgeschoben hat: Warum ist Basel nicht in der Partei?
Als sie in Berlin in die Straßenbahn umsteigen, schickt ein Berliner Großmaul eine wütende Kanonade von Schimpfworten Henning nach, der den Alten beim Einsteigen provokativ mit seinem prallen Hebammenkoffer gerempelt hat. Typisch Henning, denkt Steffen, über das Entwürdigende des Handelns verletzt, aber zugleich auch belustigt, wie der Hochspringer dem alten Giftzahn, als er aussteigt, mit einer raschen Handbewegung von hinten den Hut über die Augen schiebt.
Kein Gedanke an Marie-Luise! Kein Gedanke an die begehrlichen Freuden im Zentrum der Stadt! Immer klammer werden die Beine! Wie neu war früher alles, der blanke Optimismus! Es galt nur langsam sich einzustimmen auf den entscheidenden Augenblick: Start. Aber heute? Die Fotos von amerikanischen Zehnkämpfern, gelassen, in Decken eingewickelt vor dem Wettkampf. Unberührt von dem um sie herum ablaufenden Trubel. Nein, die Mattigkeit, die in den Beinen sitzt, ist nicht von

der Bahnfahrt. Sie rührt von dem Zweifel um ein gutes Abschneiden her, verstärkt durch die trostlose Fahrt durch das graue Häusermeer Berlins.
Durch die Halle schnarren Lautsprecher. Das braune Holzoval knistert unter den Laufschritten der ihre Runden drehenden Läufer. Der urige Schrei eines Kugelstoßers zerplatzt wie ein Feuerwerkskörper über dem Kugelstoßring. Von den vielköpfigen, gesichtslosen Zuschauerwänden klatscht Beifall. Die Bohlen der aufgelegten Laufbahn riechen dumpf nach Holz.
In einem Zwischengang rennen die Hürdenläufer, die sich warm machen, aneinander vorbei. Ab und zu begrüßen sich zwei. »Hallo, wie ist die Form heute?« – »Ich glaube, ich habe zuviel gegessen!« – »Vor allem die Luft ist furztrocken da drin!«
Irgend jemand hat an der Seite drei Hürden aufgestellt. Wie auf Verabredung strömen daraufhin alle Hürdenläufer zu den drei schwarzweiß lackierten Hindernissen. Spezielle Hürdengymnastik. Das gebeugte Nachziehbein wird auf die Hürde gelegt, der Oberkörper federt nach unten. Dann Überlaufen der Hürde nur mit dem Schwungbein. Jeder Läufer hat eine ganz bestimmte Reihenfolge des »Sich-vertraut-Machens« mit der Hürde. Eine Art individuelles Ritual. Steffen läuft jetzt an der Seite vorbei und führt nur das Nachziehbein über die Hürden. Dann überwindet er die Hürden blitzschnell aus dem Dribbeln. Verdammt! Er bleibt mehrmals mit dem Nachziehbein hängen und stößt mit dem Knie an die Hürdenkante.
Das kann ja heiter werden! Bei den Starts über eine Hürde liegt er zu hoch über dem Hindernis. Ebenso beim Lauf über drei Hürden. Einer der Favoriten, ein stämmiger, verhältnismäßig kleiner unter den langen Kerls, legt wie eine Dampflok los. Ein anderer, im blaugelben Dreß des Potsdamer Armeesportklubs, überläuft die Hürden mit der Kraft trockenen Hartholzes. Steffen fühlt sich weder kraftvoll, noch locker. Kein Vergleich zum vorigen Winter! Da war es ihm, als würden Funken sprühen! Er wischt sich den Schweiß von der Stirn, zieht die hautenge Paluccahose an und probiert noch einen Tiefstart.
Schlampig, einen Teil der Trainingsklamotten in den offenen Reisetaschen, die Schuhe mit den kurzen Hallendornen an Füßen,

gehen sie dann in Gänsereihe zum Start. Die Vorläufe über 55 Meter Hürden werden ausgerufen. Der erste Startschuß knallt: Fehlstart. Die kleineren, kompakteren Sprintertypen, die in der Startphase besser beschleunigen können, sind auf der kurzen Hallendistanz im Vorteil. Wie ein Streifen niedrigen Gehölzes mit Licht und Schatten, zieht sich der schwarzweiße Hürdenwald über die Hallenbahn.

»Auf die Plätze!« Steffen tastet mit den Füßen an die Startmaschine und duckt sich nieder. Der Puls schnellt in die Höhe. Ich muß den Abdruck mit dem Schuß erwischen!

»Fertig!« Sechs gespannte Rücken. Der Starter hebt die Pistole. Peng! Ab geht die wilde Jagd. Steffen strauchelt an der ersten Hürde. Zu hoch angegangen! Ehe er wieder denken kann, hat er die nächsten vier Hürden überlaufen, schielt nach links und rechts, stürzt ins Ziel, ich glaube, ich bin zweiter geworden und prallt, mit den Händen den Schwung abfangend, an die mit Matten behängte Wand.

Ja, da kommen die Zeiten! Ich bin im Zwischenlauf. Allerdings fünf Zehntel Sekunden unter meiner Bestleistung. Ich muß die erste Hürde flacher überlaufen – vielleicht kann ich noch ein, zwei Zehntel schinden!

Kühl und sachlich trennt die Stoppuhr schnell von langsam, Spitze von Mittelmaß. Das Feld der Läufer wird sortiert und von dreißig erst einmal auf fünfzehn gestrichen. Jetzt hast du Zeit und Ruhe, je nachdem wieviel Stunden, dir die nächsten Wettkämpfe oder die Stadt anzusehen. Berlin oder, wenn du Glück hast und Reisekader wirst, München, Paris, Melbourne ... Aber nicht in solcher Verfassung! Basel richtet seine Eulenaugen aus der Zuschauermenge herunter auf Steffen. Mit der pantomimischen Frage: Wie ging's? Eine Stunde später startet der Zwischenlauf. Ein Blitz und sechs zuckende Leiber! Verdammter Schiet! Steffen ist diesmal nur dritter geworden und scheidet aus. Er läßt den Kopf hängen. So eine Pleite! Endlaufteilnahme hatte er doch wenigstens gewollt! Nimmt seine Reisetasche und humpelt wortlos davon.

Henning im Hochsprung ebenfalls vorzeitig aus der Konkurrenz ausgeschieden. Aber Klaus Brahe führt im Weitsprung! Er hat einen Sieben-Meter-sechzig-Satz hingelegt und die hinter dem ver-

letzten, nicht teilnehmenden Champion ihre Chance witternde Weitsprungelite ist erst einmal dupiert.
Achtung, Klaus Brahe hat noch einen Versuch! Er schaut zu Basel hoch. Der bewegt seine rechte, obere Extremität wie einen Taktstock. Die Bohlen federn unter Klaus' Schritten, Segelflug durch die Luft – Klaus verbessert sich um drei Zentimeter. Kein Boston, kein Ter-Owanessjan, aber immerhin, Klaus gewinnt! DDR-Hallenmeister! Sein erster Meistertitel. Er hebt die Arme und strahlt jungenhaft übers ganze Gesicht. Das Diplom läuft und er ist Hallenmeister!
Von allen Seiten Glückwunschhände! »Diese Leistung mußt du nun im Freien bestätigen«, sagt Basel, als der strahlende Sieger vor ihm steht.
»Der Trainer beschäftigt sich zuviel mit Klaus«, murrt Henning neben Steffen. Als wenn das die Hauptursache für sein enttäuschendes Abschneiden wär'.
Beifall brandet durch die Halle für den Achthundert-Meter-Lauf-Sieger. Steffen folgt den Wettkämpfen fassungslos, wie im Nebel, aus weiter Entfernung. Soll ich aufgeben? Früher war bei einer Tanzerei am Abend alles vergessen. Heute fällt er in dem Hotel mit den sich von selbst öffnenden Türen – so etwas gibt es nur in der Landeshauptstadt – in einen unruhigen Schlaf.

Hoch ragt der geschwärzte Sandstein der Kreuzkirche über den Altmarkt. Im Inneren des Bauwerkes gemahnt ein schlichter, grauer Wurfputz an den Wänden an die in den Bombennächten des zweiten Weltkrieges ausgebrannte Kirche.
Steffen und Marie-Luise sitzen unter der breiten, das Kirchenschiff entlanglaufenden, wie ein Höhlendach anmutenden Empore. In ihrem Blickfeld überschneiden sich mächtige Formen: geneigte und ineinander verschachtelte Gewölbe, konische Säulen, Wellen hoher Bögen. Große, tief herabhängende Kugelleuchter verstrahlen aus hundert kleinen Sonnen ein warmes Licht. Unter einem ovalen Fenster der Hauptaltar, am Kreuz Jesus.
Die Kirche ist überfüllt. Händels »Samson« ist nicht alle Tage zu hören. Auf der gegenüberliegenden Empore fällt Steffen ein

junges Paar auf: er, den Kragen seines schwarzen Mantels hochgeschlagen, das kühne Gesicht eines Robespierre, sie, ein schlankes, blasses Mädchen mit roten Schillerlocken. »Pierre und Luce«. Steffen beobachtet, wie Pierre ein Notenbuch aufschlägt.
In lichten Höhen Geigen und Trompeten. Götterfreude. Freude des göttlichen Menschen. Allen irdischen Bedrohungen zum Trotz. Dem Mißbrauch menschlichen Forschens zum Zwecke der Eroberung in dürrenmattscher Deutung. »Dunkelheit ist um mich her. Dunkles Licht, scheine auch für mich.« Dostojewski, der tiefsinnig, den Fuß auf der Schwelle, ins neue Jahrhundert blickt.
Gut zu wissen, niemand ist allein. Wohin führen unsere Wege, Marie-Luise? Du bist so verschlossen ... »Groß ist unser Leid, doch gerecht.«
Wenn ich den Trainingsausfall wieder wettmachen könnte! Ach, wieviel schwerer muß früher das Leben gewesen sein! Plackerei ohne Ende. Wie müssen jene Menschen gelitten haben. Und wie tief gefühlt! Marie-Luise, mußt du weinen? »Oh, traue Samson, meinem Wort!«
In einer wundervollen Schleife schwebt die Altstimme durch den Raum. Wenn er jetzt seine Hand auf meine legte ... »Ich fordere ihn zum Kampf!«
Da sind sie, die Gegner, nah und fern, mein Körper, dein Körper, inmitten all der geheimnisvollen Mächte ... »Sieg.« In tiefer Baßstimme.
Aus den Augenwinkeln schielt Steffen zu Marie-Luise. Ihre Blicke begegnen sich. Als wären auf einmal alle Zweifel, alle Ängste gewichen ... Da, die Pauken!
Hier würde ich das Werk enden lassen, denkt Steffen und richtet sich auf. Der Gesang des Schlußchors flutet in die Kirche wie ein heller Sonnenstrahl. Aufgewühlt in der Tiefe ihrer Seelen verlassen Steffen und Marie-Luise die Kirche. Nach Hause gehen, nach so einem Erlebnis ... Nachklingen lassen. Wie kann man, wenn man es einmal schwer hatte, wieder zur Leichtigkeit finden? Marie-Luise geht, ohne Antwort auf die ungestellte Frage, still neben ihm.

Drei der fünfzehn Mädchen haben einen Gymnastikanzug an, die anderen sitzen in ihrer Alltagskleidung wie ungepflegtes Strauchwerk auf der Turnbank und schrein ihm entgegen: »Herr Mehners, wir haben heut alle Rot Front!«
Hol sie der Teufel, diese Mädchen ohne Lehrberuf aus der fünften bis achten Klasse! Asoziale, Frühreife, Zurückgebliebene, Kinder ohne Vater, ohne Mutter oder aus Familien mit bis zu zwölf Geschwistern. Entweder wollen oder können sie nicht. Ein Jammer, Steffen schluckt seinen Groll hinunter, mit diesen Klassen zu arbeiten! Zum Glück unterrichtet er außer diesen Mädchen ohne Lehrberuf auch Facharbeiterklassen. Schriftsetzer, Gebrauchswerber, Fotografen. Was soll er tun? Sie alle vom Arzt überprüfen lassen? Er wendet sich an die drei Sportbereiten: »Ziehen Sie sich bitte wieder an, wir gehen wandern!«
»Was die den Staat kosten!« sagt Mehners Kollege im Sportlehrerzimmer, über Rennzeitung, Apfel, Schnittenpaket gebeugt, als sie beim Frühstück über die Stunde reden. Lehrer und Schüler reiben sich unnötig gegenseitig auf. Und am Ende lachen sich die Ungelernten tot, denn sie verdienen mehr, als die meisten Facharbeiter mit Zehnklassenabschluß und Lehrausbildung. Da haut doch was nicht hin! Die pfeifen auf die Schule! Aber wehe, wenn du einer der Damen als Lehrer mit einer Grobheit kommst! Wie können Sie –! nimmt dich dann nicht einmal der Direktor in Schutz. Fräulein Rüpel wird auf dem silbernen Tablett durchs Schulhaus getragen. Das ist die Kehrseite der Humanität.
In den Fachklassen hat Steffen selten Disziplinschwierigkeiten. Aber ist der Frühling in die Köpfe der Schüler gestiegen? Heute hakt es aus. In den letzten zwei Unterrichtsstunden steht Steffen mutterseelenallein in der leeren Turnhalle. Das Parkett blitzt. Rechts die Sprossenwände. In der Ecke dahinter acht schwarze Kletterstangen. Die Fotografenlehrlinge sind abgehauen. Na wartet! Ich betrachte das als persönliche Beleidigung! Die Stunden werden nachmittags nachgeholt! Die Schule ist ein wohl durchorganisierter Apparat, in dem man Schwänzen nicht durchgehen lassen kann.
Im Lehrerzimmer warten die Kollegen auf den Pädagogischen Rat. Ein älterer Lehrer, Adlernase, vornehmer grauer Anzug, müde

in einen Sessel versunken, tröstet Steffen mit einem Einblick in sein Leben: »Bis Kriegsende war ich Handelskaufmann für Textilien. Hätte 1945 nach dem Westen gehen können, brauchte mich aber nicht zu verstecken. Man verkaufte ein paar Höschen, ein paar Strümpfe, die man in Berlin holte. Damals ging das noch. Ich baute meine Ruine wieder auf. Als ich erneut brotlos wurde, bot man mir eine Stelle als Abteilungsleiter in einem HO-Warenhaus an. 450 Mark im Monat. Ich habe abgelehnt. Man eröffnete damals eine Berufsschule, die Textilverkäufer ausbildete. Dafür war ich der richtige Mann! Später wurde aus dieser Berufsschule die Betriebsberufsschule »VEB Herrenmode«. Da hab' ich nicht mehr mitgemacht. Eine schärfere Leitung, die wollten uns bloß an die Kandare kriegen. »Da knöpf' ich lieber den Kindern die Hosen ab«, hab' ich mir damals gesagt und bin an eine Schule, an der es nur diese Mädchen ohne Lehrberuf gab. Ich war immer schon technisch interessiert und übernahm die Physik. Aber ich wär' bei diesen schwererziehbaren Asozialen fast kaputt gegangen. Ich bekam schwere Herzanfälle. Der Medizinalrat, bei dem ich in Behandlung war, sagte mir damals: ›Entweder Sie ruinieren sich oder Sie legen sich ein dickeres Fell zu.‹ Letzteres habe ich mir dann wachsen lassen. Und es geht. Ich bin jetzt sechzig Jahre und seh' zu, wie ich über die Runden komme. Seitdem habe ich mir auch diese Umgangsformen angewöhnt und den vertrauten Ton: ›Ich zieh dir gleich die Schlüpfer runter!‹«
Steffen fällt ein Aphorismus von Lichtenberg ein: »Zuerst willst du immer alles anzweifeln, zuletzt hast du gelernt, dich anzugleichen.« Nie!
Der Pädagogische Rat hat begonnen. Steffen sieht die Rede wie einen Ball über die Bäuche der Kollegen hüpfen, die mit ausgestreckten Beinen um einen großen, rechteckigen Eichentisch lümmeln. Meister, Neulehrer, diplomierte Pädagogen. Alte Hasen, die die Praxis kennen und sich nicht so leicht ein X für ein U vormachen lassen. Das unterscheidet sie angenehm von den Kollegen der polytechnischen Oberschulen, die Steffen vorher kennengelernt hat. Dennoch erscheint ihm auch dieses Kollegium zuweilen einfältig und gutgläubig wie ein großes Kind. Es diskutiert gerade ernsthaft die Frage: Sind die Enkel der Arbeiter

und Bauern, deren Kinder inzwischen studiert haben, noch Arbeiter- und Bauernkinder, und als solche zu fördern – oder nicht? Nachdem sie schon zwei Ratsnachmittage heftig ohne einigendes Ergebnis über diese Frage gestritten haben, schlägt der Deutschlehrer, ein Mann mit einer Glatze wie ein Clown mit ironischem Lächeln vor: »Geben wir die Frage nach der Festlegung doch erst einmal nach oben an die Parteiführung weiter. Und behandeln den nächsten Punkt!«
Die nationale Frage. Und die Frage der internationalen Anerkennung.
»Wenn ich von den Karosserien ausgehe«, sagt der Fachlehrer für Karosseriebau, ein älterer, gehbehinderter Kollege, »da sind wir in der Technologie noch weit zurück.«
»Das ist es ja, Walther!« unterbricht ihn der Direktor am anderen Ende der Tafel, ein kleines Männlein mit krötigem Blick. »Wir lassen uns zu sehr von Äußerlichkeiten beeindrucken! Kommen wir doch einmal zum Wesen der Sache: Das sind eindeutig die Folgen kapitalistischer Bevormundung!« Hinter seiner Brille zucken kleine Blitze, er hat wie immer das Gefühl, er steht vor einer Gruppe störrischer Kinder.
»Es geht doch vor allem darum«, fügt er im Brustton der ihm eingegebenen Überzeugung hinzu, »daß uns die westdeutschen Politiker in aller Welt offen diskriminieren, und das wollen und können wir uns auf die Dauer nicht bieten lassen!«
»Aber je mehr wir die neuen Technologien in unsere Produktion einbeziehen«, bleibt der Karosseriebauer beharrlich bei seinem Gedanken, »desto mehr stärkt das unsere wirtschaftliche Position.«
»Jawohl, das ist richtig, Walther«, nickt das Männlein am Ende des Tisches, faltet die Hände, breitet die Ellenbogen über den Tisch, beugt den Oberkörper nach vorn und sieht herausfordernd ins Kollegium.
»Ob wir das Geld, das wir in die Sportbewegung buttern, ich denke jetzt an den Leistungssport«, meldet sich wieder der Deutschlehrer mit der Glatze und den Haarfransen zu Wort, »nicht lieber für umfangreichere und qualitativ verbesserte Produktion ausgeben sollten? Den Sieg auf einem Nebengleis – ich meine

die internationale Anerkennung der DDR durch den Sport – erringen zu wollen, das ist es, was unser Karosseriebauer vielleicht sagen wollte, halte auch ich für höchst fragwürdig.«
Mehners meldet sich zu Wort: »Kollegen, wenn wir den geistigen und materiellen Wohlstand für alle, für die breite Masse, heben wollen, können wir uns nicht am Luxus der westlichen Welt, der zweifellos auch bei uns für eine gewisse Schicht Realität geworden ist, orientieren. Dagegen kommen wir nie an! Wir müssen uns auf das in den zwanzig Jahren für alle Geschaffene besinnen.«
Was rede ich denn da für einen Unsinn? Auf die Herausforderung des Deutschlehrers weiß ich nichts zu sagen, denkt Steffen, und gerade das hatte er gewollt. Hatte der Deutschlehrer am Ende recht, die Anerkennung dieses ersten sozialistischen deutschen Staates wäre sinnvoller in der Ökonomie durchzusetzen? Aber hatte nicht auch Steffen recht, daß eben da der Haken lag – und, statt es sich selbst einzugestehen und es offen zuzugeben, griff man zu List und Täuschung –: den Westen überholen, ohne ihn einzuholen! Wie im Leistungssport. Steffen weiß nur zu gut: Er profitiert von dieser überdimensionalen Förderung des Sports. Und spinnt den Gedanken weiter: Aber was wird später aus den vielen Leistungssportlern? Soviel vergeudete Kraft, soviel vertane Zeit? Und bleibt nicht mancher durch falsche oder zu hohe physische Belastung – abgesehen von den unerforschten Folgen des Dopings, das von den USA aus erste Schatten über die Sportnationen Osteuropas wirft – Zeit seines Lebens ein Krüppel?

In der nächtlichen Stadt erklimmt Steffen eine Gaslaterne und zitiert Rimbaud: »Auf der Höhe der Straße.« Zieht an der Drahtlasche und löscht die Laterne. Übermütig wie ein Kind freut er sich mit Marie-Luise über die Dunkelheit. Was jetzt alles passieren könnte – und was nicht …
»Als Kinder wollten wir fliegen lernen. Wir sprangen von einem Holzstapel und bewegten die Arme wie Schwingen. ›Ich bin weiter!‹ riefen abwechselnd mein Freund und ich.«

»Wir wollten in einem Bach Goldfische angeln, aber nie ging einer ins Netz.«
Marie-Luise zaubert aus ihrer Jackentasche eine Nougatstange. Steffen reicht ihr das letzte Stück mit dem Mund, so daß sich flüchtig ihre Lippen berühren.
Möwen schwirren von einer Sandbank der nächtlich schwarzen Elbe auf. Von niemandem gesehen, lieben sich ihre Hände. Die seine verwegen, offen, die ihre heimlich, wie um Verständnis für ihre Zurückhaltung bittend.
Ob sie die »Brücke« kann? »Ja.« Schnell korrigiert sie sich: »Nein.« Warum lüge ich?
Steffen schnipst einen Zeigefinger Sand in die Elbe. Ein kühler Aprilschauer fällt vom Himmel. Sie flüchten in die Stadt. Sträucher recken aus dem Dunkel schmale, grüne Blätterzungen. Über den Stämmen junger Bäume vor rissigen Fassaden entfalten sich Sträuße mit punktartig, weißgrün leuchtenden Knospen. In den alten Eichen und Platanen hingegen regt sich noch kein Blatt. Gartenblumen duften. Hörst du die Bienen? Steffen stellt seine Sporttasche, die er die ganze Zeit mit sich herumgetragen hat, auf den Weg. Ein sich küssendes Paar. Und mitten auf dem Weg eine Tasche.
Erinnerungen. Erinnerungen an Gestern. »Augenringe verschwinden, wenn Sie die Schatten mit einem hellen, flüssigen Make-up und einem Pinselchen leicht abdecken«, Marie-Luise blättert die Zeitschrift, über der sie ins Grübeln gekommen ist, unwillig zurück. Verweilt bei einem Dessous mit einer blassen Rose. Eine Frau werden? Ein Kind haben? Wer weiß?

Fallstarts. Nach vorn fallender Körper, den richtigen Moment erfühlen für den ersten, explodierenden Schritt – und der gespannte Rumpf wird vom Wirbel der Beine wie eine Rakete davongetragen! Steffen, Wind im Rücken, bekommt extreme Beschleunigung bei diesen letzten, das Training abschließenden Starts. Es ist jetzt, zu Beginn der Saison im Freien, wichtig, die im Winter antrainierte Kraft und Kondition in Lockerheit und Schnelligkeit umzusetzen.

Licht schwingt grünwellig über das Gelände der Nebenanlagen hinter dem Heinz-Steyer-Stadion. Wilde Rosen- und Weißdornbüsche, vereinzelt hier und da eine junge Pappel. Als grauer Ring liegt die Aschenbahn im Grase. Der Platz ist nicht wie im Stadion von hohen Traversen geschützt. Heftig bläst der Wind übers freie Feld.
An der Weitsprunganlage, in der oberen Krümmung der Laufbahn, sind zwei KJS-Lehrer dabei, ihre Jugendgruppen zu verabschieden. Ein älterer Kollege, gescheiteltes, silbergraues Haar, steifbeinig nach einer Kriegsverletzung, er trainiert die Sprungdisziplinen, und ein jüngerer, gedrungener, Hakennase, welliges Haar, immer jenes Lachen im Gesicht, von dem man nicht weiß, ob er den anderen auslacht oder anlacht, ein ehemaliger Mittelstreckler.
Steffen hatte schon lange vor, mit dem älteren der beiden Kollegen ein paar Worte über dessen ehemaligen Schützlinge Kaan zu wechseln. Verschwitzt, in Trainingsanzug und Spikes, wartet er in angemessener Entfernung bis die beiden Lehrer die Jugendlichen aus der Trainingsstunde entlassen.
»Auf Wiedersehen«, sagt einer der sich in einer Reihe anstellenden Schüler und gibt dem älteren Lehrer die Hand. Als der ihn mit grimmigem Blick ansieht, senkt er schuldbewußt den Kopf.
»Wie heißt das?« fährt ihn der Lehrer an.
»Auf Wiedersehen, Herr Carlos!«
»Na also!«
Affentheater, denkt Steffen. Altdeutscher Drill.
Noch unangenehmer berührt es ihn, wie der jüngere Kollege die Erziehungsmethoden des älteren nachäfft. Bevor er dem letzten seiner Jungs, papageienhaft nach der Formel befragt, salopp mit den Worten den Laufpaß gibt: »Hau endlich ab!«
Steffen geht auf Carlos zu und gibt ihm die Hand. »Darf ich Sie einmal kurz wegen Kaan sprechen? Er bereitet mir einige Schwierigkeiten. Zur Zeit ist er krank.«
»Kaan ist ein Lump«, sagt Carlos unvermittelt im Brustton tiefster Überzeugung.
Steffen zuckt zusammen. Die Verurteilung des Schülers hat ihn wie ein Peitschenhieb getroffen. Wie kann ein Lehrer von einen

Schüler so etwas sagen, ja überhaupt denken? Lump, ein aus Steffens sozialem Gedächtnis längst gestrichenes Wort! Carlos, das klassische Muster des Paukers alten Typus: Alles, was gelehrt, beziehungsweise gelernt wurde, ist genauestens nachzumachen! Man bewundert seine diesbezügliche Akkuratesse und belächelt sie, wo sie Falsches, zum Beispiel trainingsmethodische Lehrweisen, die längst überholt sind, zum Dogma erhebt. Vertreter der alten, bürgerlichen Schule, die solide, biedere Kenntnisse über Laufen und Turnen besitzen, gehörten ebenso wie Fanatiker und Durchreißer wie Ochs zu den Lehrern der »ersten Stunde« an den Kinder-und-Jugend-Sportschulen, jener schulischen Einrichtung im Osten Deutschlands von der fünften bis zur zwölften Klasse zur frühen, netzartigen Erfassung und Heranführung sporttalentierter Mädchen und Jungen an den Leistungssport.
»Aber er hat Potenzen!« sagt Steffen. Kaan, ein Lump, das geht zu weit! Er hat plötzlich das Gefühl, den ihm anvertrauten Jugendlichen in Schutz nehmen zu müssen.
Carlos aber schmettert noch einmal seinen finsteren Satz von sich. Es ist zwecklos, mit ihm weiter über den Schüler zu reden. Steffen wurmt die üble Diffamierung des Jugendlichen, aber er läßt sich nichts anmerken.
Tage später, als Steffen den Rasen des Heinz-Steyer-Stadions überquert, geht er an Ochs vorbei, der wie ein Dompteur, nicht ohne Schaugehabe, in der Mitte des Platzes steht und das Karussell der Läuferinnen auf dem roten Oval um ihn herum antreibt: »Schneller, schneller! Du mußt schneller laufen!«
Wie sollen sie schneller laufen können, wenn sie völlig ausgepumpt sind? Was soll diese Antreiberei? Vielleicht brauchen das die Mädchen! Mit den Athleten aus Basels Gruppe könnte er allerdings so nicht umgehen ...
»Wie macht sich Kaan?« fragt Ochs Steffen mit schneidender Stimme, als habe er Wind von dem kurzen Gespräch mit Carlos bekommen. Er leitet in der KJS die Fachrichtung Leichtathletik.
»Er gibt sich Mühe. Na ja, daß Don Carlos ihn Lump nennt, finde ich, geht etwas zu weit.«
»Was bildest du dir denn ein!« brüllt Ochs unvermittelt los, als sei er gestochen worden. »Herr Carlos ist ein alter, verdienstvoller

Lehrer! Ein Vorbild für alle!« Wer ihm überhaupt den Beinamen »Don« gegeben hat?! Henning Kopp – ist das nicht längst rum? Was soll das Ganze? Der erste Versuch, ein Fehlversuch, sich mit den Fachkollegen der Kinder-und-Jugend-Sportschule so wie mit Basel oder den Kollegen in der Berufsschule zu unterhalten. Steffen läßt Ochs mit geschwollenem Kamm und überlauter Tirade auf dem Platz einfach stehen ...

Eine Straßenbahn quietscht um die Kurve am Neustädter Bahnhof. Leute kommen und gehen. Marie-Luise sieht zur Bahnhofsuhr hinüber, noch drei Minuten. Sie beobachtet wie Steffen einen Freund begrüßt und versteckt sich hinter den grünen Büschen neben dem Wartehäuschen.
Ein Zufall, Jakob hier zu treffen! Die ersten Schauer seines eben erst begonnenen Berufslebens stehen ihm im ins Gesicht geschrieben. Jakob, frisch gewaschen.
Steffen sagt: »Na, wie fühlst du dich, jetzt am Anfang deines Ingenieurlebens?«
»Was mich am meisten bedrückt«, lacht Jakob sarkastisch, »acht Stunden Arbeit am Tag. Herumsitzen wie ein alter Mann.«
»Du kriegst einen Bauch!«
»Und abends immer müde. Um neun geh ich schon schlafen. Denn morgens muß ich schon sechs Uhr raus.«
Jakob wirkt wie eine Insel in der brodelnden Stadt. Er ist wie immer gut angezogen, spricht mit angenehmer Stimme und lächelt.
»Du kennst ja Halle. Wenn ich früh durch die Wuchererstraße gehe – Gasschwaden, Nebel, Nieselregen. Grau in grau, eine häßliche Stadt.«
»Ich habe sie damals mit Studentenaugen gesehen. Da sieht man vieles heiterer. Die erste Großstadt! Mir gefiel sie. Bis auf die Mundart: ›Scheeks meiner, kommste mit bei Rosi nach Ammendorf?‹«
»Im Moment halte ich es noch aus. Aber spätestens in einem Jahr gehe ich auf eine Baustelle.«
Der Schelm, arbeitet kaum vierzehn Tage und denkt schon wieder an aufhören ... Steffen wirft einen Blick zur Bahnhofsuhr. Zehn Minuten über der Zeit. Wo bleibt nur Marie-Luise?

»Privat hat man sich nichts zu sagen, ein ödes Klima im Büro.«
In der Freizeit frönt Jakob weiter seinem geliebten Studentenleben: Studentengemeinde, Landsmannschaftstreffen, Sing- und Saufgelage. Schlüpfrige Späße wie Zwangsverlobungen. Der Spaß von der letzten ist ihm noch anzusehen, als er das erzählt. So mancher hat bei so einem Spiel schon sein Glück gefunden. Aber Jakob scheint, was Mädchen anbelangt, noch unbedarft.
Wie es sonst im Bauwesen aussieht? Steffen wird unruhig. Schon zwanzig Minuten über der Zeit! Nur mit halbem Ohr hört er, wie Jakob antwortet: Zersplitterung in zwei Gebiete, Konstruktion und Ausführung. Die eine Hand weiß nicht, was die andere macht. Reibungsflächen. Wenn man wenigstens mehr verdienen würde! Aber so sei die simple Arbeit der Kostenplanung, für die er eingestellt worden ist und die im Grunde ein Zehnklassenabgänger erledigen könne, nur eine Übergangslösung.
Jakob hat Schulden. Die Ansprüche ans Leben steigen. Ein Plattenspieler, ein neuer Anzug, die nächste Reise – und wie steht es bei dir mit einem Wagen?
Ein Lebemann, denkt Steffen, wenn er sich doch nicht so sehr in diesen äußeren Werten verlieren würde, entschuldigt sich, er müsse jetzt erst einmal nach seiner Freundin Ausschau halten.
»Mach's gut!« Jakob sieht ihm fest in die Augen und steigt in die Straßenbahn.
Marie-Luise kommt zögernd hinter den Büschen hervor. Steffen schluckt seinen Unmut hinunter. Jakob, mein bester Freund – warum versteckst du dich? Ich hätte dich gern Jakob vorgestellt.
»Haben Sie Kinokarten?« fragt ihn Marie-Luise.
Steffen schüttelt den Kopf.
»Mir gefallen solche langen Kinokarten.«
»Aber ich hab' keine!«
Sie steigen in eine Straßenbahn Richtung »Wilder Mann«. Hinter der Autobahnunterführung gelangen sie in die Dresdner Heide. Zur Rechten ein junges Birkengehölz, zarte, weiße Stämme, darüber ein Schleier frühlingshaften Grüns. Ein Handschuh und ein Federball am Weg. Vom nahen Arzneimittelwerk riecht es nach Chemie. Sie geraten in eine Gartenkolonie mit einem Freilichtkino, das noch Winterschlaf hält. Anfang Mai, ein Ruck, und in

den Gärten zerplatzen die Knospen der Kirschen zu einem Blütenmeer. Der Übermut der Natur wirkt ansteckend. Steffen nimmt Marie-Luise huckepack. Sie streift mit der Hand durch die Kirschbaumblüten. Im Spiel beugt sich Steffen zu weit nach vorn, sie verliert das Gleichgewicht, fällt kopfüber herunter und schlägt mit dem Gesicht auf dem Sandweg auf. Blut quillt aus der wie über Sandpapier gezogenen, beschädigten Haut und gerinnt zu einer großen, schwarzen Fläche. Marie-Luise stehen die Tränen in den Augen. Steffen sagt: »So ein Blödsinn! Das hab' ich nicht gewollt!« Marie-Luise drückt tapfer seine Hand. Kein Vorwurf. Keine Klagen wegen dem bißchen. Weiter, weiter ... Nur nicht nach Hause! Still, Hand in Hand, wandern sie durch die dem Frühling entgegenatmende Heide ...

Das Stadion gleicht einem riesigen Talkessel, überfüllt von Menschen. Die angeheizte Stimmung erreicht ihren Siedepunkt und wird sich jeden Moment in einem Schrei entladen. Einem Schrei aus hunderttausend Mündern, die sich in dieser Sekunde wie zu einem einzigen großen Mund vereinen. Ein Flugzeug zieht eine Kette bunter Luftballons über den Himmel. Die Kette reißt ab, und die Luftballons ordnen sich zu den fünf ineinander verschlungenen olympischen Ringen. An Drehpunkten, wie an unsichtbarer Handgelenken, beginnen sie zu kreisen, entfernen sich voneinander und entschweben sanft gen Himmel ...
»Bitte um Aufmerksamkeit für den Lauf über hundertzehn Meter Hürden!« ertönt es aus den Lautsprechern. Hunderttausend Zuschaueraugen richten sich hinunter auf den Start. Die Kamera fängt die Endlaufteilnehmer bei ihren letzten Startvorbereitungen ein. Das unverschämt sympathische Grinsen eines farbigen Amerikaners, des Favoriten. Die fahrigen Gesten der Athleten, die, teils unbewußt, teils bewußt, den richtigen Sitz ihrer Wettkampfkleidung kontrollieren. Steffen Mehners ist wie gelähmt. Was sollen die Millionen an den Bildschirmen jetzt denken, die seine langsamen, roboterhaften Bewegungen verfolgen! Die Läufer haben sich noch nicht zu ihren Startmaschinen hinuntergeduckt, da kommt schon der Startschuß! Wer hätte das gedacht, daß der Schuß so früh kommt! Die drei Ame-

rikaner haben noch ihre Trainingsanzüge an. Steffen hat den besten Start erwischt, läuft, »was das Zeug hält«, fühlt die Sprinterhose an der Hürdenkante streifen, besser, schneller laufen kann er nicht. Der Präsident des internationalen Leichtathletikverbandes fuchtelt außer sich vor Entsetzen mit den Armen. Wie kann so etwas passieren? So ein wilder Lauf ohne Tiefstart? Und das unter den Augen der Weltöffentlichkeit? Zeitlupenaufnahme. Die Läufer sind bereits in der Hälfte der Distanz, da knallt es ein zweites Mal. Jetzt erst wird Fehlstart gegeben. Einer der Athleten, der Favorit des Laufes, zeigt wieder sein unnachahmliches Grinsen. Steffen Mehners geht, die Hände in die Hüften gestützt, erschöpft zurück. Neben ihm flucht einer. Ein anderer spuckt aus. Unter den Zuschauern entsteht Tumult. Die Spannung erhöht sich.
Lässig ziehen die drei amerikanischen Sprinterstars ihre Trainingsanzüge aus. Die Kamera richtet sich jetzt auf den Startautomaten, einen mit weißen Jeans und roter Jacke drapierten Roboter. Diesmal funktioniert die Technik! Vorschriftsmäßig rennt der Lauf ab. Es wird plötzlich glühend heiß. Ein roter Nebel verschluckt die Läufer. Die Szene verwittert. Über dem Stadionrand, übergroß, erscheint das Gesicht von Steffens Mutter. Die Amerikaner vorn. Ich bin vierter geworden! – denkt Steffen glücklich. »Immerhin vierter! Die Bilder erscheinen wieder mit der ursprünglichen Schärfe. Blumen werden auf die Laufbahn geworfen. Die Läufer gehen wie auf einem Blumenteppich zurück. Das Auge der Kamera fängt Steffen Mehners ein. Er winkt in die Kamera. Wen grüßen? Euch alle, zu Hause, Freunde und Fremde! Ein Gesicht schiebt sich aus den vielen Gesichtern heraus: Marie-Luise. Eine Träne, eine Glücksträne rollt über ihre Wange. Endlich geschafft. Geschafft?
Steffen, von seinem Traum in Schweiß gebadet, erwacht.

Vor der »Schauburg« vertritt sich das Filmpublikum gelangweilt die Füße. Steffen ist es, als habe er auf der anderen Straßenseite Marie-Luise gesehen. Die Ampel wechselt von Rot auf Grün, Autos und eine Straßenbahn starten – habe ich mich getäuscht? So sehr er sie auch sucht, von Marie-Luise keine Spur. Bis nur

noch einige, auf Zuspätkommende Wartende vor dem Kino stehen. Mit dem Unmut eines von einer Fata Morgana Genarrten, verkauft Steffen schließlich eine der Kinokarten. Er wirft noch einen letzten Blick aus dem Foyer in die abenddunkle Straße. Da ist sie wieder! Als traue er seinen Augen nicht, sieht er noch einmal hin: Da steht sie auf der anderen Seite der Kreuzung und wagt sich nicht heran. Die Karte zurückkaufen! Schnell dreht sich Steffen herum, läuft hinter dem jungen Mann her, dem er eben die Karte verkauft hat, und bittet von dem verdutzt Dreinschauenden die Kinokarte zurück. Steffen handelt wie unter Zwang und mit jener Energie, die dem anderen nichts anderes übrig läßt, als die Karte zurückzugeben. Sie tauschen erneut Billett und Münze.
Steffen winkt. Zögernd kommt Marie-Luise aus der Dunkelheit ins Kinolicht. Eine weiße und eine schwarze Gesichtshälfte. Die schwarze: geronnener Schorf von dem Sturz. Steffen verbeißt sich ein Lachen. Deshalb, sie hat sich geschämt!
»Das wilde Kind« von Truffaut wird gespielt. Wer zähmt wen? Ist es eine Analogie ihrer eigenen Geschichte?
Nach dem Film fahren sie mit der Straßenbahn in die Altstadt und bummeln über die Brühlsche Terrasse. Gelbe Laternen auf der Promenade, vorbei an dem um diese Zeit gespenstisch wirkenden, gigantisch in die Nacht ragende Gemäuer der Kunstakademie. Marie-Luise versucht einige der an den Fensterbänken der dunklen Fassade verewigten Namen von Philosophen der Antike zu entziffern: Platon, Aristoteles, in der Dunkelheit ein schweres Unterfangen.
Sie nimmt Steffen die Apfelsine, die er angeritzt hat, aus der Hand, zertrennt die Schale und blättert sie wie eine Rose auf, bevor sie deren Blütenblätter verstreut, so daß sie auf der Terrasse eine mutwillige Spur hinterlassen …
Alles, was sie macht, ist schön, denkt Steffen, dem ihre Mutwilligkeit gefällt. Während er ein paar Schritte stumm an ihrer Seite geht, nimmt er die Gedankenfäden wieder auf, die er am Abend vorher aufgegeben hat. Ich liebe sie! So wie sie ist. Voller Geheimnisse. Eine Nymphe. Hatte sie Grazia, die Brieffreundin aus Messina, nicht so genannt? Wozu viele Worte? Über Beruf,

Familie, Politik? Allein ihre rätselhafte Gegenwart zählt. Ein Mädchen, das mich verzaubert. Die Frau fürs Leben. Eine Frau zum Heiraten. Ich würde sie heiraten, denkt Steffen, wenn sie ein Kind von mir bekäme. Steffen verwischt mit einer lässigen Handbewegung seine geheimen Gedanken. Ein Stück wandert der große, über den Häusern der Neustadt aufgegangene Mond mit, scheint durch das Wäldchen der gestutzten Bäume am Ende der Terrasse und liegt, neben den Lichtsäulen der Laternen der Augustusbrücke schaukelnd, auf dem dunklen Strom.
»Woran denken Sie?« bricht Marie-Luise sein Schweigen.
»Wenn Du ein Glück verloren hast, das nie sich wiederfindet«, zitiert Steffen Lenau, »blick' nur in einen Strom hinab, wo alles wogt und schwindet.«
»Wieso?« fragt Marie-Luise.
Still, still, flüstert, schreit die Nacht und schüttet Sterne herunter.
In der Straßenbahn fühlt Steffen ihren Busen an seiner Hand. Marie-Luise ist eine Meisterin der stummen Sprache. Lockt sie mich, wartet sie nur auf mich? Wer führt wen ins Land der Liebe?
Als sie unentschlossen vor der Gartenpforte des Hauses, in dem sie wohnt, stehen, schlüpft sie aus ihren Schuhen, stellt sich auf seine Füße und legt den Kopf an seine Wange. So gehen sie durchs Gartentor.
»Halt!« kommandiert sie. Ihre Hände drücken das Gegenteil aus. Ein Spiel zwischen heute und morgen. Ein Spiel, wer weiß, wie lange. Unwichtig. Heiter schaukeln sich die Seelen auf. Verdrossen schleicht die Ungeduld von dannen …

Schwarze Künstlerperücke, tiefer Baß: das ist doch Wallroth, der Opernsänger? Fast gleichzeitig haben sich Steffen und der Opernsänger in der fahrenden Straßenbahn erkannt, kommen aufeinander zu. Wie geht's? Immer noch Leistungssport? Verletzt? Wallroth drei Jahre verschollen. Gesangsstudium in Sofia. Dann der Sprung von einem Provinztheater zu den Landesbühnen Sachsen. Verheiratet? »Komm, braune Hanne her, reich mir die Kanne her!« Natürlich mit einer Winzerin. Steffen sieht den Klassen-

kameraden von einst mitleidig an. Abitur, Studium, zwei Jahre Beruf und schon »O Wonnen der Zufriedenheit«. Froh, daß er nicht mit dieser Winzerin. Froh, daß er mit Marie-Luise noch nicht ... Liebe? Jeder hat sein ganz bestimmtes Verhältnis zu ihr. Der entbehrungsreiche Weg eines Spitzensportlers. Verstehe. Wallroths Buddhagesicht. Wer weiß, was er vor fünf Jahren gesagt hätte, und wer weiß, wie er in fünf Jahren denkt.
»Da stimmt bei euch etwas nicht«, brummt der Opernsänger zum Abschied und bewegt bedächtig sein Haupt. Steffen, der nur eine Haltestelle zu fahren hat, reißt die Hand aus seiner Pranke. Die Bahn ruckt an. Im Gegenteil, denkt Steffen, und springt ab.
Basel kontrolliert drei Trainingsläufe von Steffen über fünf Hürden. Wettkampfnahes Training. Aber es fehlen einige Faktoren: die Trainingspartner – Steffen ist der einzige Hürdenläufer in Basels Trainingsgruppe – der Startschuß, das Eintauchen nach dem Startschuß ins Unterbewußte. Jenes Entfesselte, nun nicht mehr kontrollierbare »auf und davon«! Steffen beobachtet seine Bewegungen. Er geht Zentimeter zu hoch über die Hürde, senkt das Schwungbein zu langsam und zieht das rechte, abgewinkelte Bein nicht schnell genug nach. Einmal hängt es sogar so tief, daß er mit dem Knie gegen die Hürdenkante schlägt. Er wirkt müde. Die gestoppten Zeiten sind schlecht.
»Vielleicht hast du zu hart gearbeitet in letzter Zeit«, sagt Basel. »Fühlst du dich nicht wohl? Hast du andere Sorgen?«
Steffen schüttelt den Kopf.
Vielleicht das Fernstudium? Wie soll ich, wenn ich nicht besser laufe, je das Fernstudium beginnen können? Und dann erst später alles unter einen Hut bringen: Beruf, Training, Fernstudium und Marie-Luise? Noch habe ich es nicht! Es würde mir schon gelingen, über den Klub Abminderungsstunden in der Schule zu bekommen. Nein, das ist es nicht.
Im Umkleideraum sucht Steffen seine Schuhe. Sie sind nirgendwo zu finden. Gestohlen? Ausgerechnet die modischen, tschechischen mit dem kaffeebraunen Leder und der Specksohle, die ich so geliebt habe! Ein Glückskauf. Ein Tag mit Knüppeln zwischen den Beinen! Steffen stürzt zum Kabinenwart, rennt hinaus bis ans Stadiontor, aber der Dieb, längst »über alle Berge«, ist nicht mehr

zu sehen. Was tun? Henning Kopp hatten sie während eines Wettkampfes die Jeans geklaut. Er ließ durchs Mikrophon ansagen, der Dieb sei beobachtet worden, hat aber nichts zu befürchten, wenn er die Hose beim Platzwart abgibt. Tatsächlich wurden die Jeans zurückgegeben.
Vor Hennings Umkleidespind mit den Kratzern »Kopp, blöder Topp« stehen ein paar ausgelatschte, alte »Quanten«. Die Schuhe des Diebes. Deprimiert, nicht wegen des Verlustes von fünfzig Mark, sondern wegen der schönen, nicht wieder zu bekommenden Schuhe, geht Steffen in Turnschuhen nach Hause.

Der Abend duftet aus frisch erblühtem Flieder. Marie-Luise wartet im Dunkel der Straße, ohne Strümpfe, in einem dünnen Kleid. Die Luft ist eisig. Er hängt wortlos seinen Popelinemantel über ihre Schultern. In dem viel zu weiten Kleidungsstück gleicht sie einem großen, olivfarbenen Blatt mit Beinen. Marie-Luise flötet: »Wir bleiben im Dunkeln!« Ziellos bummeln sie über die Elbbrücke.
»Wissen Sie«, sagt Steffen, »warum die ›Augustusbrücke‹ von den Parteifunktionären in ›Dimitroffbrücke‹ umbenannt wurde? Weil ›August der Starke‹, als er in seiner Kutsche über die Brücke gefahren ist, gerufen haben soll: ›Die mit droff und die mit droff!‹« Ein Witz von seiner Wirtin. Dresdner Humor.
Jenseits der Brücke leuchten in gelbem Licht die hohen Fenster des Restaurants »Italienisches Dörfchen«.
Marie-Luise rutscht mit hochgerafftem Mantel und Kleid über den niedrigen Eisenzaun, um an der Seite an eines der Fenster zu gelangen. Draußen, an der Scheibe, der Umriß ihrer beider Gesichter. Drinnen, im Licht, die müden Bewegungen der Zecher hinter Bier- und Weingläsern an weiß betuchten Tischen. Keine Fröhlichkeit und keine Musik. Ein heruntergekommenes Lokal, in dem die Gäste nicht recht zu dem Parkett und der alten Pracht der Kristallüster passen.
Ist es der gemeinsame Mantel? Unverhofft taucht das »wir« zwischen ihnen auf wie ein Kind und tanzt zwischen ihnen. Sie bemerken es kaum. Ein kleiner Kobold, über dessen Herkunft, ist er einmal da, man sich keine Gedanken mehr macht.

Im »Artesischen Brunnen« bestellen sie einen Apfelsaft. Marie-Luise zieht mit umständlicher Geste ein Zweimarkstück aus der Ausweishülle. Draußen ist die Nacht noch finsterer und kälter geworden. Zu zweit unter einem Mantel bummeln sie weiter durch die sich schlafen legende Stadt ...

Gewöhnungsübungen, Läufe über umgelegte Hürden! Die Fortgeschrittenen unter den Übenden stellen die Jugendhöhe und den richtigen Hürdenabstand ein! Wenn Steffen mit den Jugendlichen so weiter trainiert, werden aus Basels Nachwuchsweitspringern Hürdenläufer! Keine Angst, das würde den wenigsten gelingen. Ein Hürdenläufer muß außer Grundschnelligkeit, Sprungkraft und Kondition vor allem physische Härte und ein feines Gefühl für Bewegungskoordination mitbringen. Abgesehen von einer überdurchschnittlichen Körpergröße, Voraussetzung, den Abstand zwischen den Hürden von neun Meter achtzehn, mit drei Schritten, dem sogenannten »Dreierrhythmus« überwinden zu können. Aus diesem Grund tummeln sich in der Welt der Leichtathleten im provinziellen Wettkampfbetrieb auch viel mehr Weitspringer als Hürdenläufer. Ein Elementartraining über die Hürden kann aber für einen Weitspringer, nicht nur wegen der Sprungkraftentwicklung, kein Nachteil sein. Und warum sollte unter den Jungen nicht gar einer sein, der sich für Hürdenlauf eignet?
Jürgen, ein hochgeschossener, kräftiger Vierzehnjähriger, hat auffällig gute Anlagen für einen Hürdenläufer.
»Was machst du in deiner Freizeit?« fragt ihn Steffen, als sie zusammen zur Straßenbahnhaltestelle gehen.
»Das weißt du doch.«
»Ach, richtig, Fußballspielen, wenn du nicht gerade bei uns trainierst.«
Kein Wunder, daß viele Talente in der Leichtathletik vom Fußball herkommen. In dieser spielerischen Sportart erwirbt man sich am besten ein vielseitiges Bewegungsgefühl. Ist die Leistung eines Fußballers aber in starkem Maß von der Qualität der Mannschaft abhängig, ist es die des Leichtathleten ausschließlich von sich selbst. An diesem Punkt scheiden sich die Geister. Manch-

mal sind es allerdings auch nebensächliche Dinge, die schalen Saufgelage, das überhebliche Gegröle nach dem Spiel, die einem die Lust, in einer Fußballmannschaft zu spielen, vergällen. Dazu kamen später die Entfernung zum Studienort, die zunehmende Kurzsichtigkeit, so war es bei Steffen.
»Ich bin der beste und schieße immer die meisten Tore!«
»Gratuliere. Und was machst du außer Leichtathletik und Fußball sonst noch?«
»Ich hab' mal Zeitungen ausgetragen.« Jürgen sieht den jungen Trainer fragend an.
»Alles?«
»Und Fahrscheine sammeln. Ich sammle Straßenbahnfahrscheine.«
»Du sammelst Straßenbahnfahrscheine?«
Steffen bemerkt in der unten offenen Blechschnecke des Pissoirs vor dem Bahndamm zwei Stachelbeerwaden, die in viel zu großen Schuhen im Kreis herumgehen.
»Welche sammelst du denn?«
»Alle, die von einer Zahlbox stammen. Rat mal, wieviel ich schon habe?«
»51?«
»Dreimal darfst du!«
»97?«
»Gut.«
»Stimmt es?«
»Nein, ich meine gut so, einmal kannst du noch.«
»Sag mal, wie lange sammelst du schon?«
»Seit die Straßenbahnwagen ohne Schaffner fahren …«
An der Kreuzung schießt ein »Hecht« der Linie »11« heran. Der sechsmotorige, schnittige Triebwagen mit Hänger ist die leistungsfähigste Bahn in der Stadt. Sie befährt die Bergstrecken zwischen Dresden-Coschütz und Dresden-Bühlau, Ausläufer des Erzgebirges auf der einen, des Lausitzer Berglandes auf der anderen Seite. Aus der Straßenbahn hat man von ihren ansteigenden Höhen zuweilen einen herrlichen Blick über die im Talkessel liegende Stadt. Nach der Umstellung der Straßenbahnen auf den schaffnerlosen Wagen kam es vor, daß manche Fahrgäste die Kurbel der Zahl-

box drehten, einen Schein entnahmen, ohne Geld einzuwerfen. Andere warfen statt der zwei Groschen nur ein paar Pfennige, Knöpfe oder Reißzwecken hinein.
»Also, ich schätze 412.«
Jürgen lächelt. »Und das erste dazu ergibt nicht einmal die Hälfte!«
Die Straßenbahn ist wie immer um diese Zeit »brechend« voll. Sie steigen ein. Jürgen klemmt sich zwischen zwei Mädchen und läßt sich von einem jungen Mann neben der Zahlbox einen Fahrschein geben.
»Was machst du mit all diesen Fahrscheinen?«
»Ich hebe sie auf.«
»Wozu?«
»Ich weiß nicht, vielleicht liefere ich sie einmal als Altpapier ab.«
Steffen, weit davon entfernt, die Offenheit des Jüngeren mit dem moralischen Zeigefinger zu vernageln, fragt: »Wieviel wiegen sie denn?«
»Ein halbes Kilo ungefähr.«
»Sagen wir, pro Jahr ein halbes Kilo, müßtest du 100 Jahre sammeln, um einen Zentner zu bekommen.«
Ja, ja, alles Blödsinn, was ich rede, müßte Jürgen jetzt sagen, statt dessen zugeben, daß er sie zum »Schwarzfahren« sammelt, daß er zu jenen gehört, die immer, wenn ein Kontrolleur auftaucht, einen Fahrschein mit der richtigen Nummer und Farbe zur Hand haben.
»Einmal hatte ich Nummern von 1 bis 250. Alle von einer Bahn.«
»Bist du mehrmals in die Bahn gestiegen?«
»Nein, alle von einer Box, fortlaufend gezogen. Hat mir einer aus meiner Klasse gegeben. Die ganze Klasse sammelt für mich.«
»Vielleicht wirst du im Hürdenlauf und, sagen wir in Mathe, später auch mal so ein As!«
Jürgen lächelt unsicher. »Vielleicht über die Hürden. Aber in der Schule kaum.«

Unter dem großen Regenschirm einer Platane, unter der Steffen das Gefühl hat, Wurzeln zu schlagen, sieht er endlich Marie-Luise auf sich zukommen. Was tun bei diesem Wetter?

»Gibt es etwas zu trinken bei Ihnen?« Marie-Luise erblaßt und schüttelt den Kopf. Sie trägt einen hellbraunen, grobgewebten Rock um ihre Wespentaille. Als flache Wölbung zeichnet sich darunter ihr Hinterteil ab. Das Haar hat sie in der Mitte gescheitelt, mit einer Kurve über Augen und Ohren nach hinten geführt. Steffen gefällt die Frisur.
Als sie seinen prüfenden Blick bemerkt, fragt sie: »Geht das so?«
Steffen antwortet trocken: »Man kann es so lassen.«
Warum sage ich nicht, daß es mir gefällt? Wovor sich Steffen, wie viele andere Liebende, fürchtet, ist jenes Sich-dem-anderen-ganz-Anvertrauen. Nicht nur aus dem Bedenken heraus, seine Unabhängigkeit hinsichtlich seiner weiteren Entwicklung zu verlieren. Ein feiner Instinkt sagt ihm, daß zu viel Lob sich abnutzt. Außerdem scheut er sich davor, ihr heute sagen zu müssen, du gefällst mir, ich liebe dich und morgen: Entschuldige, heute gefällst du mir nicht. Ich hab' mich geirrt. Steffen haßt diese Wechselbäder der Gefühle, diese kleinlichen Hochs und Tiefs, diesen nichtigen Streit. Für Steffen hat jedes Jawort einen tieferen Sinn, den des Unumstößlichen, des Endgültigen. Wie würde es Marie-Luise aufnehmen, wenn er sagen würde: Ich liebe dich, aber ich halte nichts oder noch nichts vom Heiraten? Oder: Ich liebe dich, aber wichtiger als du und Kinder ist mir der Leistungssport? In dieser Sicht seiner selbst ist Steffen für Marie-Luise nicht durchschaubar. Sein Nicht-Wollen fördert zwar ihr zögerndes Sich-ihm-Anvertrauen, aber irgendwo, ganz hinten, bleibt zugleich eine Unsicherheit zurück. Steffen gefällt dieses Spiel, es reizt seine Neugier, ihm ist, als lege er sein Ohr auf die Schiene, um zu hören, ob der Zug kommt. Aber mit jenem, im Verborgenen bleibenden Teil seiner zweifellos aufrichtigen und konstanten Zuneigung macht ihre Gemeinsamkeit nur langsam Fortschritte. Im übrigen vertritt Steffen die feste Ansicht, daß es für eine Liebe besser sei, langsam zu wachsen. Bei aller Ungeduld. Verbindet das Unausgesprochene uns zuweilen nicht tiefer und unmittelbarer als Worte?
»Wohin wollen wir gehen?« überlegt Steffen laut. Und verkneift sich, um sie nicht unter Druck zu setzen, deutlich zu sagen, daß er am liebsten mit zu ihr gegangen wäre.

»Irgendwohin.«
Steffen ärgert sich über ihre Antwort. In einem Anfall schlechter Laune macht er ihr stille Vorwürfe: Irgendwohin – hat sie keine Idee? Traut sie sich nicht, etwas zu sagen? Kino? Beginnt erst in einer Stunde. Bibliothek? Hab' keinen Ausweis mit. Und was will ich überhaupt mit ihr in der Bibliothek?
Beim Überqueren einer Straßenbahnschiene im Zentrum stößt er unglücklich an ihren Fuß, so daß sie ins Rutschen kommt, mit dem Knie aufschlägt, sich den Strumpf zerreißt.
»Steffen!« Ratlosigkeit und Verzweiflung in ihren Augen. Doch Sekunden später hat sie sich wieder gefaßt.
»Ich hätte besser aufpassen müssen! In diesen glatten Schuhen ...«
Steffen macht sich jetzt selbst Vorwürfe. Die Stimmung ist vollends hin.
»Gehn wir nach Hause.«
»Ach, so können Sie auch sein?«
Ja, zum Teufel! Wie Gerstengrannen stecken die Worte im Hals. Er sagt nichts.
»Lachen Sie doch mal!«
Unter einem Brückebogen zaubert sie ein Stück Schokolade aus einer winzigen Rocktasche und teilt sie mit ihm: Lachen Sie mal! Aber Steffen ist heute nicht zum Lachen. Er hat einen schlechten Tag und fängt unvermittelt zu schimpfen an: »Wenn man nur wüßte, was man in dieser Friedhofsgesellschaft anstellen soll, außer arbeiten! Nichts darf man, alles wird einem verboten, nicht einmal besaufen darf man sich!«
Marie-Luise sieht ihn entgeistert an. Was redet er für ein Zeug? Steffen beginnt einen wütenden Diskurs über die Diskussionen mit Jakob über Freiheit. Wie sie die Partei der Arbeiter- und Bauernklasse auslegt: Freiheit ist Einsicht in die Notwendigkeit. Ja, aber doch nur, wenn es die eigene Notwendigkeit ist! Nicht die des anderen. Wenn du das »muß« des anderen auf Gedeih und Verderb zu befolgen hast, ist es nichts anderes als Entpersönlichung.
»Wer anders denkt, geht freiwillig ins Irrenhaus«, Friedrich Nietzsche. Selbst, wenn du nur die Wahrheit nachprüfen wolltest ... Wer darf sich mit eigenen Augen überzeugen, wie es damit im Westen, im anderen Teil Deutschlands wirklich steht?

Was erzählt er für Unsinn? Ist er genauso wie die anderen? Kann schroff und zornig werden wie Papa? Wie eben überhaupt nur Männer? Wieso willst du dich besaufen? Wo führt das hin? Gehörst auch du zu jenen Menschen, denen alles egal ist, wenn etwas schiefgeht – die Hauptsache, sie können alles so schnell wie möglich vergessen?
Vor dem Gartentor vor ihrem Haus angekommen, stellt sie sich auf seine Füße und schmiegt sich an ihn, löst sich aber sofort wieder von ihm unter dem Eis ihrer Gedanken. Steffen erschrickt wie vorher sie. Er beginnt eine schier endlose Variation über den Durst, der ihn quält. Findet aber dann doch ein Ende, indem er leichthin sagt: »Ich möchte aber nicht, daß Sie meinetwegen Ärger mit der Wirtin kriegen.«

Ochs streicht mit grimmiger Miene über sein braunes Haar, das über der Stirn kriegerisch nach oben steht. Sein Gesicht ein verzerrtes Lächeln mit Grübchen. Steffen, der sich, zu einem »Entwicklungsgespräch« eingeladen, ihm in dem engen Dienstzimmer gegenübersetzt, ahnt nichts Gutes. Worum es in diesem Gespräch gehen wird? Um Steffens Anstellung als Trainer an der Kinder-und-Jugend-Sportschule? Basel irgendwo zu einem Lehrgang. Es ist klar, Basel hat hier in dieser Runde nichts zu sagen. Ochs beginnt ohne Umschweife: »Wir sind mit deiner Arbeit mit unseren KJS-Schülern nicht einverstanden!«
Wie bitte, habe ich richtig gehört?
»Als du zur Kur mußtest, stand die Trainingsgruppe von heut auf morgen ohne Trainer da. Und dein überhebliches Auftreten gegenüber Herrn Carlos und mir ...«
Steffen läßt den Wortschwall an sich vorbeirauschen, hört nur unscharf, was der andere noch alles »an Haaren herbeizieht«, um seine Arbeit und sein Verhalten zu bemängeln. Ochs spricht es nicht direkt aus, aber es wird deutlich, worauf er hinauswill: »Damit du nicht etwa auf den Gedanken kommst, dich an unserer Schule als angehender Kollege zu bewerben ...«
Also, wenn es nur darum geht ... Steffen ist nicht besonders erpicht darauf, mit diesen Typen zusammenzuarbeiten. Obwohl ihn

die Arbeit mit den Jugendlichen reizen würde und der Job an der Kinder-und-Jugendsport-Sportschule, das Training mit den sportlichen Nachwuchstalenten des Landes, für ihn die adäquate Stelle wäre. Äußerlich ruhig, aber innerlich erregt, verläßt Steffen den kahlen Raum. »Wir machen davon eine Aktennotiz!« Dieser Ochs bringt es fertig und schickt ein Schreiben an meine Kaderleitung! Beschmutzt meine reine Pädagogenweste! Das muß ich mir nicht bieten lassen! In die Offensive gehen! Hat nicht dieser Ochs ein Verhältnis zu einer seiner Speerwerferinnen? Und wagt mich hier wie einen dummen Jungen abzukanzeln? »Verdienter Meister des Sports« und so ein Charakter! Aber so ist das eben nun mal: ein Ehrentitel auch für den Trainer für das »Herausbringen« einer »Meisterin des Sports«, in diesem Fall der Weitspringerin Helga Wegelore, ein Talent, das zu gut ist, um es durchs Training »versauen« zu können. Steffen, erzürnt, fallen süperbe Formulierungen für ein Gegenschreiben ein. Hervorragend findet es Lehrer Joachim, dem er es zur Durchsicht vorlegt. Steffen wird es an den Direktor der KJS und, falls das nichts nützt, an den Kreisschulrat schicken! Diese Verleumdungen gehen zu weit! So also endet die zarte Pflanze seines Verhältnisses zu der Schule, an der er sein spezielles Wissen, seine speziellen Erfahrungen aus dem Leistungssport am besten hätte weitergeben können. Abgewürgte Potenz. Rechthaberei und Engstirnigkeit. Statt einen kompetenten Trainer für die Jugendlichen zu gewinnen ...
Steffen versucht die Weichen für sein späteres Fernstudium zu stellen: ein Schreiben vom Klub, Delegierung von seiner Schule, Antrag und Kadergespräch beim Bezirksschulrat – die Volksbildung führt einen erbitterten Kampf um jeden Pädagogen, der aus dem Lehrergefängnis ausbrechen will!

Über die Kiefern am Heidefriedhof senkt sich die Dämmerung. Sie müssen aufpassen, daß sie nicht stolpern, der Weg, der den Wald teilt, ist von Steinen durchsetzt und von Wurzelausläufern durchwachsen.
»Wohin wollen wir gehen?«
»Irgendwohin, wo keine Menschen sind.«

Nichts ist Steffen lieber, als irgendwo mit Marie-Luise allein zu sein. Aber Steffen ist hellhörig genug, um noch etwas anderes herauszuhören: Die Menschen ... Irgendein Mensch, muß sie tief verletzt haben.
Sie möchte, »Undine geht«, am liebsten ganz fortgehen. Steffen, von Mitgefühl berührt, würde sie nur allzugern in die Arme nehmen, ihren Rücken streicheln, sie mit zu sich nach Hause in die Wohnung nehmen, wie damals, als er noch ein kleiner Junge war, den auf der Straße verwahrlost herumstreunenden jungen Hund. Seine Wohnung? Wenn es die nur geben würde. In der Wohnung, in der er ein Zimmer gemietet hat, lauert auf Neuigkeiten, gut und böse, lauert auch nur einer jener Menschen, seine Wirtin. Indessen merkt Steffen nur zu gut, daß Marie-Luise weder bemitleidet und schon gar nicht nach ihrem negativen Erfahrungen, welche mit wem auch immer, befragt werden will.
Sie bummeln den abenddunklen Weg durch den Kiefernwald Richtung Boxdorf. Steffen spürt, wie Marie-Luise, von einer inneren Unruhe getrieben, an seiner Hand zieht. Fort, fort! Von Reden, Blicken, Zweifeln.
Seine stoische Ruhe nimmt ihr vollends die Sicherheit. Merkt er denn nichts? Sie möchte ihn umarmen, küssen, mit ihm auf den Waldboden sinken. Kein Wort! Nicht denken. Nur nicht denken! Töricht, ja, ich bin töricht!
In die dämmerige Bucht der »Baumwiese«, an der sie angelangt sind, hohe Maigräser, fällt ein Glockenton. Flügelschlag flattert auf und entschwebt in das in den Sternenhimmel aufsteigende, gespenstische Walddunkel. Aus den Häusern zur Linken leuchtet wie im Märchen warmes Licht.
Sie schmiegt sich fester an ihn, als könne aus einem der Häuser eine Hexe spuken. Fort, fort! Sie haben die alte Windmühle von Boxdorf einmal vom Bus aus gesehen, müssen aber den Weg zu ihr lange suchen. Ein Sandpfad, den eine Gaslaterne spärlich beleuchtet. Ein dunkler Blätterriese wirft einen geheimnisvollen Schatten. Grüne Feldsaat zur Linken. Rechts, hintern Zaun ein Ferienlager mit Appellplatz und Waschanlagen.

»Helferin in einem Ferienlager, das habe ich auch einmal gemacht«, sagt Marie-Luise. »Warn die Bengels neugierig, wenn ich mir das Untergestell abspritzte ...«
Sie kichert. Er spürt es prickeln bis in ihre Fingerspitzen.
Der Mühlenrumpf ragt schwarz in die Himmelskuppel. Der Mond ist aufgegangen und schickt leuchtend wie ein großer Taler sein goldnes Licht herab. Unter den Pflaumenbäumen, unter denen sie sich setzen, warmes Gras. Hier können wir nicht bleiben, denkt Steffen, der Weg ist zu nah, wenn jemand kommt ...
Er fährt mit seiner Hand unter ihre Jacke und erschrickt. Unter der Jacke ist sie nackt.

»Verdammt, schwieriger als ich gedacht habe!« Utz zieht den Katheder heraus. Das »Küken« liegt matt auf einem weißen Laken. Ihr Gesicht ist gerötet. »Gebt mir Wasser!« faucht sie unter geschlossenen Augen.
Kenter rennt mit einem Glas in die Küche, reißt den Wasserhahn auf und bringt das Glas randvoll gefüllt zurück.
»Ist etwas zu sehen?«
»Fieber. Das Fieber steigt«, sagt Utz trocken.
»Was läßt sich da machen?« Kenter könnte dem Schwager an die Kehle gehen. Er hält ihn eher für einen Trottel als einen fähigen Arzt. Kenter hält selten jemand für fähig, außer sich selbst. Nur kennt er sich auf diesem Gebiet nicht aus.
»Hol einen Eimer kaltes Wasser! Wir müssen Wadenwickel machen!«
Wasser! So ein Idiot! Kenter rennt erneut in die Küche, sucht, von panischem Schrecken erfaßt, einen Eimer. Verdammte Scheiße! Da kenn ich alle Daten von ihrem Zyklus, kann den Follikelsprung fast auf die Minute voraussagen. Und dann passiert so was!
Kenter hat einen Wassereimer gefunden, den Verlängerungsschlauch an den Hahn geklemmt, wartet und sieht zu wie der Schlauch den Eimer vollpißt. Verdammtes Sich-Vergessen! Es muß an diesem Jazzabend gewesen sein. Die Band, es war uferlos.

»Wasser!«

»Ich komm' schon!«

Utz wischt sich den Schweiß von der Stirn, ein schaler Triumph zu sehen, wie der großkotzige Schwager außer sich vor Schiß fast den halben Eimer Wasser verschüttet. Die Angst müßte eigentlich ich haben. Er ist Orthopäde und hat am Unterleib einer Frau, außer dem seiner eigenen – und wenn schon, bitte schön, in anderer Absicht –, nichts zu suchen! Das Gejammer des Schwagers, mein Studium, womöglich zu dritt in der engen Bude und du verstehst, die Finanzen ... Was gehen mich sein Studium und seine Blamage an, schluckt Utz bitter in sich hinunter. Außerdem hat der Alte Geld. Und ich denke, du bist so ein As im Studium! Ein feiner Schwager! Ich hätte es nicht machen dürfen!

Dieser Stümper! Joachim hält, völlig überflüssig, den auf einen Hocker gestellten Wassereimer fest. Die beiden Schwäger kreuzen für den Bruchteil einer Sekunde, zwei Feinde, die Klingen. Hier an dieser Liege begegnen sie sich in ihrer tiefsten menschlichen Schuld. Joachim langt nach dem weißen Mull und treibt den Arzt an, die Glieder des hilflos daliegenden Kükens zu umwickeln.

Sie starren auf das Fieberthermometer: über vierzig! Und die Temperatur steigt noch!

Sie wechseln die Umschläge in fliegender Hast. Das Küken stöhnt. Unschuldig, dieser Tortur ausgesetzt. Endlich stagniert die Temperatur. Zugleich sehen sie wie hypnotisiert auf den Unterleib der vor ihnen Liegenden: Da, wie von höherer Gewalt geschickt, dringt ein winziges, dunkelrotes Rinnsal aus der Spalte.

»Wir haben gewonnen!« triumphiert Joachim.

»Erst muß die Temperatur runter«, bemerkt Utz lakonisch.

Er hebt die Lider mit einem beschwörenden Blick. Die Temperatur sinkt. Stunden später ist es so weit, daß Kenter mit dem Bereitschaftsarzt telefonieren kann. Das Küken wird abgeholt. In der Klinik ein langes, peinliches Gespräch. Der Kollege von der Gyn läßt sich schließlich überzeugen. Aseptische Behandlung. Das winzige Etwas – wann hat es begonnen – wird unter der unfehlbaren, emotionslosen Hand des Gynäkologen nun kein Kind.

In jedem Frühling gibt es einen Tag, an dem liegt plötzlich eine ungeheure Leichtigkeit in der Luft. Sie breitet sich aus wie eine Welle, dringt in die Körper, und es scheint, als würden die Kräfte in den Körpern, ja die Körper selbst leicht wie Luft. Steffen fühlt seine Brust sich mit jenem Gas Leichtigkeit anfüllen und weiten: wenn heute Wettkampf wär'!
Er erinnert sich an einen Tag vor zwei Jahren. Inmitten der Stadt blühte kräftiger Löwenzahn, so daß die Wiesen in der Sonne gelb leuchteten. Steffen fuhr nach Hause zu seiner Mutter, zog die Trainingssachen an und rannte hinaus in den Wald. Entlang der »Klippen«, von denen man einen herrlichen Blick über das Muldetal bei Döbeln hat, schlängelt sich ein schmaler Waldweg. Tiefstart auf dem Nadelwaldboden mit leichtem Weggefälle. Fünf bergauf. Und fünf bergab. Noch nie hatte er sich im Lauf so leicht und locker gefühlt. So spritzig und schnell!
Wenn heute Wettkampf wäre! Ist aber nicht. Steffen geht hinaus in die Stadt, er hat sich mit Marie-Luise an der »Brücke der Einheit« verabredet.
In der Elbe neigt sich ein Stab mit einem Federschopf ins Wasser, wippt hoch – neigt sich herab und wippt wieder. Zwei Möwen durchstreifen den blauen Himmel. Steffen läuft Marie-Luise entgegen, die ihrerseits auf ihn zuläuft. Mit ineinander verflochtenen Händen gehen sie still die Treppe zum Rosengarten hinunter. Meine Hand und deine Hand. Mein Körper und dein Körper.
»Schön, daß wir zwei wir zwei sind«, sagt Steffen.
»Geben wir eine Flaschenpost auf?«
»An wen?«
Lange sitzen sie auf einer Bank in dem kleinen Park neben dem Bogenschützen. Er zielt aufs Gericht. Hat er getroffen? Oder, Gott sei der gejagten Kreatur gnädig, ins Leere geschossen?
Durch ein Heckentor von wilden Rosen entläßt sie der kleine Park. Wortlos wartet Marie-Luise unter einem Kirschbaum, bis die Spaziergänger vorbeigegangen sind und er sie in die Arme nimmt und küßt.
Ein Schlepper tuckert auf der Elbe vorbei, bewimpelt von bunter Wäsche. Reglos, ein Gott, starrt der Schiffer hinab in den dunklen Strom.

Kenter wischt den Dreck von der Eisenkugel, legt den Oberkörper in die Waagerechte, Gleitschritt, Stoß: zehn Meter achtzig! Erstaunlich weit für einen Untrainierten! Steffen sucht ein trockenes Ästchen, bricht es entzwei und steckt es in den vorderen Rand des Kugelabdruckes.
Er muß an die Schilderung von der Schwangerschaftsunterbrechung des Kükens denken. Was für ein Geheimnis mir Joachim da anvertraut hat! Das mich mit ihm verbindet! Geheimnis gegen Geheimnis. Nun kann er mich wegen meiner unschuldigen Liaison mit Marie-Luise nicht mehr madig machen!
»Könnt ihr nicht noch einen Kugelstoßer mit nach Stuttgart nehmen?«
»Wenn du ein bißchen trainierst.«
Steffen ist schneller, sein Arm länger, aber er ist graziler, es fehlt ihm an Körpermasse für die Wurfdisziplinen, seine Schwäche im Zehnkampf, die Kugel landet an der Zehn-Meter-Marke.
»Ich führe. Was sagst du nun?«
»Gratuliere!«
»Im vorigen Jahr bin ich an der Uni im Unterricht die 100 Meter in 12,1 gelaufen. Und das ohne Training und auf einer Rasenbahn!«
Steffen setzt statt einer Antwort zu einem neuen Stoß an: Bogenspanne des Körpers, Nachvornschnellen des Armes: neue Hausmarke! Er rückt sein Stöckchen um einige Zentimeter vor das von Joachim.
»Stell dir vor, die Amis werfen die Murmel über zwanzig Meter! Das ist doppelt so weit!« Kenter schreitet mit Meterschritten durch den Wurfsektor bis an die Rasenkante des Fußballfeldes. Die Kugelstoßanlage wäre zu klein für einen Weltrekord. In den Pappeln am Weg hinter dem Stadion fächelt der Wind. Und auf dem Bahndamm pfeift eine Lokomotive.
»Letzter Versuch!« sagt Steffen.
»Willst du schon gehen?« Joachim bereitet sich auf den letzten Stoß ihres kleinen Wettkampfes vor.
»Nein, aber ich lauf dann noch drei mal zweihundert Meter.«
Kenter verbessert sich mit seinem Stoß nicht.

»Du hast gewonnen«, sagt er zu Steffen, zeigt auf die Differenz der beiden Markierungsstöckchen und holt das Bandmaß zum Ausmessen.

Grellgelbe Rapsfelder unter blauem Himmel, erdbraune Wege, kleine, pausbäckige Erzgebirgshäuser, Blumengärten und Wiesen mit in der Sonne violett leuchtenden Gräsern, Steffen und Marie-Luise brausen mit dem Roller über das Land, Fahren ohne anzukommen ...
In einem der kleinen Dörfer parkt Steffen den Roller und sie suchen den nahegelegenen Stausee. Marie-Luise, die weißen Stöckelschuhe in der Hand, springt von Baumstumpf zu Baumstumpf. Im Wald fegt ihr langes Kleid wie das einer Fee über den braunen Nadelboden.
Am Ende einer Schneise, die sie verfolgen, stoßen sie unvermittelt auf das flimmernde Ufer der Talsperre. Eine graue Bruchsteinterrasse rahmt, von dunklem Wald umschlossen, das kristallklare Auge des Sees. Steffen klettert über die Gesteinsbrocken nach unten und stößt einige kilogrammschwere Steine ins Wasser. Ein Speer, eine Meerjungfrau, Marie-Luise, wie sie zwischen den Steinen steht, schaukelt als Spiegelbild auf den Wellen. Steffen entkleidet sich und springt mit einem Kopfsprung in den See. Das Wasser ist eiskalt. Alabaster. Warum hat sie keine Badesachen mit? Also dann, baden wir eben nackt!
Marie-Luise blickt über den kleinen Kopf des Schwimmers in das weitläufige Panorama. Sie taucht den Pinsel in Farbe und malt ein Dorf mit roten Dächern über das Blau des Sees. Aber über allem, in zarter Andeutung, kaum zu erkennen, ein Liebespaar.
Tropfnaß, mit klammen Beinen, steigt Steffen aus dem Wasser und legt sich neben sie auf einen der kantigen Steine, um zu trocknen. Erzgebirgsriviera. Brennende Sonne, glühendes Gestein. Und wir zwei zu zweit allein.
Von wegen allein! »Ihren Personalausweis bitte!«
Unbemerkt von ihnen ist ein Mann mit Jägerhut und Fernglas an sie herangetreten. Ob Steffen nicht wisse, daß er in Trinkwasser gebadet habe? Das koste hundert Mark Strafe.

»Aber wir sind quer durch den Wald und haben kein Verbotsschild gesehen«, erklärt Steffen.
»Also gut, ausnahmsweise und dem schönen Fräulein zuliebe fünfzig Mark!«
»Na gut«, sagt Steffen, »schicken Sie mir bitte die Rechnung!«
Allmählich kehrt die mittägliche Stille zurück. Als Steffen das Wort Erbsbrei fallen läßt, weigert sich Marie-Luise, den mitgebrachten Imbiß auszupacken. Mein Gott, wie empfindlich sie ist! Lange sättigt sie die Energie der Sonne und der Strom ihres nahen Beieinanderliegens.
Auf der Rückfahrt lenkt Steffen den Roller unvermittelt in einen Waldweg. Ohne Worte gehen sie zu Fuß weiter. Mit der Direktheit zweier Kinder legen sie sich auf den warmen Waldboden. Ringsum Stille. Nur der Pulsschlag ihrer beider Herzen.
»Verdammt, mein Portemonnaie liegt auf dem Gepäckträger!«
»Die paar Piepen«, sagt Marie-Luise.
Steffen überkommt ein Rausch von Wollust. Was ist das? Ein warmer Nieselregen? Marie-Luise streicht sich die Falten aus dem Kleid. Dann gehen sie, sie die linke Hand an seiner Hüfte, die Schuhe in der rechten, er, von Zeit zu Zeit zärtlich auf sie herabblickend, den Arm um sie gelegt. Ich könnte stundenlang so gehen, denkt er. Ich könnte stundenlang so gehen, denkt sie. Inmitten des Waldes steht ein junger Apfelbaum in voller Blüte.
»Adieu!« ruft Steffen und winkt ihm zu, »wir werden wiederkommen, wenn du Früchte trägst!«

Am Bahndamm gelbe Streifen von Tüpfelhartheu und Königskerze. Steffen lehnt sich aus dem Fenster des fahrenden D-Zugs. Ich muß eine Zeit von 14,5 Sekunden laufen! Basel sitzt still in seiner Ecke und studiert wie immer das »ND«. Die Leichtathleten des SC Einheit Dresden fahren zu den Bezirksmeisterschaften. Eine Pflichtübung für die Leistungsspitze. Zu groß ist die Kluft zwischen den Profis vom Klub und den BSG-Sportlern. Kein Ansporn für die einen bei diesen Meisterschaften, für die anderen keine Aussicht auf Gewinn. Diesmal jedoch fiebert Steffen nach seiner langen Zwangspause auf jeden Start.

»Was sagen denn die Lehrer zur Einführung der 5-Tage-Arbeitswoche?« versucht Basel Steffen mit einer provokanten Frage ins Gespräch zu ziehen.
»Sie maulen, Herr Basel, für die Lehrer ist der Sonnabendunterricht geblieben.«
»Na hör mal, Steffen, das ist eine organisatorische Frage! Das liegt am Direktor. Bringt den mal ein bißchen auf Vordermann!«
»Es fehlt an Unterrichtsräumen, Herr Basel.«
»Eine feine Sache, wirklich, Herr Basel«, mischt sich Klaus Brahe ins Gespräch, »bis auf die Lehrer ...«
Seine Freundin, Regina, ein bildhübsches Mädchen, ist Pädagogikstudentin und steht kurz vor dem Examen. Steffen erinnert sich an die Story mit einem Rotarmisten. Klaus, die Phonotruhe bis zum Anschlag aufgedreht, die Wände der Baracke »wackeln«. Tür zugeschlossen, Fenster weit offen. Klaus und seine Freundin verlustieren sich im Bett. Plötzlich schiebt eine Hand die Gardine beiseite. Regina stößt einen Schrei aus. Klaus, splitternackt, dreht sich dem Fenster zu: »Kamerad, mach dich mal weg da!«
Der Zopf einer Baumgruppe auf einer Wieseninsel inmitten ansteigender Felder. Steffen, lachen Sie doch mal! Die schmucken Häuschen, drei Bögen im Erdgeschoß, Raum für den Webstuhl, Umgebindehäuser der Lausitzer Weber, blumengeschmückt, die Fenster weiß lackiert. Ihr Vater war vorige Woche in Dresden ... Warum kann man Lippenstift nicht essen? Solange man gesund ist, wird man nicht alt. Wir sind Menschen mit Gesetzen. Stimmt es, daß wir, wenn wir uns geben, doch nicht geben? Liebe, ist es jenes freiwillige nicht Ich-, sondern Dusein? Grausames Wechselspiel ... Wer hält das durch? Antoin, der die Farbe seiner Augen verlor ... Erneut ein kleines Dorf. Um den Kirchturm dreht sich ein blühender Garten. Unschuld ist etwas Seltenes und Kostbares. Ein schwarzes Pferd steht reglos auf einem Springreitplatz und schaut dem Zug nach, sein Schwanz weht im Wind.
»Ich glaube, die DDR-Kicker berauschen sich immer noch an ihrem Sieg vorige Woche in unserem Stadion gegen die kleinen Urus. Hansi Kreische und wie sie alle heißen ... Solange sie die hundert Meter nicht unter zwölf Sekunden laufen können, sind

sie in der Weltspitze zweite Wahl ...«, hört Steffen Basel eines seiner Lieblingsgarne spinnen.
Zwei uralte Weiblein auf einer steinernen Bank vor ihrer brüchigen, friedlichen Hütte. Der einzige Ast aus einem mächtigen, alten Stamm hinter ihnen über und über mit Blüten besät, mehr als das Blühen der Jugend. Vom »Café Hausberg« hat man einen herrlichen Blick über Schloß Pillnitz. Marie-Luise feilt unter dem Tisch im Café heimlich ihre Fingernägel. Der Fluß in der Farbe des Himmels, blau mit weißen Segeln um eine grüne Insel. August der Starke wußte schon, warum er hier ein Lustschloß hat bauen lassen. Hast du je versucht, die Schnürsenkel deiner Schuhe mit deiner und der Geliebten Hand zu binden? Draußen eine Autoschlange hinter der Bahnschranke. Die Menschheit, der Mensch maschinisiert sich. Zunehmend Sportuntaugliche in den Klassen. Psychische Umlagerungen, die man weniger deutlich sieht. Das Physische verliert an Wert.
»Ich kenn' das Stadion«, sagt Henning Kopp, »mit einer Bestleistung wird nichts, viel zu weiche Wettkampfanlagen.«
Die steile Gasse des Berges vom »Café Hausberg« hinunter. Opa war das Beste. Als er tot war – ich hätte mich am liebsten zu ihm hingeschmissen. Woher kam plötzlich der Fleck auf meiner Hose? Auf der Fähre Marie-Luises Augen: Sieh mal! Durch die Elbwiesen rennt ein blondes, braungebranntes Kind ... Ich werde ihr das Zielband mitbringen! Der Olympiasieger über 200 Meter, der Italiener Livio Berrutti, ließ sich einen Pullover aus Zielbändern stricken!
»Eure Tagegelder«, sagt der Kaderverantwortliche und schielt, »willst du es haben?« über Brille und Liste. Ehemaliger Skiläufer. Jetzt »Mädchen für alles«. Kann von den Leichtathleten nicht ernstgenommen werden. Steffen freut sich auf das kostenlose Mittagessen, das ihm das Tagegeld beschert und sieht wieder aus dem Fenster des schnaufenden Zugs. Hellgrüne Täler und dunkelgrüne Hügelkuppen. Warum hat sie neulich den Hörer aufgelegt? Aus Scham, sich zu verraten? Sich zu erkennen zu geben? Was erhofft sie? Warum zögere ich? Die Geste des Hochraffens ihres Kleides. Der Waldweg, an dem der Apfelbaum blühte ...
»Was ist denn los mit dir?« fragt Klaus. »Du bist heute so still?«

Steffen streckt wortlos die Arme nach oben und lächelt. Nicht der richtige Augenblick, Klaus in seine Gedanken einzuweihen.
»Mach dir keine ›Rübe‹, Steffen, du hast, soweit das Auge reicht, im Bezirk keine Konkurrenz!«
Klaus hat jenes faszinierende Lachen in den Augen wie nach dem Gewinn seines Hallenmeistertitels. Was denn, in einem Monat hab' ich das Diplom!
Einer der Nachwuchssprinter dreht die Kofferheule auf: »Am Sonntag will mein Süßer mit mir segeln gehn ...«
Unbekannte Straßen, ziellos, Hand in Hand durch die langen Abendschatten. Entdeckung des Kopernikusviertels. Bauhaus, Ende der zwanziger Jahre. Flachdachbauten, zwei Stockwerke hoch, die Fassaden orange und ocker gestrichen, gegliedert von verglasten Treppenaufgängen und vogelkäfigartigen Balkonen. Konkave und konvexe Häuserfronten. Sonnenstadt. In den Treppenhäusern tropischer Blätterwald. Hier wohnen ... Traumstadt. »Lieber Steffen«, Marie-Luise sagt es wieder und wieder. Kann sich nicht satt sehen an meinem Staunen. Auf einer Parkbank am Rande der Heide, ihr Kopf auf meiner Schulter. Als wär' plötzlich eine Hülle gefallen, das Du zwischen uns. Eine Hülle, die nicht im Wege war, nicht gestört hat, aber nun mit dem ersten Beseiteschieben für immer abgestreift ist. Der weiche Waldboden in der Dunkelheit eines Dickichts. Piekendes Laub vom vergangenen Jahr und junges, feuchtes Grün. Steffen ist es auf einmal, als schwebe der Zug über das Land. Über die hellgrünen Täler und die dunkelgrünen Berge. Denen, die drin sitzen und aus den Fenstern winken, und jenen draußen auf den Straßen und in den Gärten wird es fröhlich zumute: Kinder, Kinderland ...
Nein, keiner merkt etwas, Steffen sieht, wie aus einem Traum erwachend, zu den anderen im Abteil. Basel diskutiert mit Henning Kopp über einen Artikel aus dem »ND«, in dem es um Kosteneinsparung beim Bauen geht. Zu teure Einfälle der Architekten. Klaus streckt die langen Beine aus. Hat sie »Du bist Anfänger« gesagt?
»Ich möchte einen Keks!« schreit aus einem der hinteren Abteile mit weinerlicher Stimme ein Kind.

»Aussteigen, wir sind da«, scheucht der Cheftrainer in der Rolle des Hirten gutgelaunt seine Schäfchen auf.
Nach der Stille der Wiesen und Felder nun der Lärm einer Oberlausitzer Kleinstadt. Protzige Bürgerhäuser, im Erdgeschoß Läden mit dürftigen Auslagen. Geschäftig durch enge Straßen kribbelnder Verkehr. Die Zittauer Blumenuhr. Im »Stadtkrug« dreizehn Mützen an der Garderobe. Dreizehn Offiziersschüler an einer Tafel. Steffen ißt sonst nie so fürstlich: auf einer Holzplatte, gehäufelt, Röstkartoffeln, darüber, nach drei Seiten hin, Steaks, in den Lücken Kohl- und Tomatensalate, und darüber Curry-Sauce, das Ganze von weitem farbenprächtig wie eine Torte. Kugelstoßer Akadamo bestellt gleich dreimal.
Draußen ist inzwischen ein Regenguß niedergegangen. Die Aschenbahn wird schmierig sein!
Nach dem Gewitterguß Nässe und Kälte bis auf die Haut. Unterschlupf in einer Laube in einem fremden Garten. Das rostfarbene Sofa, darüber der beschädigte Spiegel, das Gewirr von Rohrstühlen, Decken, Kitteln ... Der nach dem Gewitter durch den Regen hereinschlurfende Besitzer. Ein freundlicher Beamter a. D. Pfingstsonntag zieht er neue Socken an und zu Mittag gibt's Hasenbraten. Über trübe Tage hilft ihm Schillers »Glocke«. Der erste Sonnenstrahl durch das kleine Fenster in die armselige Laube. Im Garten der Alptraum von Zwergen: müllernde Zwerge, angelnde Zwerge, fiedelnde Zwerge ...
»Ich bin im August nicht mehr hier.« Marie-Luise, vor dem Roller, frierend auf der nassen, grauen Straße. Wie vom Blitz getroffen, finde ich, den Zündschlüssel in den zitternden Fingern, das Zündschloß nicht. Wo geht sie hin? Ist alles zu Ende? Einerlei. Ist denn nichts mehr zu ändern? Jede Frage, jede Antwort tut weh. Der sich zusammenstülpende Magen. Am besten nicht denken. Klaus wirft einen Büschel gerupfter Grashalme in die Höhe: »Auf der Hundert-Meter-Geraden ist Gegenwind!«

Pfingstsonntag. Die große Stadt an ihrem Rande schläft noch. Steffen parkt seinen Motorroller in der menschenleeren Straße und wartet auf Marie-Luise. Ein Junge kommt. Vom Milchholen.

Stellt den Milchkrug auf die Erde und sagt: »Dein Motorroller gefällt mir.« Seine Kinderhand streichelt verspielt über den vorderen Kotflügel.
»Paß auf, daß du dir die Hand nicht verbrennst!«
»Wieso?«
»Heißer Staub liegt drauf!«
Der Junge lacht und besieht seine schmutzige Hand.
»Was hat er gekostet?« fragt er.
Steffen mustert sein knallrot lackiertes Vehikel. »Zweitausendvierhundert.«
»Ist das viel Geld? Du könntest mich mal eine Runde fahren!«
»Und dein Milchkrug?«
»Ach, den laß ich einfach stehen.«
»Wer weiß, was passiert, ich fahr dich lieber ein andermal.«
»Du brauchst keine Angst zu haben, den Milchkrug nimmt niemand.«
»Laß nur, ich fahr dich ein anderes Mal, bestimmt!«
Steffen wirft einen Blick auf die Armbanduhr und dann auf den schmollenden Jungen. Der hat schwarzbraunes, strähniges Haar, grüne Augen und große Zähne, die vorn einen Spalt auseinanderstehen, so daß er, wenn er wollte, ein Zehnpfennigstück darin einklemmen könnte. Die Träger seiner kurzen Lederhosen ziert in dem ovalen Verbindungsstück auf der Brust ein weißer Kunststoffhirsch. Die Füße schließlich, verlegene Zehen, stecken in Sandaletten.
»Du wartest wohl auf deinen Freund?«
»Ja«, sagt Steffen.
»Geh doch hin und hol ihn ab – ich würde nicht warten!«
Vielleicht hat er recht! Ich sollte einfach hingehen und klingeln! Erst hab' ich Angst, daß ich zu spät komme, und dann warte ich wie blöd.
»Ich möchte auch mal so einen Roller haben«, sagt der Junge, »meine Schwester spart schon drauf.«
»Was verdient sie denn im Monat?«
»Hunderachtundsechzig Mark.«
»Und wie alt ist sie?«
»Sechzehn.«
»Da kann sie noch ein paar Jahre sparen.«
»Sie spart viel, und ich hab' auch schon zweihundert Mark!«

»Geht sie denn überhaupt nicht aus?«
»Doch«, sagt der Junge, »manchmal, aber das bezahlt Papa.«
Ob sie hübsch ist? Vielleicht sollte ich sie mir einmal ansehen ...
»Wo arbeitet denn dein Papa?«
»Kennst du das Transformatoren- und Röntgenwerk? Gleich daneben ist noch eine kleinere Fabrik. Darin arbeitet er als Maschinenschlosser.«
»Und was willst du einmal werden?«
»Ich weiß nicht, jetzt züchte ich gern Kaulquappen. Ich hab' sie aus dem Schützenwehrteich. Aber alle sind gestorben, bis auf eine. Ich hab' auch mal Raupen gezüchtet. Aber am liebsten beobachte ich Eichhörnchen.«
»Gibt es denn hier welche?«
»Ja, gleich hinter der Straße, wo die Bäume sind.«
Und der Junge erzählt, daß er sie jeden Morgen beobachte. Lange bevor die Schule beginne. Wann er da schlafen gehe? Um sechs. Am Abend wisse er sowieso nicht, was er machen solle. Aber die Eichhörnchen, die seien interessant. Es gäbe schwarze und braune. Ganz zutraulich könnten sie sein, wenn man sie gewähren lasse und nicht erschrecke. Sogar streicheln ließen sie sich dann. Lustig sei, von nah ihre ängstlich fragenden Augen zu sehen! Aber er habe auch schon erlebt, daß sie frech würden, in den Finger beißen zum Beispiel. Unberechenbar. Und ehe man sich versieht, seien sie fort von einem, ohne sich nur einmal umzusehen. Wie sicher und gewandt sie sich bewegten! Und wie possierlich es sei, wenn sie Nüsse anknabberten. Ja, stundenlang könne er bei ihnen sein. Manchmal freilich habe er auch schon lange gewartet, und kein Eichhörnchen habe sich gezeigt. Aber da müsse man es eben am nächsten Tag wieder versuchen.
Steffen kramt in seinem Campingbeutel nach dem Fotoapparat und macht drei Aufnahmen von dem Jungen. Dann schlendert er zu dem Haus, in dem Marie-Luise wohnt.
»Ich hab' verpennt!« sprudelt ihre Stimme aus einem Wuschelkopf von Haaren in einem Fenster im Erdgeschoß.
Steffen fühlt sich elend. Und trotzdem ist da etwas, daß er sie einmal so gesehen hat – wie sie das Licht empfängt!
»Ach, das ist dein Freund!« sagt der Junge verblüfft.

An einem der Moritzburger Teiche entdecken Marie-Luise und Steffen zwischen Bäumen und leise wedelndem Schilf ein Teppich aus stillem Gras.

Letzte Vorbereitungen für die DDR-Leichtathletik-Meisterschaften. Basels Trainingsgruppe in leichter Bewegung auf einem sonnenbeschienenen Waldweg in der Dresdner Heide. Traben, Gymnastik, Traben. Keine großen Anstrengungen in dieser letzten Woche. Basels Geheimrezept: durch eine Phase der Erholung und Entspannung die Voraussetzung für die maximale Leistung, möglichst die Bestleistung, schaffen. Aus dem scheinbaren Nichts unergründlicher Tiefe die urplötzliche, urgewaltige Eruption.
»Bist du locker?« fragt Klaus Steffen.
Steffen schüttelt den Kopf.
Henning Kopp macht sich mittlerweile an einem Moped zu schaffen, das einem Mittelstreckler gehört. Der wird doch hoffentlich so klug sein und bemerken, daß sich der Kerzenstecker gelockert hat!
Abends in Basels Wohnung heben sie die Gläser, Sekt, der Trainer prostet ihnen zu, es ist das einzige Mal im Jahr, daß er »einen ausgibt«.
»Auf die Meisterschaften!«
Ritas Augen glänzen. Klaus sieht triumphierend wie nach dem Gewinn seines Hallenmeistertitels um sich. Und das junge Weitsprung-As stottert: »Au-auf die Meisterschaften, Herr Basel!«
Die Frau des Trainers, eine liebenswerte, durchaus energische Person im Hintergrund, hat längst das Sichwundern über den Appetit der jungen Leute verlernt. Sieht zu, wie sie in ihr kleines Bankett »reinhauen« und räumt dann mit einem »Na siehst du!« gegen ihren Mann die leergefegten Schüsseln weg.
»Und jetzt noch etwas Kultur«, sagt der Hausherr feierlich. »Vor kurzem ist von mir ein Buch im Handel erschienen.«
Henning hebt schnüffelnd und wie pikiert die Nase. Klaus und Steffen sehen sich verblüfft an. Bücher schreibt er auch! Rita lauscht hingegeben: Ein junger Speerwerfer, mit Leib und Seele dem Sport verschrieben, gerät mit seinen Eltern in Konflikt. Er

soll sich in seiner Freizeit lieber für seinen Lehrberuf interessieren. Weil er nicht trinkt und angibt wie die anderen, verliebt sich ein Mädchen in ihn. Natürlich tritt sie am Ende der Story der BSG bei und wird Mittelstrecklerin.
Dafür hat er Zeit, resümiert Henning geringschätzig, und mein Anlaufrhythmus stimmt immer noch nicht! Steffen muß an sein erstes Gedicht »Der junge Apfelbaum« denken, das Lehrer Joachim mit beleidigender Heftigkeit als vorpubertäres Gefasel abgetan hat.
»Die Sprache ist etwas holprig«, kann sich denn auch Henning statt eines Lobes seine Kritik nicht verkneifen.
»Vielleicht lag das am schnellen Lesen, Herr Basel«, versucht Klaus die Kritik des Hochspringers zu entschärfen.
»Eine schöne Wohnung«, flüstert Rita, abwesend wie in einem Traum, und blickt verschämt nach unten auf den Glanz des Parketts. »So eine möchte ich auch mal haben!«

Marie-Luise hantiert ängstlich über dem geborgten Meißner Porzellan. Zwiebelmustertassen, Teller mit Braten und zu kleinen Kelchen aufgeschnittene Radieschen. Silbernes Besteck. Eine Weinkaraffe auf der bunt bestickten Tischdecke. Ein Strauß Feldblumen.
Steffen wartet unter der Eisenbahnüberführung am Neustädter Bahnhof. Bald geht ihm der enge, verrottete Tunnel mit dem Lärm und den Abgasen des Autoverkehrs, dem Abfall auf dem Fußweg, der ab- oder zunehmenden Traube auf die Straßenbahn Wartender, dem Geratter der Züge darüber auf die Nerven. Nach zwanzig Minuten verzweifelten, vergeblichen Wartens geht er entschlossen nach Hause. Wie soll er wissen, daß Marie-Luise in ihrem Zimmer sitzt und – ebenso verzweifelt wie er – auf ihn wartet?
Sie hatten bei ihrem letzten Rendezvous vergessen, einen Treffpunkt auszumachen. Idiotisches Sichaufreiben!
Tage später nach diesem Mißverständnis fahren sie mit dem Roller Richtung Moritzburg. Die alte Kastanienallee, auf der schon August der Starke mit der Kutsche und dem Schlitten entlanggefahren ist. Rechts und links sattes Grün mit Kühen und Scha-

fen. Im Hintergrund begrenzt von einem Gürtel stämmigen Hochwalds, der »Saugarten«, das einstige Jagdrevier Augusts des Starken. Ein warmer Regen fällt herab. Ringsum dampfen die Wiesen. Steffen stellt den Roller ab. Faßt Marie-Luise an der Hand. Sie ziehen die Schuhe aus und gehen Hand in Hand barfuß über die duftenden Wiesen. Marie-Luise pflückt Gräser, Wiesenkerbel, Glockenblumen, ein Bündel groß wie eine Garbe, indes sie von einer Freundin erzählt, die Malerei studieren will. Zeichnen, ein weißer Fleck auf meiner Landkarte. Steffen erinnert sich seiner mühsamen Versuche im Zeichenunterricht. Er nimmt ihr die Garbe mit den Gräsern und Blumen ab. Trägt sie, als wär' es ein Baby, im Arm zum Roller und stopft sie in seinen Campingbeutel. Vom Regen durchweicht, von den Sporen der Gräser betupft, bleibt ihnen nichts anderes übrig, als zurückzufahren. Nichtsahnend überläßt Steffen Marie-Luise seinen Campingbeutel mit der Blumengarbe.

Das Foto! Sie wird in den Taschen des Beutels herumkramen und das Foto finden! Steffen wendet den Roller, mit dem er schon die halbe Strecke nach Hause zurückgelegt hat, und rast zurück. Marie-Luise hat, neugierig wie Frauen sind, tatsächlich in allen Ecken des Beutels herumgestöbert und ein Aktfoto gefunden. Sie betrachtet es wie von Sinnen. So einer also ist er, das hätte ich nicht gedacht!

Steffen stürmt in den Hausflur und klingelt. Zu spät! Niemand öffnet. Unverrichteter Dinge donnert er zurück in die Stadt. Eine sich zunehmend aufrichtende Wand Trotz im Inneren. Diese harmlose Geschichte! Als Studenten Ferienlager-Praktikum an der Ostsee. Die freien Nachmittage am FKK-Strand. Im Sand eine jener »Puppen«, denen es nichts ausmacht, sich nackt fotografieren zu lassen. Steffen hatte die Fotos in der Werkstatt, die seinen Roller repariert hatte, herumgezeigt – »Nicht schweinisch«, hatte der Meister geschwärmt – und vergessen, eines der Fotos aus dem Campingbeutel zu nehmen.

Ist sie noch an der Strippe? Zwei Stunden lang erklärt Steffen Marie-Luise tags darauf am Telefon diese Geschichte. Reden, beruhigendes Reden, schier endloses Reden in gesichtsloses, niedergeschlagenes Schweigen. »Na selbst wenn es nicht so wär'!« flucht Steffen zwischen den Sätzen unausgesprochen in sich hinein.

Am Abend sitzt Marie-Luise hinter dem offenen Fenster, unter dem, getrennt vom Gartenzaun, Steffen mit der Unsichtbaren redet. Er weiß, sie sitzt da und hört zu. Es wird dauern, aber sie wird herauskommen. Da kommt sie! Tränen, immer noch Tränen in den Augen. Steffen fährt mit dem Roller im Schritt neben ihr. Bis sie, unnahbar, noch immer wortlos, ein Bein über die Sitzbank schwingt.
Wie beim »Mensch-ärger-dich-nicht«: Der Spieler setzt aus oder muß zurück und von vorn anfangen.
Auf der späten, nächtlichen Wanderung um einen der Moritzburger Teiche – es klatscht im Wasser, es rudert und girrt, Marie-Luise fürchtet sich – stößt Steffen auf ein neues Hindernis.
»Ich hab' den Besuch zu Hause wieder verschoben, mein Vater …«, beginnt Marie-Luise und schmiegt sich schutzsuchend an Steffen.
Es ist eine wundervolle Nacht mit dem ausströmenden Duft der sich verjüngenden Pflanzen. Fahl schimmert das Mondlicht auf dem Wasser des Teiches. Über ihnen, durch das Blattwerk der Bäume, wölbt sich ein Himmel voll glitzernder Sterne.
»Was ist mit deinem Vater?«
»Ach, nichts.«
»Aber du wolltest etwas sagen!«
»Nein, wirklich nicht.«
»Was ist es? Sag es mir!« Steffen, von bohrendem Interesse getrieben, preßt sie an sich, hält sie wie in einem Schraubstock fest. Starr wendet sie sich ab in seinen Armen. Schlaff, erschrocken und beschämt über sein Handeln, läßt Steffen die Arme sinken.
»Geheimnisvoll am lichten Tag, läßt sich Natur des Schleiers nicht berauben. Und was sie dir nicht offenbaren mag, das zwingst du ihr nicht ab mit Hebeln und mit Schrauben.« Faust. Er hatte es ihr leicht machen wollen, mit Gewalt. Getrennt, Steffen hinter der Flüchtenden, legen sie den Weg bis zum Roller zurück.
Vergessen wächst wie Gras über die häßlichen Dinge … Als Marie-Luise Tage später wortlos auf Steffens Klopfen die Tür öffnet und ihn zwischen Tür und Angel stehen läßt, fragt er: »Was soll das Schweigen?«
»Nichts.«

»Kommst du heraus?«
»Ich habe die Hände voll Bohnerwachs.«
»Ich habe Karten für ein Konzert heute abend, kommst du mit?«
Unruhig wie ein eingesperrter Tiger geht Steffen am Abend in seinem Zimmer auf und ab, da klingelt es endlich. Im Nu verfliegt sein Unmut.
Wie schön sie ist! Eine zarte Bräune liegt über ihrem Gesicht. Sie trägt ein langes, schulterfreies Kleid. Das Konzert ist im Zwinger. Zwanglos setzen sie sich dort auf die Sandsteineinfassung eines der Barockbrunnen. Aus den von grüner Patina überzogenen, kunstvoll geschmiedeten Kandelabern glänzt festliches Licht. Noch übertönen die Geräusche der Straße in dem weiten, von der Pracht des Barocks umgebenen Hof das dissonante Stimmen der Instrumente. Aber als dann die Geigen erklingen, entschwebt der Alltag und es ist, als zeichneten sich verschnörkelte Melodielinien in den dunkelblauen Abendhimmel. Himmel und Rasen verblassen ins Schwarz der Nacht und die Kandelaber leuchten kräftiger.
Kühle Luft strömt herab. Marie-Luise fröstelt. Steffen zieht seine Jacke aus und legt sie ihr um die freien Schultern. Sie sitzt kerzengerade unter dem viel zu langen, weiten Jackett. Freude schöner Götterfunken! Fest der Begegnung an diesem in unermeßliche Schönheit entrückten Sommerabend.
Unter den aus dem Konzert Abwandernden entdeckt Steffen Jakob. Im Handumdrehen ist Marie-Luise, als habe sie der Erdboden verschluckt, verschwunden.
»War das deine Freundin?« erkundigt sich neugierig der junge Döbelner Mühlenbesitzer in Jakobs Begleitung. Ein Pinguin, in schwarzem Frack, was macht der hier, denkt Steffen. Nur gut, daß Marie-Luise nicht an seiner Seite ist, mit dem Mühlenkavalier hat er sich nichts zu sagen. Schnell verabschiedet er sich. Unter dem Kronentor gesellt sich Marie-Luise wieder zum ihm. Als sei nichts gewesen. Sie trägt noch immer das viel zu lange Jackett. Sie sieht lustig darin aus. Aber für Steffen ist die Stimmung dahin. Eine Straßenbahn rattert um die nachtdunkle Hofkirche. Am Himmel wächst eine Wolkenwand. Steffen, wehender Schlips und weißes Oberhemd, geht spröde neben Marie-Luise.

»Marie-Luise fällt bald«, sagt sie unvermittelt, als sie sich, auf die nächste Bahn wartend, in einem Torbogen unterstellen. Als wenn das der Grund für seine Verstimmung wäre!

Leichtathletikmeisterschaften der Deutschen Demokratischen Republik! In einem Eisenkäfig am Rande des Fußballfeldes drehen sich die Hammerwerfer und entlassen, von der Anstrengung bis zum äußersten getrieben, mit Urschreien ihre Hämmer. Die Eisenkugeln mit dem Drahtseil und dem daran befindlichen Griff fliegen durch die Luft und landen jenseits der Fünfzig-Meter-Marke auf dem grünen Rasen. Das fachkundige Publikum verfolgt jede dieser Explosionen der Giganten mit Bewunderung und spendet, selbst wenn die rote Fahne gehoben wird, der Versuch ungültig ist, Beifall. Wie weiße Kreidestücke – von oben gesehen – rennen die Kampfrichter zu den Einschlägen und stecken die Meßweite ab. Von Zeit zu Zeit tangiert das Wurfgeschehen auf dem Platz eine Reihe sich im Gleichschritt zu ihrem Wettkampf begebender Finalisten.
Die hohen Hürden der 110-Meter-Männerdistanz stehen schon auf der Laufbahn. Aber es gibt eine Zeitplanverschiebung. Die bereits einmarschierten Hürdenläufer, unruhig am Start, müssen warten.
Hierher, in die Stadt Halle an der Saale, an den Ausgangspunkt seiner Laufbahn als Hürdenläufer, führt Steffen Mehners nun das Schicksal zurück. Hier, inmitten des Hexenkessels sportlicher Höchstleistungen, verliert er sich für einen Moment in seine Erinnerungen. Die Aufnahmeprüfung am Institut für Körpererziehung in der alten, trutzigen Moritzburg. Die Übungen in den verschiedenen sportlichen Disziplinen auf dem matten Parkett in dem bröckelnden Gemäuer: Stabhochsprungimitationen am Tau von Kasten zu Kasten. Die Hochsprungduelle mit einem Kommilitonen aus der Seminargruppe. Die erste Berührung, das erste Überwinden von Hürden, jedenfalls in diesem nicht metaphorischen Sinn. Die großen Leichtathletikvorbilder dieser Zeit: Zehnkämpfer Walter Meier, Olympiateilnehmer von Melbourne, im ersten Jahr ihr Lehrer. Jürgen Koitzsch und Wolfgang

Utech, ebenfalls Zehnkämpfer und hervorragende Hürdenläufer, letzterer wie sie noch Student. Der »Leichtathletikdoktor«, ein älterer, glatzköpfiger, stets fröhlicher Lehrer, den sie »Locke« nannten. Und der Direktor des Institutes, dessen klassische Bände über die »Geschichte der Körperkultur« bei den Studenten gefürchtet waren, aber den sie mochten, sei es, wegen seiner knarrenden Stimme, seiner geliebten kleinköpfigen Tabakspfeife, seiner Leidenschaft beim Kollegiumsfußball in der Halle oder seines geheimnisumwitterten Straßenkreuzers, eines blauen Opel Kapitäns. Und dann der erste Lauf über 110 Meter Hürden auf der »Ziegelwiese«, den rot leuchtenden studentischen Sportanlagen in der Saaleniederung in der erstaunlich guten Zeit von sechzehn Komma null Sekunden. Trotz des Schlingerns über jeder Hürde. Trotz des viel zu hohen Flugs mit den wie Flügel ausgebreiteten Armen. Die Unterbietung dieser ersten Bestzeit nach einem Jahr Training erst im neunten Versuch. Dann die erste überraschende Anerkennung für Fleiß und Talent: die Einladung zum Universitätsvergleich in München, die erste Reise in den Westen.

»Es lohnt sich, weiterzumachen«, hatte Steffen kurz vor Studienende ein früherer Absolvent, der oft in der Institutsbibliothek anzutreffen war, und den sie den »Bücherwurm« nannten, mit auf den Weg gegeben und ihm eine Zeitlang Trainingspläne nachgeschickt.

Sie, die alten Lehrer und Freunde, werden heute alle irgendwo da oben sitzen. Sieh mal an, einer unserer ehemaligen Studenten im Hundertzehn-Meter-Hürden-Endlauf! Vierzehn Komma sechs Sekunden soll er schon gelaufen sein! Wer hätte das dem schlaksigen Kerl von damals zugetraut! Vor- und Zwischenlaufzeiten waren allerdings mäßig. So, wie seine Läufe aussahen, wird er im Endlauf kaum eine Chance haben. Es sei denn, er hat sich geschont.

Zwei Mädchen lesen sich gegenseitig aus dem Programmheft vor: »Alle Wettbewerbe werden ausgelost.« – »Die Startnummern müssen gut sichtbar auf der Brust oder dem Rücken getragen werden.« – »Zur Siegerehrung, die nach Beendigung der betreffenden Disziplin für die Erst- bis Drittplazierten durchgeführt wird ...«

Steffen rollt aus der »Kerze« ab und springt übergangslos in die Höhe, wobei er die Knie anhockt. Dann trabt er, die Beine ausschüttelnd zu seiner Sporttasche. Ich muß unbedingt mit vorn ankommen! Allerdings in dieser Verfassung ... Was sollen die Meier und Co. von mir denken ...? Die internationalen Starts im August, das Fernstudium, alles steht auf der Kippe ... Wenn ich schon auf die Ferien mit Marie-Luise verzichte ... Und nur der erste fährt zur Europacup-Endrunde. Der erste! Was für ein aussichtsloser Start! Dabei schwache Zeiten in den Vor- und Zwischenläufen auch bei den anderen, weit entfernt von ihren diesjährigen Leistungszielen, einem neuen DDR-Rekord. Aber doch weniger weit davon entfernt als ich. Ich klebe wie ein Kloß auf der Erde!
Innerlich aufgeputscht, äußerlich gelassen, treffen die sechs jungen Männer am Start die letzten Vorbereitungen an den Hürden. Der Laie würde bei ihnen kaum größere Unterschiede in der Beherrschung der Technik erkennen. Da liegt ein Oberkörper nicht weit genug vorn. Da deutet ein nicht gestrecktes Schwungbein oder ein hängendes Nachziehbein auf eine verbesserungswürdige Phase. Hinzu gesellen sich, in ihrer Eigenart nicht unbedingt fehlerhafte, individuelle Unterschiede, wie zum Beispiel das Nachvornschwingen beider Hände statt nur einer Hand. Sie alle, die hier antreten, demonstrieren gegenwärtige technische und physische Höchstleistung in dieser Disziplin im Land. Sind die derzeitigen Vorbilder und Lehrmeister, die zu sehen, manche Trainer und Aktive von weit her angereist sind. Bei den Startvorbereitungen besticht Steffen Mehners als exzellenter Techniker. Aber es fällt auch auf, daß seine Oberschenkel den geringsten Muskelquerschnitt haben. Eine imaginäre Rechnung: Was wird mehr wiegen? Alles oder nichts, hämmert es in seinem Kopf, als er auf das Kommando »Bitte fertig machen!« mit zitternden Händen die überflüssigen Kleidungsstücke ablegt. Die Kehle trocken, wie zugeschnürt. Rasch das Wettkampftrikot über den vom Einlaufen schweißnassen Oberkörper. Die Schnürsenkel der Spikes festgezurrt. Die weißen Socken hochgezogen. Nicht als erster, aber auch nicht als letzter fertig sein.
Die Fotoreporter postieren sich für den Schnappschuß an der ersten Hürde. Der Starter steigt wie ein rot drapiertes Zirkuspferd

aufs Podest. Entlang der Hürdenzäune steht ein Spalier von zehn weißgekleideten Kampfrichtern ...
»Auf die Plätze!«
Blitzstart. Wie 100-Meter-Weltmeister Armin Harry in den Schuß fallen!
»Kommando zurück!« Der Stadionsprecher brabbelt noch. Der Starter wartet, bis Stille eintritt. Die Sonne schielt um ein helles Wolkengebirge. »Machen die das spannend«, sagt ein Zuschauer und schubst seinen Nachbarn. »Obwohl die international nur Mittelklasse sind«, antwortet der, »ist der Hürdenlauf doch immer die attraktivste Disziplin.«
»Fertig!«
Der Schuß knallt. An der Pistolenmündung kräuselt ein Rauchwölkchen. Ein Ruck, Streckung sechs kräftiger Beine, die Hände, die für einen Sekundenbruchteil über den Boden schweben, fallen in einen rasenden Takt. »Das Rennen wird an der ersten Hürde entschieden«, sagt Basel und lehnt sich zurück. Der lange Potsdamer vorn. Dahinter der ehemalige Jugendmeister. Steffen quält sich, reißt ein, zwei Hürden, geht die nächsten zu hoch an, wo ist dieser unbekümmerte, spritzige Junge, ein Windspiel, ein Wirbelsturm – der lange Potsdamer gewinnt. Keine große Zeit, keine Weltklasse. Die Fernsehkameras schwenken ab. Fünfter, ich bin nur fünfter! Steffen ist vorletzter geworden.
Er gratuliert dem Sieger. Keine Glanzleistung, drei Zehntel über dem DDR-Rekord. Aber Meister. Wie läßt es sich erklären, daß die Hürdenläufer und Sprinter aus dem Osten Deutschlands bei nationalen und internationalen Wettkampfhöhepunkten unter ihren irgendwo in Kleinposemuckel gelaufenen Rekorden bleiben? Homunkelgemunkel. Im Sprint und besonders im Hürdensprint sind wir den Westdeutschen um einige Schritte hinterher!
Steffen tröstet sich. Wie in meinem ersten Meisterschaftsendlauf. Aber damals die Überraschung! Ein völlig Unbekannter im Endlauf! Persönliche Bestzeit. Wenn auch nur fünfter. Ein hoffnungsvolles Talent! Dritte und vierte Plätze in den nächsten Jahren. Berufung in den Olympiakaderkreis. Bitte, wann sind die nächsten Olympischen Spiele? Diesmal einer, der schon das zweite Jahr stagniert. Ursachen?

Der kommt bis zu den Spielen nicht mehr in Tritt. Wie alt? Ob sich die Förderung bis zur nächsten Olympiade noch lohnt? Keine Fehlinvestitionen. Mit über dreißig Jahren ist von einem trainierten Sprinter kaum noch eine Leistungsexplosion zu erwarten ...
Es folgt der Hürdenendlauf der Frauen. Alle Augen richten sich auf Karin Balzer. Eine jungenhafte Sportlerin mit keß leuchtenden Augen. Überlegen, mit einer Weltklassezeit gewinnt sie ihren Lauf.
»Achtung, Siegerehrung!« Feierlich ertönt die Nationalhymne. Weitab vom Wettkampfgeschehen, draußen auf der Nebenanlage, setzt sich Steffen neben seine Tasche, entgeistert, entkräftet und läßt den Kopf hängen. Ein schwarzer Tag. Alle Aussichten für dieses Jahr dahin. Langsam zweifelt er an sich, verzweifelt. Ob ich im nächsten Jahr die Norm für die Spiele schaffe? Wenn nicht, noch einmal vier lange Jahre schuften, warten? Aufhören? Unwillig verwirft er den Gedanken. Mit jeder Faser seines Herzens hängt er doch an diesem Sport. Hat der seinem Leben nicht erst einen Sinn gegeben? Nach oben gespült in eine neue, auserwählte Welt? Und jetzt der Absturz – wegen einer Niederlage aufgeben? Nicht von Wut, von Enttäuschung niedergeschmettert starrt Steffen vor sich hin.
Gerangel am Stadionausgang, man ißt Eis, erörtert Tagesfragen, warum kein Obst im Angebot ist. Ein Betreuer, zwischen Koffern eingeklemmt, sieht hektisch auf seine Armbanduhr.
Klaus Brahe nur dritter. Immerhin dritter! Henning Kopp, der Hochspringer, ohne die erhoffte Steigerung über der ominösen Zweimetergrenze. Und der stotternde Acht-Meter-Stern von Basel nicht mal durch die Qualifikation.
Ein schwarzer Tag auch für den Trainer. All die Mühen über Jahre, und noch immer zeichnet sich in seiner Trainingsgruppe kein neuer Olympionike ab. Etwas verspätet gratuliert er seiner Trainerkollegin, Frau Zoll, einem »Urgestein« von Werferin, deren Schützling Akadamo den zweiten Titel für den Klub, das Kugelstoßen, gewonnen hat.

3

Hundstage lasten wie eine Glocke über der Stadt. Die erhitzte, abgasgeschwängerte Luft drückt schwer auf die Lungen der wenigen, durch die Straßen hechelnden Passanten. Die Nächte sind schwül, voll Nacktheit, voll schwitzender Erwartung.
Zwei Uhr morgens. Steffen erhebt sich von seinem Unruhelager. Vorletzter. Nur der vorletzte Platz! Die Nadel in den Luftballon Auslandsstarts nach der Meisterschaft im Terminkalender. Er tastet nach seinen Kleidungsstücken und verläßt den schwülen, dunklen Raum. Wohin? An den Fluß? Draußen ist es kaum kühler. Das Wiesenkarree hinter dem Japanischen Palais mit den zwei mächtigen Platanen. Hier legt er sich hin. Das Gras ist warm und trocken. Fieberatem. Fiebernacht. Auch hier kann er nicht schlafen.
Keine Auslandsstarts. Ich bin frei. Marie-Luise und ich könnten das erste Mal zusammen in die Ferien fahren! An irgendeinen stillen See. Ein Boot im Schilf, das unter uns schaukelt. Rohrkolben im Wind. Entspannung für den letzten Anlauf auf das nächste Jahr mit den Olympischen Spielen. Die letzte Chance. In fünf Jahren bin ich einunddreißig, für einen Sprinter zu alt.
Schaukelnde Straßenbahn. Viel zu früh fährt er am Morgen hinaus zu Marie-Luise. An allen Fenstern heruntergelassene Jalousien. Das Klingeln verhallt. Nichts rührt sich in dem in der Morgensonne dahindösenden Haus.
Unverrichteter Dinge fährt er wieder zurück, fragt seine Wirtin: »Ist Post da?«
»Für Sie nicht«, schnarrt die Alte patzig durch ihr künstliches Gebiß, indes sie, über ihre Krücke gebeugt, ins Wohnzimmer watschelt.
Fehlanrufe. Wo ist Marie-Luise? Wie lange soll ich noch warten? So vergehen die Tage. Steffen fühlt in sich eine schwarze Wand anwachsen, aber außer der allmorgendlichen Frage »Ist Post da?« und dem sinnlosem Anruf jeden Morgen, weiß er nichts zu tun. Verwurzelt, ein unbeweglicher Baum, in der Blindheit und Demut des Wartens.

Da, am siebenten Tag, trifft es Steffen wie ein Schlag: eine Ansichtskarte aus dem Urlaub, Ostseestrand mit Fischerbooten und Möwen, Marie-Luise läßt grüßen, unterschrieben mit »Brigitte«. Nicht einmal sie selbst hat geschrieben! Treiben die beiden ihren Jux mit mir?

Mit vornübergebeugtem Oberkörper und schwindelndem Kopf, am hellichten Tag Finsternis in den Augen, schleicht Steffen zum Bahnhof. Wohin? Zu meiner Mutter? Unmöglich in diesem Zustand! Unmöglich, diese Schwäche zu verbergen! Unmöglich, eine Frage zu ertragen. Weiß er denn selbst, was mit ihm ist? Er steht am Selbstbedienungsbüfett, sein Magen krampft sich zusammen. Er bringt nicht einen Bissen hinunter. Unmöglich, so Kenter vor die Augen zu treten – wegen einer Frau ein Schatten meiner selbst! Scham vor Jakob. Niemand, dem ich mich anvertrauen könnte! Steffen preßt die Zähne zusammen. Der Zug fährt erst in einer halben Stunde. Wie an Krücken noch einmal aus der schwülstickigen Bahnhofshalle hinaus in den warmen Regen, der sanft aus einem grau zugeschnürten Himmel fällt, auf Rinnsteinmüll und staubige Blätter knotiger Akazien.

Langsam beginnt sein eingerolltes Hirn wieder zu denken. Mein Zögern, mit ihr im Sommer etwas Gemeinsames zu unternehmen. Ihre Andeutung: »Im August bin ich nicht da.« Sie hat gehandelt, mehr nicht. Sie wollte ihren sauer verdienten Urlaub einfach nicht von meinem Erfolg oder Nichterfolg bei den Meisterschaften abhängig machen! Eine Enttäuschung? Eine reale Erkenntnis: Sie ist ein Geschöpf wie du und ich mit eigenen Wünschen und Lebensansprüchen! Im Unterschied zu meiner Mutter. Hol sie der Teufel! Jetzt, nach diesem schwachen Abschneiden bei den Meisterschaften hätte ich sie gebraucht! Steffen versucht, sich wieder »in den Griff« zu bekommen. Allein der Krampf in der Magengegend, die Schwäche in den Beinen, die Anfälle von Kopfleere und Schwindelgefühl weisen auf eine tiefer liegende, seelische Erschütterung. Eine Art Krankheit. Wie kommt es nur, daß ich die Niederlage bei den Meisterschaften, die verpaßten Auslandsreisen – vielleicht steht meine ganze sportliche Karriere auf dem Spiel – viel besser verkrafte als diesen K.o. von Marie-Luise?

Sie wird ja wiederkommen. Gut. Aber weiter wütet in ihm jene schwarze Macht, die plötzlich so viel stärker ist als seine Leidenschaft für den Sport: der Urinstinkt der Liebe ...

Der Sommer ist eine gefiederte Schar Spatzen, die die Gartentische im Döbelner Bürgergarten belagert. Sie sitzen auf freien Stühlen, stehlen von den Tellern oder hüpfen als aufdringliche kleine Bettler mit schrägem Blick auf die Gäste, den Schnabel auf- und zuschnappend, über den Boden. Unter den Müßiggängern, die an diesem Tag entlang der Rosenrabatten um die Teichanlage promenieren, gehört auch der Freundeskreis von Jakob, Gaub, Advokat, Steffen und zwei Mädchen aus ihrer Abiturklasse.
»Ich hab' dich diesmal gar nicht im Fernsehen gesehen«, sagt Jakob zu Steffen. »Warst du nicht im Endlauf?«
»Es ging wohl diesmal um keine Frau?« Advokat, wie Gaub fünf Jahre früher Abitur als die anderen, lacht, wobei seine goldenen Eckzähne die Sonne reflektieren.
»Bleibt mal so! Dieter, laß die Goldkronen blitzen! Und du, Steffen, geh vor Hanna in den Hürdensitz!«
Gaub hält seine »Exakta« vor die dünn gerahmte Brille.
»Und Jakob mimt den Staatsratsvorsitzenden!« reibt sich Advokat schmunzelnd die Hände.
»Den gerade!« entrüstet sich Jakob heiter, während Gaub die Gruppe fotografiert, im Hintergrund Schwanenhaus und Schwanenpärchen.
Steffen sieht zu dem Älteren, ein Gesicht wie Camus und fragt naiv: »Was hast du gegen Ulbricht?«
»Daß er wie alle da oben nicht an das glaubt, was er sagt.«
»Woher willst du das wissen?«
»Glaubst du denn selbst daran?«
Sollte es wirklich so sein, daß Ulbricht eiskalt nur an seinen persönlichen Vorteil denkt? Und ihm die Ideale »Freiheit, Gleichheit, Brüderlichkeit« für die jahrhundertelang ausgebeuteten, unterdrückten und benachteiligten Arbeiter und Bauern einen Dreck bedeuten? Das wäre ja ... Steffen, von Advokats Behauptung schockiert, überrieselt es kalt. Er wagt nicht, an so viel rück-

sichtslosen Egoismus, alle moralische und politische Überzeugung brüskierende Selbstsucht zu glauben.
»Ach seht doch mal, fotografier' doch mal die herrlichen Spatzen!« bittet Hanna, lebhaft gestikulierend, mit einem herzerfrischenden Lachen in den braunen Augen den neben ihr stehenden Christian Gaub.
Gaub kann ihr die Bitte nicht abschlagen.

Basel sitzt auf der Schattenseite des Stadions auf einem »ND«, ihm ist kalt bis in die Herzspitze. Wie werden die Jungs es aufnehmen?
Ein kleiner, weißwandernder Fleck im Blau des Himmels: Eine Möwe verirrt sich über dem Stadion. Wie eine Spielkugel aus einem Automaten taucht aus dem Stadiontunnel Steffen Mehners auf, steigt die Traversen hoch und postiert sich am Eisengeländer vor seinem Trainer.
»Hast du gut gefrühstückt?« begrüßt ihn Basel sarkastisch. »Setz dich«, seine Stimme ist trocken.
Steffen hockt sich auf die Eisenstangen des Geländers, innerlich neugierig, nach außen entspannt.
»Die diesjährige Saison ist so gut wie zu Ende. Es geht in die letzte Phase der Vorbereitung der Olympischen Spiele von Tokio. Wie schätzt du dich selbst im Hinblick auf dieses Ziel ein?«
In Steffens Hirn kreuzen sich die Überlegungen mit dem Tempo von Lichtgeschwindigkeiten. Ich habe meinen Leistungsgipfel noch nicht erreicht. Ohne die Verletzung wäre ich bestimmt näher herangekommen. Seitdem ... Aber es ging ja nicht nur um dieses eine Ziel: Läufst du einmal unter vierzehn Komma null Sekunden?
Steffen sagt: »Ein hochgezüchteter Motor, der seinen Knacks nicht kompensiert hat.« Er schiebt die Schultern nach vorn. »Den Leistungsgipfel hab' ich noch nicht erreicht. Glaube ich. Aber ob ich im nächsten Jahr, so daß die Leistung für die Teilnahme an den Spielen reicht, näher herankomme oder erst später, dafür kann ich mich nicht verbürgen. An meinem Trainingswillen, meinem Trainingsfleiß soll es nicht liegen ...«

»Der Verband orientiert nicht mehr nur auf Olympiateilnahme, sondern Medaillenchancen«, sagt Basel.
Kein Geld, denkt Steffen bitter. Für die Athleten zugleich Motivation zu noch intensiverem Training, noch größerem Leistungssprung.
»Wenn, dann habe ich die im nächsten Jahr sicher noch nicht.« Steffen bewegt verlegen die großen Zehen in seinen ausgetretenen Adidas-Spikes.
Das vierschrötige Gesicht des Jugendtrainers Löwenhaupt, gewaltige Mähne über kleinem, stämmigem Körper, lächelt einen Gruß herüber. Seine Sprinter, ein Schwarm dreizehn- bis achtzehnjähriger Jungen, wuseln über die Laufbahn. Wenig später erschallt das dröhnende Kommando des Trainers: »Auf die Plätze!« Sechs der Jungen ducken sich vor den Startblöcken nieder. »Fertig!«
»Der Verband hat die Trauben höher gehängt«, sagt Basel. »Mit Recht! Die internationale Entwicklung ist nicht stehengeblieben. Uns nützt kein Mittelmaß!«
Was heißt hier Mittelmaß?
»Mit deinen und Hennig Kopps Leistungen ist der Verband nicht mehr zufrieden und hat euch aus dem Kaderkreis genommen.«
Steffen hält sich am Geländer fest. Geext! Rausgeschmissen. Kurz vor dem Ziel. Eine simple Blinddarmgeschichte. Plötzlich fehlt eine Eigenschaft für einen Weltklassemann: psychisch zu anfällig! Zu viel an den Sport gehängt: Weltreisen, Studium, Ruhm, seine ganze Zukunft, sein ganzes Leben. Zu viel gewollt. Und dabei verkrampft. Aus. Das Ende. Der Absturz ins Nichts des gemeinen, alltäglichen Lehrerdaseins. Entzug aller Vergünstigungen, keine Stundenabminderung mehr, keine Finanzierung der Planstelle vom Verband. Selbst wenn es ihm gelänge, in den nächsten Jahren eine herausragende Leistung zu vollbringen, zu alt. Steffen, Profi genug, die Entscheidung gegen ihn, trotz ihrer Härte nicht als ungerecht zu empfinden, läßt traurig den Kopf hängen.
»Was willst du nun tun?« Basel weiß besser als Steffen, daß eine Rückkehr in den Kaderkreis für internationale Wettkämpfe bei Steffens Alter, sechsundzwanzig, so gut wie aussichtslos ist. Er fügt hinzu: »Du kannst selbstverständlich in der Trainingsgruppe weitertrainieren.«

Danke. Er wird sich jetzt ganz auf Klaus konzentrieren. Ach, man weiß mittlerweile in seiner Spezialdisziplin doch ohnehin mehr als der Trainer. Wartet, ich werde meine Bestzeit im nächsten Jahr unterbieten!
»Danke für das Angebot, Herr Basel. Ich werde weitertrainieren. Zumindest noch ein Jahr!«
Bitte, denkt Basel, von wegen allseitige Abwärtsbewegung!
Mit hölzernen Beinen betritt Steffen den Rasen, zieht die Spikes aus und fühlt das trockene, warme Gras. Ade Olympia. Ade zweites Studium. Ade. Ade.
Der Trainer sitzt mit Eulenaugen auf der Bank. Wie wird Henning auf die Botschaft reagieren? Er wird doch nicht den Kopf verlieren?

Das Gebäude da drüben müßte es sein! Marie-Luise steht am Sachsenplatz und sieht zu dem hohen, dunklen Bauwerk der ehemaligen Kunstgewerbeakademie hinüber, eine der drei Bildungsstätten der derzeitigen Hochschule für Bildende Künste. Mit bangem Herzen drückt sie die hohe, massive Messingklinke nieder. Die schwere Tür in dem dunkelbraunen Holztor öffnet sich und Marie-Luise betritt das luftige, steinkühle Foyer.
Fräulein Wolch, Sie sind zur Aufnahmeprüfung eingeladen; laden, hallt es, will ihr scheinen, von den kühlen Steinplatten wider. Sie faßt die große Zeichenmappe unter dem rechten Arm fester.
Vor ihr geht ein schüchterner Jüngling, blond gelockt, Nickelbrille, wie Marie-Luise eine Zeichenmappe unter dem Arm, die Treppe zum zweiten Stockwerk hoch und klopft an eine Tür. Die Tür bleibt verschlossen, er wartet.
Sein weißer Hemdkragen, das blonde Haar, seine schüchterne, schülerhafte Erscheinung wirken auf Marie-Luise wie ein Sonnenstrahl auf dem breiten Gang des großen, anonymen Hauses.
»Gehen Sie auch ...?«
»Zur Aufnahmeprüfung? Ja«, sagt der Angesprochene mit überraschend tiefem, männlichem Baß.
Die Tür öffnet sich unvermittelt. An einem papierübersäten Schreibtisch empfängt sie eine freundliche Sekretärin.

»Wolch? Ja, Sie stehen als vorletzte auf der Liste.«
Hinter einer Schiebetür befindet sich ein größerer Atelierraum. Auf der Couch eine nackte alte Frau mit schlaffen Brüsten. An den Staffeleien die Prüfungskandidaten, Männer mit Bärten, Mädchen in Jeans oder langen Röcken. Wenn mein Vater mich hier sehen würde!
»Als erstes zeichnen Sie bitte einen Akt!«
Wie soll die Frau gezeichnet werden? So, wie sie ist – oder dürfen wir sie verändern? Keiner sagt etwas, keiner fragt. Still, auf das Modell und das Zeichenblatt konzentriert, beginnen die Prüflinge zu arbeiten, die Mädchen beflissen, die Jungen leger. Mitten in die Stille hinein fragt einer »Darf man hier rauchen?« und zündet sich eine Zigarette an.
Wie lange nicht, mehr denn je, quält sich Marie-Luise mit der Frage: Was ist Kunst? Wirklichkeitsnähe? Abstraktion? Veränderung im Sinne von Übertreibung bis hin zum Extrem? Oder detailgetreue Wiedergabe? Soll ich die Schulter bis an den Endpunkt hochziehen? Unser Zirkelleiter hätte uns eine klare Aufgabe gestellt. Die prüfen doch gar nicht, was wir wirklich können! Marie-Luise zeichnet das Modell, so wie es vor ihr sitzt. Mit einem Schatten dahinter, einer Art Bedrohung oder Schutz. Nicht eindeutig, offen für Deutungen.
»Kann ich das so lassen?« fragt sie einen der zwei aufsichtführenden Künstler, der einen kritischen Blick auf das Blatt wirft.
»Wenn Sie es so empfinden«, verunsichert der grauhaarige Dozent sie mehr, als daß er sie bestärkt, »sollten Sie es so lassen ...«
Der Schatten, allein der Schatten auf diesem Blatt – aber das behält der Lehrer für sich – spricht für ein entwicklungsfähiges Talent. Inzwischen arrangiert der andere Dozent auf einem Tisch die nächste Prüfungsaufgabe, ein Aquarell nach einem Stilleben ... Und gibt auch schon die sich daran anschließende letzte der Prüfungsaufgaben bekannt: eine freie Komposition.

Der klapprige Hanomag-Bus schleicht mit siebzig Stundenkilometern auf der Autobahn gen Westen: Klubvergleich in Ludwigsburg bei Stuttgart. Steffen sitzt in sich gekehrt inmitten der ausgelassenen Stimmung der anderen, für den Wettkampf ausgewählten Athleten: des Kugelstoßers, der Hindernisläufer, der Weitspringerinnen, der Stabhochspringer ... Klaus, neben Rita vor ihm, dreht sich um, »He, ist was?« Vielfältige Gedanken ... Drüben bleiben? Kein Thema. Er würde seine Mutter nie im Stich lassen. Steffen erinnert sich an seinen ersten Auslandsstart, Universitätsvergleich in München. Den Treff mit »Plasma«, einem in den fünfziger Jahren mit seinen Eltern nach dem Westen gegangenen Klassenkameraden. Der eigentlich Körner hieß und dessen Spitzname aus einer Biologiestunde herrührte, in der es um das »Körnerplasma« ging. Die Fahrt mit seinem kleinen blauen »Lloyd« – Student und schon ein Auto! – in die Alpen. Die von saftigen Kräutern und Blumen strotzenden Frühlingswiesen des Voralpenlandes. Der Zugspitzgipfel bei Garmisch-Partenkirchen. Das idyllische Mittenwald – das erste Mal in den Alpen! Am Abend die europäische Uraufführung des Opernfilms »Porgy and Bess« in einem der ersten neuen Breitwandkinos. Der anschließende Bummel durch die verlockenden, aber leeren Schwabinger Nachtbars.

Der Wettkampf, in dem man zwar sein Bestes gab, aber ihn – uninteressant in diesem Leistungsbereich – eben nur so herunterlief. Der Uniball. Tanz mit einer Inderin. Rock-and-Roll-Ekstase mit Blickkontakt zu Otto, dem Speerwerfer und Medizinstudenten. Ottos Frage, ob er mit zum ASTA, dem Allgemeinen Deutschen Studentenausschuß, komme, sich zu erkundigen, ob er hier bleiben könne. Die Eisenstiege, außen, in das fabrikartige Hinterhausgebäude, in dem sich das Büro des ASTA befand. Die Moralpredigt an Otto, das von den Lehrkräften der HSG-Leitung in ihn gesetzte Vertrauen nicht zu mißbrauchen. Wenn schon, das »Ding« später, ohne Repressalien für andere, auf »eigene Faust« zu drehen. Otto fuhr damals wieder mit zurück. Und ging einen Monat später – ohne je wieder von sich hören zu lassen – in den Westen.

Ob Käthe zum Wettkampf kommt? Romanze mit neunzehn. Zwei, drei Spaziergänge mit Käthe, einer jungen Krankenschwester durch die blühende Kirschbaumlandschaft des Zschopautals bei Döbeln. Der herrliche Blick aus dem Fenster

ihres Zimmers im Krankenhaus von Westewitz hoch über dem Fluß. Ihre immer kalten Hände. Herzfehler. Eines Tages die Postkarte aus dem Westen.
Vom Tagegeld Marie-Luise ein Westsouvenir mitbringen. Das eigene Geld, Ostgeld, im Westen nichts wert.
»Dreh dich mal um, Steffen« sagt Klaus, »und sieh dir den Schlitten an!«
Während der Kontrollen an der Grenze war für einen Moment Stille eingetreten. Keiner wäre so töricht gewesen, sich diese Reise hier im letzten Moment zu verscherzen.
Inzwischen hat der Bus die Autobahn verlassen und keucht eine Serpentine hoch, hinter ihm ein dicker, schwarzer Mercedes, mit einer Art Phantom hinterm Lenkrad, von dem nur der runde weiße Glatzkopf und die dicke Zigarre zu sehen sind. Unmöglich, den Bus zu überholen.
Der Empfang von den Ludwigsburger Sportfreunden herzlich, aber mager: Weißwürste und das hier übliche dünne Bier. Die Wettkämpfe sollen auf einer Nebenanlage ausgetragen werden. Ob er eine Nacht bei seinem Freund in Waiblingen verbringen könne, fragt Steffen Basel. Westflucht? Basel, der Steffen mag, hat zu ihm Vertrauen. Wenn Steffen vorhätte »abzuhauen«, würde er wohl nicht fragen. Er solle nur rechtzeitig vor Abfahrt des Busses zurück sein.
Steffen hat in diesem Wettkampf keine Konkurrenz. Locker gewinnt er seinen Lauf in der persönlichen Weltjahresbestzeit, wie Henning Kopp sagen würde, von vierzehn Komma sieben Sekunden. Hinter ihm ein amerikanischer Besatzungssoldat im Ziel, von dem in Erinnerung bleibt, daß ihm einige Zähne fehlten. Von den Traversen winkt Käthe herunter, er hat sie sofort erkannt. Als er sie später Basel als seinen Freund vorstellt, kann der sich ein Schmunzeln nicht verkneifen. Ein Globetrotter, dieser Steffen, in jeder Stadt hat er einen Freund!
Käthe, ein schlankes, brünettes Mädchen, hat in ihrem Zimmer, das zu dem kleinen Privatkrankenhaus gehört, in dem sie arbeitet, ein Abendbrot vorbereitet. Südfrüchte, Ölsardinen, Pasteten, Leckerbissen, die es in der DDR nicht oder nur alle Jahre einmal – und nicht ohne stundenlang Schlange zu stehen – gibt. In einer Nacht-

bar sind sie mit ihrer Freundin, mit der sie das Zimmer teilt und mit der sie seinerzeit weggegangen ist, und deren italienischem Freund verabredet. Man braucht kein Hellseher zu sein, um herauszufinden, zwischen den Palmen, den Champagner- und Bordeauxflaschen sind die beiden jungen Frauen noch immer Fremde, allein. Steffen, in gehobener Stimmung, prostet Käthe, ihrer untersetzten, etwas kleineren Freundin und dem kleinen blonden Italiener mit Namen Nino zu. Die Band allerdings ist auch nicht besser als jene damals in der Staupitzbar in Döbeln, ärgert Steffen Käthe, die bemüht ist, ihm zu zeigen, daß im Westen alles besser ist. Draußen, in der nächtlichen Stadt fällt romantischer Mondschein auf den schwarzen Fluß und eine danebenstehende Trauerweide. Käthes Freundin und der Italiener sind vorausgegangen und erwarten Käthe und Steffen schon im Zimmer. Schlafenszeit.
»Bleibst du hier?« flüstert Käthe Steffen ins Ohr. Es ist weit nach Mitternacht und sie liegen, ohne das Letzte zu wagen, beieinander. Unmöglich, eine Lüge über die Lippen zu bringen. Niemand hat einen feineren Spürsinn für jenes alles oder nichts als eine Frau. Steffen beobachtet belustigt, wie Nino aus Protest, daß seine Freundin nicht mit ihm schläft, sich wie eine Banane aus dem Bett dreht, den Oberkörper und den Kopf auf einem Stuhl.
Am Morgen, zeitig auf den Beinen, reckt und dehnt sich Steffen, mit einem Slip bekleidet, in der Mitte des Raumes. Nino reibt sich die Augen, erhebt sich wie ein staunendes Kind und versucht, es dem anderen nachzutun. Übt Handstand und schlägt bei jedem Versuch geräuschvoll mit den Hacken an die Zimmertür. Es muß fürchterlich in dem dahinterliegenden Gang gehallt haben. Denn plötzlich steht eine dralle, altjüngferliche Schwester in der Tür, wie sich später herausstellt, die Oberschwester, sprachlos, kreidebleich, ehe sich ihr Gesicht blau verfärbt, die Zornesader schwillt, sie mit rotem Gesicht, die Sprache wiederfindend und bis zum Äußersten empört, kräht: »Die Herren verlassen sofort das Zimmer!«
»Wenn sie uns kündigen!« Käthes Freundin beginnt zu jammern und zu weinen. Nino, inzwischen im schwarzen Anzug, steht unschlüssig am Fenster und beginnt ebenfalls leise vor sich hinzuwimmern.

Prompt erscheint auch schon, diesmal nicht ohne anzuklopfen und äußerlich gefaßt, die Oberschwester wieder. Nino, im Hintergrund, setzt seine große schwarze Sonnenbrille auf. Steffen gibt ihm gedankenschnell ein Zeichen, die Brille abzunehmen. Töricht, die Situation unnötig zu verschärfen. Man hat von Messerstechereien heißblütiger italienischer Gastarbeiter gehört. Die Gastarbeiter sind bei den Deutschen nicht sehr beliebt.
»Entschuldigen Sie«, sagt Steffen höflich, »ich bin Käthes Verlobter aus der DDR. Wir haben hier einen Sportwettkampf ... Sie wissen ja, wir dürfen sonst nicht in den Westen.«
»Aber in diesem Aufzug!« jammert die Oberschwester, nun schon etwas milder gestimmt. Immerhin ist von Mitteilung an den Chef des Privatkrankenhauses, in dem sie sich befinden, und von Kündigung der beiden Schwestern, ansonsten tadelsfreie Fachkräfte, nicht die Rede.
Basel vertritt sich am Bus, in den alle schon eingestiegen sind, besorgt die Füße. Habe ich wieder einmal zuviel Vertrauen gehabt? Hat Steffen die »Gunst der Stunde« genutzt und ist hiergeblieben?
»Beeil' dich Steffen, wir warten schon auf dich!« ruft Basel erleichtert, als er den Hürdenläufer in letzter Minute fröhlich und sorglos auf den Bus zukommen sieht.

Nach einem heißen Spätsommertag tritt leise, vom Zauber der Abenddämmerung umhüllt, die Nixe Kühle an Land. Marie-Luise und Steffen erwachen aus der Verlorenheit ihres Beieinanderliegens am Teich und erschrecken über die späte Stunde. Fröstelnd, die Bademäntel übergeworfen, schweben sie wie zwei Schemen durch den Wald und stolpern über die Schlaglöcher der silbern in den Wiesen liegenden Straße. In Boxdorf steigen sie in den letzten Bus Richtung »Wilder Mann«.
»Schläfst du heute bei mir?«
»Bei dir kann ich doch nicht schlafen!«
»Ehrenwort, du schläfst.«
»Und deine Wirtin?«
»Ist nicht zu Hause.«

Sie stehen an der Straßenbahnhaltestelle und warten auf Steffens Straßenbahn. Das Gespräch dreht sich wie eine endlose Spirale um diesen einen Punkt. Als die Bahn kommt, steigen sie beklommenen Herzens ein. Merkwürdig, statt sich zu freuen nach so langem Zögern, fühlen sie sich beide elend und wie zerschlagen.
»Aber du guckst erst, ob sie da ist – sonst geh ich gleich wieder!«
Fünfzehn Schritt hinter Steffen betritt Marie-Luise das Kopfsteinpflaster der Toreinfahrt. Steffen dreht den Schlüssel im Schloß der Haustür herum: hurra! Die Tür ist zweimal verschlossen. Die Wirtin zum Nachtdienst.
Dennoch schleichen sie auf leisen Sohlen wie zwei Diebe durch den Korridor. Neben dem Zimmer am Ende des Korridors befindet sich das Bad. Unauslöschlich prägt sich Steffen das Bild ein, wie Marie-Luise im hellblauen Bikini, einen Fuß im Waschbecken, in dem hohen, schmalen Bad steht. Lang fällt ihr aufgelöstes schwarzes Haar über ihren weißen Nacken. Frische und Anmut atmen aus ihrer jugendlichen Gestalt.
Sie überziehen das Bett mit frischer, nach Seife riechender Bettwäsche. Steffen verteilt zwei Nachtjacken. Marie-Luise ist begeistert von ihrem Pyjama. Wenig später ist sie unter der Bettdecke verschwunden, und nur ihr wuscheliges schwarzes Haar quillt hervor. Sacht, ganz sacht berühren sich unter der Bettdecke ihre Schenkel. Mein Gott, denkt Steffen, sie hat den schönsten und vollkommensten Körper – so samten und zart!
Ist es die unverhoffte Ankunft nach der langen Scheu des Wartens? Steffen müht sich die ganze Nacht. Aber es gelingt nicht. Schließlich beschäftigt ihn, bevor sie erschöpft einschlafen, nur noch die Frage: Sie wird es mir doch hoffentlich nicht übelnehmen?
Nein. Ihr Gesicht strahlt am Morgen. Im Obergeschoß lärmen Kinder, die Gören des Abschnittsbevollmächtigten. Steffen hat sie sonst nie gehört. Die Wirtin tappt, vom Nachtdienst kommend, in den Korridor. Glücklich flüsternd liegen sich Marie-Luise und Steffen in den Armen.

Die joviale Handbewegung mit der Kantik Steffen Mehners bittet einzutreten und sich ihm in seinem Dienstzimmer, Sportbaracke

der TU am Zelleschen Weg, gegenüberzusetzen, läßt erkennen, daß der Leiter von etwa dreißig Sportlehrern – Sport in der DDR Pflicht für alle Studenten – sich auf das Gespräch mit dem renommierten Leichtathleten freut. Autorität gegen Autorität. Er, der hier das Sagen hat, fühlt sich geschmeichelt, vor einer Persönlichkeit aus dem Leistungssport als Chef auftreten zu können.
»Sie sind im Sportklub? Und die Hundertzehn-Meter-Hürden schon in vierzehn Komma sechs Sekunden gelaufen?«
Steffen nickt.
»Und Sie wollen mit dem Leistungssport aufhören?« fragt Kantik mißtrauisch. Der vor ihm sitzende junge Mann gefällt ihm. Schlaksig, intelligent, bescheiden. Bei einer solchen Leistung! Perfektion, Überlegenheit, Sieg, das liebt Kantik.
»Im nächsten Jahr«, sagt Steffen.
»Im Augenblick habe ich auch keine Stelle frei«, sagt Kantik sachlich trocken und sein Gesicht verfinstert sich. Er sieht dem vor ihm Sitzenden hart in die Augen. Er beobachtet, wie Mehners davon unbeeindruckt, fest, »am Ball bleibt«, wie man so schön sagt, auf seine Chance wartet.
»Wird Sie das Ministerium für Volksbildung überhaupt freigeben? Normalerweise lassen die niemanden raus – wir sind dem Ministerium für Hoch- und Fachschulwesen untergeordnet.«
»Ich denke. Ich bin dort im Moment ohnehin nur formal angestellt. Durch eine Sonderregelung vom Klub.«
»Gut. In der Leichtathletik könnte ich Sie vorläufig aber nicht unterbringen. Wir sind dort voll besetzt.«
»Ich könnte auch Fußball übernehmen oder eine andere Ballsportart. Allerdings habe ich in der Leichtathletik die meisten Erfahrungen.«
»Wir werden sehen. Bloß machen Sie sich keine Illusionen, Leistungssport ist dann nicht mehr drin!«
»Ich sagte ja schon, ich will«, Steffen beißt sich auf die Zunge, was, wenn ich doch noch die Olympianorm schaffe und der Verband mich nominiert, »im nächsten Sommer aufhören und dann nur noch abtrainieren.«
»Das können Sie ja zum Teil beim Mitmachen im Unterricht mit den Studenten.« Kantik legt die zu Fäusten geballten Hände auf

161

den Klubtisch. »Aber daß Sie nicht mit falschen Erwartungen zum Hochschulsport kommen! Manche denken, sie können sich an den Hochschulen ausruhen! Das Gegenteil ist der Fall! Der Unterricht ist nur die eine Hälfte, dazu kommen hundert Prozent gesellschaftliche Arbeit – sind Sie bereit, da mitzuziehen?«
Erst einmal ankommen, denkt Steffen – parteipolitische Arbeit war nie mein »Ding« – und nickt leger.
»Gut«, sagt Kantik, »ich merke Sie vor. Sie haben bestimmt vom Staatsratsbeschluß über die Erweiterung des Studentensports für das dritte und vierte Studienjahr gehört. Sobald ich neue Kollegen einstellen kann, werde ich Sie benachrichtigen. Wir haben anschließend praktische Weiterbildung, Fußball. Wenn Sie Zeit haben, können Sie mitspielen!«
Nichts leichter als das. Wär' unklug, diese »Prüfung« abzulehnen. Treppe hinunter zum Umkleideraum. Zwei der sich die »Töppen« anziehenden Sportlehrer kennt Steffen. Scheulich, der stämmige, blonde Achthundert-Meter-Läufer von der Hochschulsportgemeinschaft. Ja und sieh an, der Turntrainer von der Kinder-und-Jugend-Sportschule, den er beim Astronomielehrgang kennengelernt hat, jetzt im Hochschulsport, und der ihn prompt fragt: »Willst du etwa die Astronomie an den Nagel hängen?«
Sommertrockener Rasen. Die welken Lindenbäume auf der Dammkrone. Das knochenharte, rote Laufbahnoval. Erinnerung an die Sprintläufe vor einem Jahr gegen Klaus.
»Sie spielen in meiner Mannschaft«, sagt Kantik und stellt Steffen kurz vor.
Dann rennen sie in gelben und roten Spielwesten über den Rasen. Magisch von jenem runden Etwas, dem Ball, angezogen. Kantik spielt Mittelverteidiger und Steffen, als Mittelstürmer, ist »nicht zu halten« und schießt vier Tore. Der Gegner nicht eins. Na bitte.
»Der Alte strahlt«, bemerkt einer der Kollegen, als sie vom Platz gehen.
»Und er hat heute, wie selten, kaum gemeckert.«
Ein dritter sagt: »Heute hat mir das Spiel seit langem wieder mal Spaß gemacht!«
Kantik, der sich in seinem Dienstzimmer die Fußballschuhe von den Füßen zieht, ruft durch die offene Tür zu seinem Stellver-

treter hinüber: »Was sagst du, dieser lange, dürre Mehners ist Klasse!«
Steffen, von Spiel und Dusche erfrischt, verläßt optimistisch die Sportbaracke.

Die Zeit ist ein Schmetterling, der landet auf dem Fenstersims von Marie-Luises Zimmer und schließt die Flügel. Steffen hängt seinen Trenchcoat über die Stuhllehne, wickelt umständlich einen Rosenstrauß aus dem Papier und reicht ihn der matt im Bett liegenden Kranken. Fieber. Sie habe Fieber und müsse im Bett bleiben. Sie deutet auf ein leeres Linsenglas für die Rosen und sagt: »Ich gebe ihnen nachher Wasser.«
Steffen setzt sich auf den Stuhl neben dem Bett von Marie-Luise und streichelt ihre Hand. Nach einer Weile entkleidet er sich wortlos und legt sich neben sie. Ihr Bett ist heiß als habe sie tatsächlich Fieber. Wer weiß das schon so genau. Auf den sanften Druck seines Begehrens öffnet sie – als sei ein uraltes Wissen in ihr, was zu tun ist – die Schenkel.

Glück und Unglück halten sich plötzlich in Steffens Leben die Waage. Er sieht sich wie einen Baum mit drei tiefen Wurzeln: Beruf, Leistungssport, Liebe. Würden einer der Wurzeln die Nährstoffe entzogen, würde er trotzdem weiter wachsen. Aber noch ist jene Wurzel Leistungssport stark genug, nicht abzusterben. Noch ist das Gefühl von den Blitzstarts auf dem Waldweg über den Klippen nicht vergessen. Der Dreikampfsieg gegen Klaus auf der Aschenbahn. Ich werde weitermachen! Auch ohne Vergünstigungen!
Ein Kieselstein klirrt an der Fensterscheibe, Steffen läßt das aufgeschlagene Buch liegen, rafft den Mantel vom Haken und verläßt die Wohnung. Marie-Luise wartet hinter dem Torpfeiler. Als sie das Licht ausgehen sieht, läuft sie voraus zur Hauptstraße. Den Kopf gesenkt, überläßt sie Steffen ihre Hand. Zwei Kinder, in unschuldigem Spiel, verlieren sie sich in der Weite der Stadt. Zwei Fremde, deren Herzen hier geankert haben. Wie reich das Leben

in dieser Stadt ist! Sie gehen ins Kino, zum Jazz, ins Theater, in Konzerte. Als öffne sich eine Tür, durch die man hinaus in Zeit und Raum blickt.
Marie-Luise folgt Steffen benommen, ein wenig still, fast stumm. Längst hat sie ein festes Bild von ihm. Hätte sie sich ihm sonst anvertraut? Das Wichtigste darin ist seine aufrichtige, beständige, ja leidenschaftliche Liebe. Sie weiß, daß er ehrgeizig ist und ihn Mittelmaß in seinem Beruf nicht befriedigt. Sie hat ihn Hürdenlaufen gesehen, aus sicherer Entfernung, unbemerkt. Er hatte den Lauf gewonnen. Sie war stolz auf ihn. Wenngleich auch mit ein wenig Mißtrauen gepaart. Ist er nicht durch die Wettkämpfe und alles, was damit zusammenhängt, allzuoft von ihr fern? Sie weiß, daß er keine Geschwister hat, dafür Jakob, Joachim, viele Freunde. Und seine Mutter? Sie fürchtet sich vor seiner Mutter. Sie hat Angst, ihr zu mißfallen. Angst, sie könnte ihr Fragen stellen, die Steffen mehr als ihr lieb ist von ihr verraten. Sie hat Angst, den Geliebten zu verlieren ...
Wenn er ihr in die Augen sieht, schämt sie sich ihrer Zweifel. Er ist fröhlich und guter Dinge: Jetzt hat er begonnen, eine Artikelserie über Sport für die Zeitung zu schreiben. Ein Glück, daß ihn alles, was mit mir im Zusammenhang steht, nicht so sehr beschäftigt. Ein Glück, daß er mich liebt! Daß er manchmal nach dem Training müde ist? Die einsamen Wochenenden sind da schon unangenehmer ...
Für Steffen ist Marie-Luise ein Rätsel. Ein Rätsel, das, seit sie mit ihm schläft, an Brisanz verloren hat. Dennoch stößt er sich hin und wieder in ihrem zwanglosen Beieinandersein an der Frage: Was hat sie dagegen, daß ich sie einmal meiner Wirtin vorstelle? Hat sie Angst? Schämt sie sich?
Auf leisen Sohlen schleichen sie wie immer durch den Korridor. Marie-Luise lehnt sich an den großen, braunen Kachelofen. Doch bald schon versinken sie in endloser Umarmung in dem wie durch die Nacht fahrenden Bett.

»O sole mio« dudelt es aus dem Kofferradio auf der Konsole über dem Schreibtisch. »Vielleicht haben sie einen Unfall gehabt«, sagt Marie-Luise, des Wartens und Herumsitzens in Steffens Zimmer überdrüssig.

»Zwei Stunden warten wir jetzt schon«, konstatiert Steffen nach einem Blick auf die Armbanduhr. Auch ihm geht die überzogene Unpünktlichkeit des Freundes zunehmend auf die Nerven. »Wenn sie in einer halben Stunde nicht hier sind, fahren wir mit dem Zug!«

Typisch Gaub, diese maßlose Verspätung! Als er dann doch innerhalb dieser halben Stunde mit seinem Trabi vorfährt, sie kaum einen Kilometer unterwegs sind, hat er keinen Sprit mehr im Tank. Das Vehikel bleibt mitten auf der Straße stehen. Wie sollen wir – wenn das so weitergeht – heute noch in Prag ankommen? Mit dem Kanister in der Hand irren Gaub und Steffen durch die Straßen, schließlich bekommen sie irgendwo, um überhaupt bis zur nächsten Tankstelle fahren zu können, zwei Liter Waschbenzin.

Unterwegs im Böhmischen, als der Trabi an der Elbe von der rechten Straßenseite auf die linke Straßenseite schwimmt, in einer Linkskurve auf eine Felsennase zurast, Steffen, der vorn neben Gaub sitzt, fragt: »Sag mal, siehst du den Felsen nicht?«, Gaub die Augen aufschlägt und das Lenkrad nach links reißt, wird Steffen klar, daß der Freund nach dem Arbeitstag und der Fahrt von Berlin total übermüdet ist. Obwohl Steffen seit der Fahrprüfung keinerlei Fahrpraxis hatte, tauscht er mit Gaub die Plätze. Gaub wird bei der Einweisung in die Mechanik des Trabis und der Korrektur von Steffens Fahrweise wieder wach. Steffen, mit dem Blick auf Schalthebel, Tacho, Wegweiser, Kreuzungen, S-Kurven, Hecks mit Nummernschildern überholender oder zu überholender Fahrzeuge, vergißt für eine Zeit, worum, seit er auf diesem Trip mit Gaub unterwegs ist, seine Gedanken kreisen: um jenen Augenblick, in dem Marie-Luise am Morgen im Bett des Hotelzimmers die Augen aufschlägt und am Ringfinger ihrer linken Hand den Verlobungsring entdeckt. Was wird sie dazu sagen? Eine Überraschung, vor Wochen ausgedacht und in aller Heimlichkeit vorbereitet: die Annonce nach Gold, das es offiziell nicht zu kaufen gibt, in der Döbelner Zeitung. Die Tarnungslüge, als seine Mutter Wind von der Aktion bekam: »Ein Freund von mir will sich

verloben.« Die Spielproben mit den Messingringen verschiedener Größe auf Marie-Luises Ringfinger. Schließlich die Anfertigung der Ringe beim Goldschmied.
In Prag, mittlerweile Nacht, übernimmt Gaub wieder das Steuer. Zur Vertuschung seiner Fahrunfähigkeit von unterwegs fragt er, als nach einem Autotunnel der Gehweg neben der Fahrbahn immer höher läuft, belustigt: »Fahren wir etwa mit den rechten Rädern auf dem Trottoir?«
Es grenzt an ein Wunder, daß um diese Zeit in der fremden Stadt noch eine Bleibe, allerdings nur in dem sündhaft teuren »International«, ein Hotel im Baustil der Lomonossow-Universität, zu kriegen ist. Aber das Zweizimmerappartement für achtzig Mark ist ihnen für diese Nacht nicht zu teuer. Sie entkorken mehrere Flaschen Wein, bevor Gaub, in Hochstimmung, die Idee hat, die leeren Flaschen in die an den Türen zum Putzen herausgestellten Schuhe zu stellen und mit seinen dünnen Stachelbeerwaden aus dem viel zu kurzen Pyjama auch schon auf den Gang hinaus vorangeht.
Lange nachdem Marie-Luise eingeschlafen ist, hört Steffen durch den Vorhang des in der Mitte zweigeteilten Raumes den Freund am Petticoat des von ihm eingeladenen Mädchens, einer rotwangigen Germanstikstudentin aus Greifswald, rascheln.
Steffen tastet in der Dunkelheit zu Marie-Luises linker Hand, die über der Schlafdecke liegt und schiebt ihr behutsam, Millimeter für Millimeter, den Verlobungsring auf den Finger. Geschafft! Ohne daß sie aufgewacht ist! Dann setzt er sich den seinen auf und streicht mit seinem Handrücken über ihren Handrücken. »Okay«, flüstert er. »Nun sind wir verlobt.« Liebevoll umfaßt er mit dem Blick die Konturen des neben ihm liegenden Mädchens. Von nebenan dringt nach wie vor jenes trockene Rascheln. Dann schläft er ein.
Als Steffen am Morgen erwacht, ist Marie-Luise schon munter, steht, von Sonnenlicht umflutet, am Fenster und sieht gedankenverloren in die Stille der Prager Häuser und Straßen. Durch den Vorhang ist noch immer oder schon wieder jenes Rascheln zu hören. Gaub scheint noch keinen Schritt weitergekommen zu sein an diesem knisternden, petticoatartigen Zeug.

»Freust du dich?« fragt Steffen, als Marie-Luise wenig später in der Minibar, in der sie frühstücken, die goldgerahmte Kaffeetasse hebt und mit geschürztem Mund prüft, ob der heiße Kaffee sich schon trinken läßt.
»Doch, der Ring ist schön.«
»Aber?«
Als Steffen die Ahnungslose nach dem Frühstück zum Postamt führt, die Nachricht von ihrer Verlobung ihren Eltern zu telegrafieren, weigert sich Marie-Luise plötzlich.
»Das geht nicht! Du kennst meinen Vater nicht!«
»Wieso, wenn er dich liebt, läßt er dich tun, was du willst!«
»Ich will darüber nicht reden. Es geht nicht!«
»Ist doch nicht so wichtig.« Steffen zieht die Schultern hoch und läßt sie entmutigt wieder sinken.
Sie bummeln an Gärten voll reifenden Sommers entlang zum Hradschin. Verweilen an jener berühmten Stelle mit dem Panoramablick über die ganze Stadt, das in dunstigem Licht flimmernde bunte Häusermeer und die sich daraus erhebenden hundert goldenen Türme. Im Vordergrund die alten, roten Ziegeldächer, aus denen die grünspanüberzogene Kuppel – so ähnlich muß die Kuppel der Dresdner Frauenkirche ausgesehen haben – der Niklaskirche emporragt. Zur rechten steigen wie in einem fröhlichen Reigen Bäume einer Plantage den Hügel hinan. Prag, die alte Stadt, liegt wie in einem Traum voll sonniger Erwartung.
Als Marie-Luise und Steffen erschöpft von ihrem Stadtbummel über Karlsbrücke, Staré Město und Wenzelsplatz ins Hotelzimmer zurückkehren, errötet Gaubs pummelige Studentin. Sie ist gerade beim Bettenmachen. Die zwei haben den ganzen Tag in Prag im Bett verbracht!
Höchste Zeit für einen gemeinsamen Ausflug in die abendliche Bierrunde des alten Brauhauses »U Fleku« mit seinen langen Holztafeln und -bänken, den Litermaßen mit Schwarzbier und den heiß gereichten, durstig machenden »Topinky«, zu deutsch Knoblauchbrot.
Ein beißender Geruch weckt Steffen am nächsten Morgen. Gaub hat eines der Knoblauchbrote mitgenommen und im Nachttischschränkchen erkalten lassen.

Auf der Rückfahrt nimmt Gaub beide Hände vom Lenkrad und streift sie mit einer Wahnsinnsgeste mehrmals nach hinten über den Kopf: »Merkt ihr, wie die Bäume über uns drüberweghuschen? Wie in einem Geistertunnel!« Aus dem sind sie während der ganzen Rückfahrt nicht herausgekommen ...

Von der Decke herab läuft ein Riß, unter dem Spiegel entlang bis zum grün gestrichenen Ölsockel über dem einfachen Waschbecken, der »Gosse«. Hier, in der engen Küche, stellt Frau Mehners ihren Sohn.
»Verlobt bist du! Heimlich! Andere Leute müssen einem das sagen!«
Steffen überlegt krampfhaft, von wem seine Mutter von der Verlobung Wind bekommen haben könnte.
»Wenn es mir deine Wirtin nicht erzählt hätte!«
Also die.
»Schämst du dich nicht? Jetzt weiß ich auch, für wen das Gold war! Belogen hast du mich! Du hast mich belogen! Du brauchst nicht wiederkommen!«
Steffen hält den Kopf gesenkt. Nach Scham und Schadenfreude gewinnen Trotz und Mitleid die Oberhand. Was sagst du da? Hat es denn je der Worte zwischen uns bedurft? Warum ich nichts erzählt habe? Um peinlichen Fragen aus dem Wege zu gehen! Um mir nicht reinreden zu lassen! Wer soll denn das verstehen – ich verlobe mich mit einem Mädchen, von dem ich nicht viel mehr weiß, als daß ich es liebe und daß es mich liebt ... Und dann wollte ich dir von Prag ein Telegramm schicken, aber es ging leider nicht ... Jetzt, da Steffen vorsichtig den Kopf hebt, um zu gucken, ob das Donnerwetter vorbei ist, lächelt er überlegen. Was redest du da? Nie mehr wiederkommen? Wer freut sich denn mehr, wenn wir uns sehen, du oder ich? Wir gehören zusammen! Außer mir hast du keinen einzigen Menschen auf der Welt, der dir nahesteht, der zu dir hält. Und den willst du wegen diesem kleinen Vergehen für immer verstoßen?

»Komm«, sagt Steffen, »red nicht solchen Unsinn, Mutter! Ich komme wieder. Nächste Woche. Und dann bring' ich dir Marie-Luise mit.«
»Ich will sie nicht sehen!«
Unerschrocken, wütend und stolz hat sich Frau Mehners aufgeplustert, erbärmlich, denkt Steffen. Indes sie, noch immer ehrlich entrüstet, ihrem Sohn, der aus der Tür geht, nachruft: »Das werd' ich dir nie vergessen, daß du mich so in Verlegenheit gebracht hast!«

Im Korridor seines Dresdner Domizils findet Steffen einen Brief von Marie-Luise auf dem Garderobenschränkchen. »Liege in der Klinik. Blinddarm.« Ihr erster (Liebes-)Brief.
Steffen geht an der Schlange der zur Besuchszeit vor der Klinik wartenden Menschen entlang, da fällt ihm auf, er ist der einzige ohne Blumen.
Als er schließlich einen Blumenladen gefunden hat und mit einem Rosenstrauß zurückkehrt, ist die Besuchszeit zu Ende. Steffen schiebt sich durch die Pendeltür. Wo er hinwolle? Er lächelt der Schwester zu und schenkt ihr eine Rose. Unangenehm, diese Krankenhäuser. Diese gut geölten, lautlosen Pendeltüren. Der Geruch von Karbol. Und der bedrückende Anblick des Leids. Marie-Luise liegt zwischen einer »Gallen-Op« und zwei »Leistenbrüchen«.
»Bloß gut, daß du nicht zur Besuchszeit gekommen bist«, sagt sie matt zu Steffen. Ihr Gesicht ist blaß, obwohl die Operation schon drei Tage zurückliegt. »Stell dir vor, mein Vater war da!«
Steffen versucht sich an die in der Besucherschlange wartenden Leute zu erinnern – wer mochte ihr Vater gewesen sein? – doch er erinnert sich nur an die vielen Hände mit Blumensträußen. Auch auf Marie-Luises Nachttisch steht ein solcher Strauß.
»Er hat einen Brief von dir im Nachttisch gefunden und mitgenommen.«
»Kein feiner Zug von ihm.«

»Er macht sich Sorgen um mich und wenn er etwas nicht weiß. Hier ...«, Marie-Luise zeigt zwei Fingerbreit der kahlrasierten Stelle unter dem Bauchverband.
»Ganz neckisch. Hab' ich auch schon durch.«
»Sie sind hier alle sehr freundlich zu mir. Das ist eine Privatklinik.«
»Eine Privatklinik? Ich wußte gar nicht, daß es so etwas noch gibt.«
»Ich kenn' den Chefarzt.«
»Ach so.«
»Er ist nett.«
»Sei nur vorsichtig, daß keine Komplikationen eintreten! Damit wir nächsten Monat an die Ostsee trampen können!«
Wieder zu Hause in seinen vier Wänden, öffnet die Reißert die Zimmertür, um zu vermelden, ein Mann habe Steffen sprechen wollen. Er komme noch einmal wieder. Steffen, nicht weiter beunruhigt, setzt sich an seinen Schreibtisch.
Etwas später klingelt es, die Reißert erscheint erneut in der Tür und gibt Steffen zu verstehen, der Mann von vorhin sei wieder da. Steffen folgt der Reißert in den Korridor und sieht einen Fremden, der sich unter einem ihm nicht bekannten Namen als Vater eines Abiturienten vorstellt. Er habe gehört, Herr Mehners sei Lehrer, und da wolle er sich einmal erkundigen, ob denn die Pädagogik das Richtige für seinen Sohn sei. Steffen, arglos, bittet den Mann im grauen Anzug, der in der Hand eine Schirmmütze hält – er schätzt ihn auf etwa fünfzig – in sein Zimmer. Läßt ihn auf dem ausgesessenen Sofa hinter dem Tisch Platz nehmen. Er selbst setzt sich auf einen Stuhl gegenüber. Der Mann sieht sich neugierig um.
»Wenn Sie meine ehrliche Meinung hören wollen«, sagt Steffen, »ich würde ihm abraten. Das kommt natürlich darauf an, was er für ein Charakter ist. Wissen Sie, als Lehrer muß man für andere da sein können. Für die Kinder. Und dann ist da noch der ganze gesellschaftlichen Kram: Pioniernachmittage, Treffs mit der Patenbrigade, Jugendweihestunden, kommunistische Erziehung, was nicht jedermanns Sache ist. Daneben bleibt so gut wie keine Zeit für die eigene geistige Entwicklung. Man bleibt in den Grenzen an Wissen, das man an der Uni erworben hat. Kaum hat man dort gekostet und Appetit auf Wissenschaft und wissenschaftliche Ar-

beit bekommen, fällt man zurück ins Mittelmaß. An Stelle weiterer Spezialisierung tritt allenthalben Liebe, Hinwendung zum jungen Mitbürger, zum Kinde. Ich weiß nicht, ob Sie mich verstehen, aber als Lehrer bleibt man in allem Dilettant: halb Wissenschaftler, halb Psychologe, halb Pädagoge, aber etwas nebenbei zum eigenen Vorteil und Vorteil des Ganzen weiter zu betreiben, dafür bleibt keine Zeit.«

»Mein Sohn ist katholisch«, sagt der Mann, den Steffen – er interessiert sich nicht weiter für ihn – unscharf auf dem Sofa vor sich sitzen sieht, »hat man da Schwierigkeiten in Ihrem Beruf?«

»Das kann ich nicht sagen«, antwortet Steffen. »Ich habe nie welche gehabt. Ich bin katholisch getauft, evangelisch konfirmiert und jetzt bin ich Atheist. Ich halte nichts von der Kirche. Außer der Anregung zur geistigen Auseinandersetzung, zum Beispiel über den Sinn des Lebens. Den die Jünger Gottes und alle die an ihn glauben allerdings, trotz aller Verfehlungen seit dem Mittelalter und aller Sünden der Neuzeit in seinem Namen, der Menschheit noch immer streitsüchtig und rechthaberisch und womöglich mit Krieg weltweit aufzwingen wollen. Entschuldigen Sie – wenn Ihr Sohn ein nicht zu fanatischer Streiter Gottes ist, glaube ich nicht, daß er als Lehrer Schwierigkeiten kriegt.«

»Sie sind verheiratet?«

»Nein«, was geht ihn das an, »ich habe mehrere Freundinnen.«

Steffen spürt die schwielige Hand des Mannes, der aufgestanden ist und sich mit einem Bückling unterwürfig bedankt, in der seinen. Kaum hat sich die Wohnungstür, zu der ihn Steffen begleitet, hinter ihm geschlossen, öffnet sich die Wohnzimmertür und die Reißert steht, auf ihre Krücke gestützt, in der Tür.

»Ich möchte wetten«, sagt sie, »das war Ihr Schwiegervater, der hat Sie ausgehorcht!«

Steffen, verwirrt, geht an ihr vorbei in die Küche. Wenn das wirklich so wäre, das wär' ja! Spontan läßt er die Vorbereitungen für sein Abendbrot stehen und eilt auf den Bahnhof. Der Zug nach Bautzen – Bahnsteig sechs. Hinter einem der Abteilfenster des anfahrenden Zuges entdeckt er das Gesicht des fremden Mannes. Marie-Luises Vater! Das ist ja die Höhe! Daß der sich nicht schämt! Wütend betritt Steffen die kleine Post in der Bahnhofshalle und jagt ihm ein Telegramm nach: »Bin hocherfreut, Sie kennengelernt zu haben. Wünsche Ihrem Sohn besten Studienerfolg!«

Die Schlafzimmertür der Reißert und Steffens Zimmertür liegen sich im Korridor genau gegenüber. Am Abend schließt die Reißert die ihre ab; am Morgen, wenn sie vom Nachtdienst in einem Pflegeheim kommt, läßt sie sie einen Spalt breit offen. Sie hört dann das Parkett unter den leisen Schritten von Marie-Luise knistern. Steffen, darauf bedacht, eine doppelte Lärmspur zu vermeiden, klettert aus dem Fenster.
Was er weiß, ist, daß seine Wirtin, wenn sie zur Toilette geht, acht Leopillen nimmt. Aber was er nicht weiß, ist, daß sie, wenn sie keinen Dienst hat, schlecht schlafen kann und unter Marie-Luises heimlichen Nachtbesuchen leidet. Sie liegt dann oft hellwach, lauert auf die feinsten Geräusche aus dem Nachbarzimmer, die sie verantwortlich für ihre Schlaflosigkeit macht. In solchen Nächten empfindet sie die Heimlichtuerei der im Bett nur wenige Meter von ihr entfernt liegenden Liebenden als bittere Kränkung.
Als Steffen eines Abends an dem kleinen Küchentisch in der großen Küche nichts ahnend seine Schnitten hinunterschlingt, watschelt die Reißert herein, verharrt in grimmiger Pose und entlädt sich wie ein Hagelgewitter: »Wenn das so weitergeht mit dem Weibsbild, können Sie Ihre Sachen packen!«
Sie weiß genau, daß das nur eine hohle Drohung ist, die sie unter anderen gesellschaftlichen Verhältnissen hätte verwirklichen können. Aber heute nicht.
»Kommen mitten in der Nacht – dann geht das die ganze Nacht durch! Ein Gestöhne und Gejammer. Sie müssen ja ein richtiger Bock sein!«
Ein Bock! Sie schielt über ihre dicke Brille.
»Das waren die Katzen, Frau Reißert, dieses herzzerreißende Gejaule, die schleichen nachts ums Haus.«
»Das waren nicht die Katzen, das waren Sie! Neulich haben Sie ihre Freundin sogar an der Aschengrube niedergemacht! Eine Nachbarin hat es beobachtet!«
An der Aschengrube? Absurd. Das ist der Gipfel!

»Was sind Sie doch für eine gewöhnliche Pferdehändlerin!«
Empört, mit dem Ausdruck von Ekel erhebt sich Steffen und läßt die wie zu einer Säule aus Haß und Ohnmacht Erstarrte allein. Kaum hat er sich draußen an der frischen Luft von den Verleumdungen der Wirtin ein wenig erholt, stellt er an der Tür zu seinem Zimmer eine neue Schikane fest: Die Wirtin hat den Zimmerschlüssel abgezogen!
Sie sitzt hinter der geöffneten Wohnzimmertür in ihrem Fauteuil am Ofen und ein schadenfreudiges Grinsen spielt um ihren bleichen Mund, als Steffen eintritt und nach dem Schlüssel für sein Zimmer fragt.
»Suchen Sie nicht ständig nach Ihren Sachen? Sie sind doch nicht erst heute so ein Liederjan! Wer weiß, wo Sie ihn verbummelt haben! Ich hab' Ihren Schlüssel nicht!«
Ihre Niedrigkeit ist primitiver, als Steffen je zu denken vermocht hätte. Er hatte nicht vorgehabt, sein Zimmer je abzuschließen. Im Grunde hatte er aus den Besuchen von Marie-Luise keinen Hehl gemacht. Ihm war klar, daß seine Wirtin sie ohnehin bemerken mußte. Am Tag steckte der Zimmerschlüssel außen. Nachts, wenn Marie-Luise bei ihm war, drin. Allein, um ihre Boshaftigkeit nicht unbeantwortet zu lassen, kauft Steffen noch am gleichen Tag einen Schlüsselrohling und eine Schlüsselsicherung und feilt bis spät in die Nacht einen neuen Schlüssel. Weit nach Mitternacht, die Finger taub von der ungewohnten Arbeit mit der kleinen Feile, rastet der Schlüsselbart das erste Mal ins Schloß. Gewonnen! Eine Viertelstunde später paßt der neue Schlüssel und gleitet frei im Schloß. Aber am Morgen starrt Steffen entgeistert auf den Wecker: um eine Stunde verschlafen! Ausgerechnet heute, zur Abschlußprüfung im Geräteturnen!
Leise klinkt Steffen die Turnhallentür auf. Die Prüflinge, Mädchen und Jungen sind im Karree angetreten. Der stellvertretende Direktor, ein großer, stattlicher Mann, der freundlich durch seine dicken Brillengläser guckt, beendet gerade seine Ansprache: »Nicht der Sieg, sondern die Teilnahme entscheidet! Nach diesem Motto der Olympischen Spiele wünsche ich Ihnen gute Ergebnisse in Ihrer Geräteturnprüfung!«
Die Schülerinnen und Schüler beginnen sich einzuturnen.

Von dem Haus am Wilden Mann, in dem Marie-Luise wohnt, bis zur Autobahn sind es zehn Minuten. Steffen rückt seinen Rucksack zurecht und faßt einen Henkel von Marie-Luises Reisetasche. Eine weiß glühende Sonne weckt die schlafende Stadt. Bald hören sie von der nahen Autobahn die anrollende Brandung der Fahrzeuge. Marie-Luise zieht einen »Eulenspiegel« aus ihrer Reisetasche und setzt sich abseits der flimmernden Betonpiste unter ein Gebüsch. Wartburgs, Moskwitschs, Skodas rauschen vorbei. Wie Spielkugeln von einem Spielautomaten werden sie über den Horizont geschnipst, rollen heran, nehmen an Volumen, Geschwindigkeit und Geräuschpegel zu – größte Nähe, in der etwas passieren könnte – und verklingen, Dopplereffekt, mit einem leiser werdenden Brummen, bis das Geräusch verebbt. Ein bis unter das Dach gefüllter Trabant hechelt vorbei.
»Sieh mal!« piepst Marie-Luise aus dem Gebüsch und winkt Steffen zu sich. Sie zeigt auf die Karikatur einer dicken Maus in einem überreifen Kornfeld, in dem die Körner nur so aus den Ähren fallen. Steffen lächelt. Ihre Sympathie für die dicke Maus gefällt ihm mehr als der simple, allerdings treffliche, die Unfähigkeit der sozialistischen Planwirtschaft aufs Korn nehmende Witz. Es sind ihre ersten gemeinsamen Ferien. Über Potsdam an die Ostsee. Und nirgendwo Quartier.
Potsdam, weil in Potsdam interne Überprüfungswettkämpfe der Olympiakandidaten stattfinden. Steffen, nicht mehr im Kaderkreis, ist dazu zwar nicht eingeladen, aber es wird niemand etwas dagegen haben, wenn er auf eigene Kosten anreist und startet.
Auf Steffens unermüdliches Winken hält ein Moskwitsch. Marie-Luise kommt aus dem Gebüsch geeeilt. Sie steigen ein. Der Mann am Steuer ist Berufskraftfahrer und hat gerade seinen Onkel abgeholt: einen schüchtern im Fond des Wagens sitzenden Jungen! Steffen läßt eine Tüte Kirschen kreisen.
Die Fahrt verläuft kurzweilig bis in den Fläming, jene sandige Endmoränenlandschaft zwischen Dresden und Berlin. Hier sieht Steffen plötzlich, bei sich verringernder Geschwindigkeit, die braunen Baumstämme der Kiefern neben der Autobahn immer näher auf sich zukommen. »He, Mann«, spricht er vorsichtig den Fahrer neben sich an. Der war dabei einzuschlafen.

Marie-Luise und Steffen können bis Berlin-Erkner mitfahren. Von da geht es erst mit der S-Bahn und dann mit dem sogenannten »Sputnik«, einem Zug um das südliche Westberlin herum nach Potsdam. Steffen sieht in die vorbeigleitende Landschaft: in der Hitze dösende Gehöfte, Mähdrescher bei der Ernte ... Aber hinter all dem beschäftigt ihn nur ein Gedanke: die winzige Chance, Bestleistung zu laufen und vielleicht doch noch für die Olympiamannschaft nominiert zu werden ...
Greifen Sie einmal einem nackten Mann in die Hosentasche: in der DDR ein freies Hotelzimmer in einer Stadt wie Potsdam zu finden – so gut wie aussichtslos! Marie-Luise und Steffen irren bis zum Anbruch der Nacht in der menschenleeren, weitläufigen Stadt herum. Schließlich finden sie doch noch etwas: das »Sowjetische Hotel«. Steffen bekommt ein Bett in einem schon mit drei Männern belegten Vierbettzimmer. Marie-Luise in einem leeren Achtbettzimmer. Sie fürchtet sich – wer weiß, wer noch kommt? Alles wegen Steffen und seinem Sport! Aber die Nacht bleibt ruhig.
Während Marie-Luise am Morgen, eine Schrippe in der Rechten, eine Käseecke in der Linken, mutterseelenallein auf den leeren Traversen frühstückt, bevölkert sich das Stadion allmählich mit Kampfrichtern, Sportfunktionären und Aktiven. Wettkampf unter Ausschluß der Öffentlichkeit. So werden Erfüllungen von Olympianormen und allerlei Arten von zweifelhaften Rekorden gemacht!
Die Vorbereitungen für die Wettkämpfe ziehen sich bis zum Mittag hin. Inzwischen herrscht tropische Hitze. Ideale Bedingungen für optimale Leistungen: Wärme, harte Aschenbahn, Rückenwind. Doch der Wind wechselt ständig. Um den Wind für die entscheidenden Läufe als Schiebewind im Rücken zu haben, werden die Hürden immer wieder umgestellt. Es wird mit zwei Uhren pro Kampfrichter – ein eklatanter Verstoß gegen das Kampfrichterreglement – mit der Hand gestoppt. Windmesser ebenfalls Fehlanzeige.
Es gibt drei Läufe. Im ersten wird Steffen dritter. Er sieht mit geblähter Brust zu Marie-Luise hoch. Verdammt noch mal, wo ist sie hin? Er rennt die leeren Traversen bis zur Dammkrone hoch. Da sitzt sie und hält sich den rechten Fuß.

»Ich bin persönliche Bestzeit gelaufen und Olympianorm!«
»Und ich hab' mich in den Fuß geschnitten!«
Marie-Luise zeigt Steffen den blutenden Schnitt in der Fußsohle und sagt, zu ihm hochblickend: »Mein Gott, wie du schwitzen kannst!« Sie wickelt ein Taschentuch um den blutenden Fuß.
Steffen eilt schon wieder zum Start. Im zweiten Lauf drückt er seine Bestzeit noch um eine Zehntelsekunde herunter. Herr Basel – das müßte Herr Basel sehen!
Der Verbandstrainer, grauer Anzug, aalglattes Auge, früher selbst Hürdenläufer, gratuliert Steffen.
»Du willst wohl wieder anfangen?« fragt er im Scherz.
»Ich hab' nie aufgehört!«
»Ich weiß schon, das letzte Jahr. Jetzt ist es zu spät.«
»Keine Chance mehr?«
»Keine Chance.«
Steffen verzichtet auf den dritten Lauf. Was hätte er für einen Sinn? Bei den Ausscheidungen in den USA würde es nach der Leistung gehen. In Amerika ist alles anders. Aber wir leben nun mal nicht in Amerika!
Steffen macht einen Sanitäter ausfindig und lotst ihn die Traversen hoch. Der tropft Marie-Luise Sepso auf die Schnittwunde. Es scheint arg zu brennen, denn die Ärmste schreit wie verrückt. Statt Taschentuch ein Pflaster. Statt Flug nach Tokio die Landstraße an die Ostsee ...
So schnell wie möglich hinaus aus der Stadt. Im Schaufenster eines Geschäftes, vor dem Steffen auf die hinterdreinhumpelnde Marie-Luise wartet, studiert er einen Steckbrief: »Unbekannter Täter hat mit abgebildetem Beil eine Frau erschlagen«.
»Was steht da?« fragt ihn Marie-Luise.
»Ach nichts«, lügt Steffen, »jemand hat einen Kinderwagen geklaut.«
Das Dümmste, was er sagen konnte.
»Das interessiert mich«, sagt denn auch Marie-Luise prompt und liest den Steckbrief.
Sie verschnaufen an einem Park, aus dem aus allen Richtungen Radfahrer kommen. Fast alle in Uniform: Russen. Harmlose, possierliche Haselmäuse im Gebüsch am Rande das Parks. Nur schnell weiter! Aus der Stadt hinaus auf die Landstraße. Auf die Silhou-

ette eines Dorfes zu mit Blumengärten und der rot in den Wiesen untergehenden Sonne.
Ein Wolga nimmt sie bis Kyritz mit. Endstation Nacht. Die zwei kleinen Hotels sind seit einem Jahr ausgebucht. Bleibt nur die Übernachtung auf dem Feld. Ein Kornfeld, in das sie am Ende des Ortes mit einem Weg einbiegen. Der Mond geht auf, die in tiefes Schwarz getauchten Blätterdächer der Bäume der nahen Straße schweigen gespenstisch.
Diese Ruhe, denkt Steffen, als sie im Kornfeld ihr Nachtlager vorbereitet haben, ich werde gut schlafen.
Frau mit dem Beil erschlagen. »Hörst du!« flüstert Marie-Luise, »da kommt jemand!«
Der Mörder! Lüstern, mit finsterer Miene, das Beil in der Hand. Angesteckt von Marie-Luises Furcht lauscht Steffen fieberhaft in die Nacht. Was für Geräusche sind da auf einmal um sie herum zu hören! Da, dieses Rascheln! Dort, dieses geschäftige Knistern! Hundertfach verstärkt von den trockenen Halmen des Korns.
»Hörst du, ein Schritt! Wieder ein Schritt!«
Steffen springt auf und ruft herausfordernd in die Nacht: »Ist da jemand?«
Stille. Er geht energisch in Richtung der vermeintlich sich nähernden Person und – tritt auf einen Igel!
Der Mörder – ein Igel! Steffen muß lachen, er hat sich auf dem Stachelrücken des Igels eine seiner neuen Socken zerrissen. Steffen versucht Marie-Luise zu besänftigen, doch sie findet keine Ruhe. Schließlich verlassen sie das Kornfeld und legen sich im spärlichen Lichtkegel einer Straßenlaterne neben der Straße auf eine Wiese. Bis Nieselregen sie im Morgengrauen weckt und sie in eine Scheune flüchten.
Als wenig später der Bauer im Schlafanzug aufkreuzt, stehenbleibt und sich den Schlaf aus den Augen reibt - träumt er, daß da zwei im Heu seiner Scheune liegen –, machen sie sich eilig und wortlos davon. Das kann ja lustig werden, wenn es so weitergeht!

4

Hinter dem Neuen Rathaus ist die Straßenbahn in einen Irrgarten von Verkehrszeichen geraten und hält. Tanz der Ampeln auf einem Bein: grün, gelb, rot. Von den jungen Bäumen auf der weiten Rasenfläche zur Rechten, auf der vor der Bombardierung am 13. Februar 1945 ein Teil der Prager Straße stand, fällt buntes Laub.
Steffen blickt wieder nach vorn: im gelben Vorderwagen eine Galerie von Brillen, grünen Kutten und Kollegmappen. Studenten, die zur Uni fahren. Das also ist durch seinen Einsatz im Leistungssport herausgekommen: Lehrer im Hochschuldienst an einer Universität! Mein Gott, die Dresdner Uni: Beyer-Bau, Schumann-Bau, Barkhausen-Bau. Institutsgebäude an Institutsgebäude. Dazwischen wie Ameisen wimmelnde Studenten. Hier ist Jakob durchgegangen und Plasma, bevor er nach München übergesiedelt ist. Die Riesenmensa mit ihren drei Sälen. Tanz in der Mensa. Gefühl, als sei man wieder Student. Erinnerungen an die eigene Studentenzeit: Cooljazz in der »Harz«-Mensa der hallischen Uni. Bildhübsche Studentinnen. Liebenswürdige Assistenten, Doktoren, Professoren. Freundliche Sekretärinnen. Exquisitmoden. Jetzt alle Kollegen. Lehrer und zugleich wieder Student sein! Rückkehr in die unschuldige Jugend, in die unschuldige Studentenzeit mit all ihren schönen Jahren ...
Ein Traum. Nicht der von Olympia. Der Traum, begeisterungsfähige Studenten für den Sport zu gewinnen! Mit der konkreten Mission, ihnen etwas vom Geheimnis ihres Körpers zu offenbaren. Dem Spiel der Muskeln, der Kunst der Bewegung, der Verbesserung von Technik und Leistungsvermögen, nicht ohne Schweiß, aber vor allem nicht ohne Freude! Körperliche Fitneß auch als Ingredienz geistiger Leistung. Persönliches Vorbild. Hilfe. Fairneß. Moral. Erwachsene, mit denen man reden kann. Informationstechniker, Maschinenbauer, Architekten. Mit Hilfe von Kraft und Technik eine Höhe von A nach B überwinden. Der Mensch als eine Art Dreieck mit den Eckpunkten: Körper, Intellekt, Seele. Die Schieflagen und die – er sieht es sich mit Kreide

an die Tafel malen – wie auch immer zu einer Art Ball geartete, runde Hülle darum.
Die Sportanlagen! Neben der Sportbaracke: der Unisportplatz. Über die Straße des Zelleschen Wegs Basketball-, Volleyball-, Tennisanlagen. Über die ganze Stadt verstreut Turnhallen, Schwimmhallen, Schwimmbahnen ...
Mit der Zentrale verbunden durch ein unsichtbares Netz von Drähten: Telefone. Absprachen, Informationen, erste Hilfe. Und die Kollegen? Etwas schmalspurig, fast alles Männer. Mit dem ganzen Spektrum männlicher Verhaltensweisen: rauh, herzlich, von sich eingenommen, kindisch, dogmatisch, primitiv. Klingelnder, sympathischer Eifer über dem Mittelmaß täglicher Überbelastung: neben dem Unterricht Dienstbesprechungen, Weiterbildungen, gesellschaftspolitische Versammlungen, Wettkämpfe, Sportfeste, Planungen, Berichte ... Kurzer Händedruck, keine Zeit für längere Überlegungen, anspruchsvolle Gespräche, Bücher oder gar ein Theaterstück: Sport. Sport. Wenn schon, reden wir über Sport. Die Welt des Sports bis zum Alptraum des personifizierten »Sportechos«. Höher, schneller, weiter! Reden wir über Sport! Über die Forderung, den obligatorischen Sportunterricht an den Universitäten und Hochschulen von zwei Studienjahren auf vier Studienjahre auszudehnen! Damit verbunden, die Notwendigkeit neue Sportplätze und Turnhallen zu bauen. Neue Planstellen zu schaffen. Von denen Steffen vielleicht eine bekommen hätte.
Es wäre makaber, in diesem Zusammenhang zu sagen: Er hat Glück gehabt. Steffen wurde vorzeitig per Telegramm zum Chef gebeten und eingestellt. Ein Kollege hatte sich erhängt. Keiner wußte, warum. Vermutungen. Eine Liebesaffäre? Wie einer seiner Sportlehrer an der hallischen Uni, der sich vor einen Zug warf? Oder hatte der Hitzkopf, der er gewesen sein soll, sein Pensum an gesellschaftlicher Arbeit nicht mehr verkraftet? Die Planung kommunistischer Erziehung ... Wehrsportliche Aspekte ... Das neue Feindbild ... Verteidigung gegen den Klassenfeind ... Gesellschaft für Sport und Technik ... Parteilehrjahr ... Die Aufträge zum künstlichen Erhalt und weiterem Aufblasen der ewig im argen liegenden Deutsch-Sowjetischen Freundschaft ...?

Steffen hat, wie angekündigt, neben dem Unterricht hundert Prozent gesellschaftliche Arbeit zu leisten: Dokumentation der Unisportarbeit, Training einer Kinderleichtathletikgruppe, Instandhaltung eines Sportplatzes und Redaktion der Sportberichte für die Universitätszeitung. Mindestens zwei Nebenberufe zusätzlich: Trainer und Redakteur. Eine Welt tut sich auf und breitet sich aus. Ein Universum: Studentensport. Ein Neuling braucht zwei Jahre, um sich einzuarbeiten. Zwei Jahre bis zum Eingeschirrtsein oder bis zum Untergehen und Ertrinken.
Abends allgemeine Lockerung im »Bärenzwinger« oder irgendeinem anderen Studentenklub. Diskussionen über neues Wohnen, neue Musik, verbotene Bücher von Solschenizyn bis Marcuse, Disko, die Welt der Computer ... Keine Kollegen abends. Aber überall bekannte Studentengesichter. Steffen, im Zenit seines Lebens, fühlt sich von all den kulturellen Anregungen und Möglichkeiten berauscht. Berauscht von der Wahl zwischen allem und nichts: der täglichen Entscheidung, dies zu tun und das zu unterlassen, bar jeder Angst für die Gefahr, die von allen Seiten droht ...

Die Hoflaterne schaukelt im Wind. Marie-Luise hat die Arme um Steffens Nacken geschlungen. Sie halten beide die Augen geschlossen.
»Du, ich möchte auch mal so einen kleinen Boy.«
Boy? Steffen erschrickt: Kinder? Nein.
»Ich nicht.«
»Warum nicht?«
»Wo du grade angefangen hast zu studieren.«
»War doch nur so.«
»Jetzt, nach der Beendigung des Leistungssports, will ich erst einmal leben: die Uni, Bücher, der Studentenklub!«
Steffen fühlt sich außerstande, Marie-Luises Kinderwunsch zu verstehen. Sein Leben, seine Neugier, geweckt durch Oberschule, Studium und nicht zuletzt Kenter schwingen sich erst einmal wieder auf in geistige Sphären. Er hat keine Erfahrung, wie lange das dauern, was später sein wird. Er weiß nur, jetzt will er noch kein

Kind. Coitus interruptus. Wenn etwas schiefgeht? Werde ich dazu stehen. Angst hat er nicht, das spürt Marie-Luise. Das gibt ihr den Mut, sich ihm bedingungslos hinzugeben. Was soll sie noch sagen – für sie wär' ein Kind die Erfüllung ihrer Liebe. Wenn er es aber nicht will?
Die Nacht ist kurz. Steffen sieht auf die Uhr. Fünf vor sieben. Eine halbe Stunde Anfahrt. Die Rüstung anlegen. Dann wieder hinaus in den Frost. Kalter Ostwind um die Ohren. Keine Halle. Bewegung im Freien. Die Studenten fluchen. Scheiß Sport! Einlaufarbeit. Ausdauertraining. Dann an die Hanteln. Sind aber auch eintönige Unterrichtsprogramme! Wenn ich die Vorgaben verändere? Soll doch Spaß machen! In dem Rahmen, in dem es unter solchen Bedingungen mit zum Sport »Verdonnerten« überhaupt möglich ist. Fußballspielen statt Kraft und Ausdauer. Wehe, wenn es der Chef merkt. Oder jemand petzt. Mißverhältnis an den Schulen, im Unterricht: zuviel sture Kraft- und Ausdauerübungen – auf Kosten der Schulung der Technik und vor allem des Spiels. Kraft, Dynamik, Rationalität. Ergebnis: eindimensionale Kraftprotze. Mit Mangel an Gefühl.
»Wie ist das bei euch?« weckt Steffen sanft Marie-Luise. »Farben, Formen, Perspektive?«
»Wovon sprichst du?« gähnt Marie-Luise. »Müssen wir schon aufstehen?«
Steffen springt aus dem Bett, lehnt den Rücken an den noch temperierten Kachelofen und zieht sich im Schein der schaukelnden Hoflaterne an.

Eine graue Hochhauswand. Im Erdgeschoß öffnet eine junge Frau die Wohnungstür und führt den Gast in ein gemütlich eingerichtetes Wohnzimmer. Acht Meter muß man weitspringen können, um bei dem Wohnungsmangel im Sozialismus eine solche Neubauwohnung zu bekommen.
»Hallo Carsten«, sagt Steffen und geht auf den blonden, kräftigen jungen Mann zu, der sich aus einem der Sessel in die Höhe schraubt. »Das soll ein Interview für die Unizeitung werden?« Der Zehnkämpfer schüttelt dem Hürdenläufer einladend die Hand.

Hürdenlauf, seine schwächste Disziplin im Zehnkampf. Man weiß, was man voneinander zu halten hat. Steffen legt einen Schreibblock auf den Tisch und beginnt zu fragen.
»Du willst vom Zehnkampf weg und nur noch weitspringen? Hast du dir schon einmal die Frage gestellt, wo in dieser Disziplin deine Leistungsgrenze sein wird?«
»Klar ist, daß ich keine neun Meter springen werde. Wenn ich jedoch sagte, acht Meter zwanzig, nähme ich mir selbst die Waffe, das heißt den Drang nach vorn. Ich glaube, daß ich mich noch beträchtlich steigern kann, aber nicht in unreale Ziele.«
Grenzwerterfahrung. Steffen sieht dem jungen Studenten der Physik in die hellblauen Augen.
»Mit welchen Trainingsmethoden wollt ihr, dein Trainer und du, diese Leistungssteigerung erreichen?«
Carsten Paul überlegt, er ist sich in diesem Moment ebensowenig bewußt, Trainingsgeheimnisse aus dem Forschungslabor des DDR-Leistungssports auszuplaudern, wie Mehners, der einfach nur neugierig ist wie jeder andere Mensch der Öffentlichkeit, der sich dafür interessiert.
»Das Neueste, was wir ausprobieren wollen – neben der üblichen Trainingsmethodik: Sprungkraftschulung, Verbesserung der Schnelligkeit und der Reaktionsfähigkeit, insbesondere im Moment des Absprunges vom Balken – ist die Myotonometermessung. Eine Methode zum Messen des Spannungszustandes der Waden- und Oberschenkelmuskeln bei Anspannung und Entspannung. Je größer die Differenz zwischen Anspannung und Entspannung, desto größer ist in der Regel das Leistungsvermögen. Daraus können wichtige Rückschlüsse auf die Belastbarkeit im Training und im Wettkampf gezogen werden.«
Steffen bemerkt für sich: Wissenschaft an Stelle von Erfahrung. Indes der andere weiterredet: »Außerdem haben uns die Sportwissenschaftler geraten, mit einem Psychologen zusammenzuarbeiten. Die inneren Landschaften der Psyche, insbesondere während der Zeit der Wettkämpfe, zu beobachten und stabil zu halten.«
»Du bist ›Beststudent‹ mit einem entsprechenden Stipendium: Wie beurteilst du die Wechselwirkung von physischer Belastung und intellektueller Leistung aus deiner Situation?« fragt Steffen.

Carsten Paul dreht sich in seinem Sessel ein wenig nach links, legt einen Ellenbogen auf die linke Sessellehne: »Was vorausgeschickt werden muß: Es gibt – bei allem Entgegenkommen – keine Abstriche in den Prüfungen. Das heißt Vorlesungen nacharbeiten, Nachprüfungen ablegen, zielstrebig und nicht zimperlich sein. Beides, Leistungssport und Studium, gehen Hand in Hand, und ich möchte auf keines von beiden verzichten. Ich bin kein Typ, der nur intellektuell oder nur sportlich aktiv sein kann. Meiner Meinung nach sind Höchstleistungen aber nicht gleichzeitig auf beiden Gebieten möglich. Es gibt bei mir Perioden, in denen die Studienarbeit überwiegt, zum Beispiel vor wichtigen Prüfungen. Im allgemeinen aber dominiert die sportliche Komponente.«
»Wenn du einmal vom Leistungssport zurücktreten wirst und dein Wirkungsfeld sich ganz zugunsten der Physik verschiebt, glaubst du, daß die im Leistungssport erworbenen psychischen Eigenschaften wie Leistungsstreben, Wille, Ausdauer usw. dir auch in der wissenschaftlichen Arbeit von Vorteil sein können und du später auch als Wissenschaftler Spitzenleistungen erzielen kannst?«
Steffen sieht dem jüngeren Athleten gespannt entgegen. Irgendwie ist es ihm plötzlich, als interviewe er sich selbst.
»Das sind zwei Fragen«, erlaubt sich Paul anzumerken, »die erste möchte ich mit ja beantworten. Mit der Einschränkung zu bedenken, ob der Mensch zweimal in seinem Leben zu einer solch hohen Willensanstrengung fähig ist, inwieweit er dabei seine psychischen Kräfte verausgabt beziehungsweise diese regenerierbar sind.
Was Spitzenleistungen im wissenschaftlichen Bereich betrifft, da hätte ich erst einmal eine ganze Menge nachzuholen. Für ausgeschlossen halte ich eine Steigerung zu einer späteren Spitzenleistung – ich denke bis etwa vierzig – aber nicht.«
Der Chef wird über den Artikel in der Unizeitung staunen, denkt Steffen, als er die Aussagen seines ehemaligen Klubkameraden auf dem Nachhauseweg im Kopf noch einmal Revue passieren läßt. Carsten Paul, ein Vorbild für die Studenten, mit der kleinen Einschränkung: auf dem falschen Gebiet.
Steffen ahnt nicht, daß, kaum ist der Artikel erschienen, der Trainer von Carsten Paul zur Verbandsleitung nach Berlin zitiert wird,

Rede und Antwort darüber zu stehen hat, wie es passieren konnte, in der Öffentlichkeit die neuesten sportwissenschaftlichen Erkenntnisse des DDR-Spitzensports auszuplaudern.

Ein Büstenhalter, ein angebissenes Brötchen, ein Glas mit einer Rose auf dem Tisch, Marie-Luise lugt unter der Bettdecke hervor und murmelt still in sich hinein: »Ich liebe. Ich liebe. Ich bin glücklich!«
Sie amüsiert sich über die herrliche Unordnung im Zimmer. Die anderen schlafen noch. Auf dem Nachttisch liegt Strickzeug. Sie angelt es sich. Jeden Morgen strickt sie fünf Bahnen an einem langen, schwarzen Schal, einem Weihnachtsgeschenk für Steffen.
Sie freut sich auf den vor ihr liegenden Tag im Atelier. Auf das Modell. Auf den Geruch in dem großen Saal, den Geruch nach Ölfarben. Ein männlicher Geruch, findet sie. Sie haben einen Libanesen in der Klasse, ein südländischer Typ mit verträumten Mandelaugen, der läßt den ganzen Tag Bluesbänder laufen. Alle malen sie das gleiche Bild: einen Akt nach dem Modell.
Am Nachmittag sitzen sie im Studentklub, trinken Tee und diskutieren. »Ich seh jeden Menschen als Farbe«, sagt Miller, ein leidenschaftlicher Student mit feurigen Tatarenaugen. »Ich hasse die Farbe blau!« Wer soll so eine eruptiv herausgeschleuderten Erfahrungen verstehen? Fünf Jahre Schufterei in einem Braunkohlentagebau. Und das mit einem Herzfehler! »Ich muß einmal so einen Tagebau malen! Die Fördermaschine, wie sie zupackt! Verstehst du – so, wie sie wirklich ist!« Ihm gegenüber lehnt sich Anton, der mit seinem eigentlichen, von seinen Eltern gegebenen Vornamen Johannes heißt, Kopf wie ein Igel mit Schnautzer, entspannt zurück. Seine Spezialität ist das Zerreißen von Zeitungen, aus deren Fetzen er chaotische Collagen klebt. Nicht ohne konträre Phrasen bewußt gegeneinanderzusetzen. Natürlich auch Wortfetzen aus Westzeitungen. Wenn es die Professoren spitzkriegten, Propaganda, die aus dem Westen kommt, ist in der Hochschule tabu. Wenn gar einer der Gewi-Lehrer davon Wind kriegen würde ... Oder der schöne Runkewitz, der, sich erei-

fernd, den Standpunkt vertritt, man müsse nicht nur für eine kunstinteressierte Elite, sondern für alle malen!
Verrückte Kerle, die sich nicht genieren, den Mädchen an den Arsch oder an die Brust zu fassen. In den Seminaren schockieren sie die Lehrer. Wie neulich, als sich eine Schwalbe im Seminarraum verirrte, sie alle Fenster öffneten, das Vögelchen aber nicht wagte, hinauszufliegen, und die Ästhetiklehrerin fragte: »Was machen wir nun?« Und Max, einer aus der Seminargruppe, vorschlug: »Erschießen!« Nur, um zu beobachten, wie jeder reagiert! Marie-Luise sitzt wie ein stilles Mäuschen unter ihnen. Sie staunt, woher die ihr Selbstbewußtsein nehmen. Man darf nicht an später denken. Malen, malen, malen ...
An den Abenden mit offenen Augen durch die Stadt. Eine Stadt voller Bilder: der alte Mann auf dem Fahrrad, ein Faß Sauerkraut in dem kleinen Anhänger. Daneben trabt, mit heraushängender Zunge, sein Hund. Eine rosa Kasperpuppe an einem leeren Bretterverschlag, die ein dünnes Männlein, eine Art Pendant, in weißem Hemd und schlottrigem Anzug auf Zehenspitzen neugierig beglotzt. Oder die Losverkäufer mit den Hundertmarkscheinen am Zylinder! Wenn man erst einmal die Technik beherrscht, was man da alles malen könnte!
Das schönste aber, man ist nie allein. Keiner nimmt einem etwas krumm. Niemand nimmt übel, daß ich kaum »mucks« sage und mich mit niemandem einlasse. Und an den Wochenenden bin ich bei dir. Ich bin so glücklich, Steffen! Ob ich das Studium schaffe? Du hast recht, kein Kind. Hast du schon einmal gesehen, was für einen komischen Gang du hast? X-Beine, in den Kniegelenken nach außen geknickt, Hürdenläuferbeine ...
Sie legt das Strickzeug weg und schließt die Augen. Ein silberner Himmel, aus dem zwei schwarze Pupillen wachsen, sich dehnen, bis sie platzen und als schwarze Adern bis an den Rand verlaufen. Die Angst – wenn Steffen eine andere kennenlernt? Wenn eines Tages alles aus ist? Wenn er, wegen meines Vaters ...?
»Seht mal, der Himmel!« sagt ein Mädchen mit kornfarbenem Haar, streicht über ihr weites Männerhemd, unter dem sich ein sanfter Hügel wölbt, und winkt die anderen, noch im Bett lie-

genden Kommilitoninnen ans Fenster. Eine Schwelle Grau liegt über dem Horizont. Darüber baut sich ein ein zartes Gelb auf bis hin zum Blau. Rot angehaucht, wie gefärbte Augenbrauen, zwei dunkle Wolken. Noch ist die Sonne nicht zu sehen. Das Blau verblaßt, die Augenbrauen bleichen aus, das Gesicht zerfällt, noch ehe es ein Bild geworden ist. Ein tristes Grau zieht auf, Tabula rasa, der neue Studientag beginnt!

»Herr Mehners! Herr Mehners!« dringt ein schwaches Wimmern an Steffens Ohr. Die Reißert? Steffen sieht auf die Armbanduhr: erst halb sieben! Was ist los mit ihr? Liegt sie im Sterben? Soll ich sie verrecken lassen? Mit einem Ruck springt er aus dem Bett.
Die Tür zum Korridor steht einen Spaltbreit offen. »Herr Mehners, Herr Mehners!« Von dort her kommt das Gewimmer. Er geht ihm nach, es führt ihn zur Toilette. Hier liegt sie, die Alte, ein gefälltes Zeitalter, neben dem Klobecken. Das weiße Nachthemd in einer Blutlache. Steffen faßt unter das schmuddelige, haltlose Etwas, richtet es in den Sitz auf, wobei ihr Kopf mit dem grauen Haar vornüberfällt, faßt sie unter die Achselhöhlen, schleift sie aus dem Käfterchen heraus und lehnt sie wie eine kaputte Puppe, aus der Holzmehl sickert, an die Hauswand. Dann blickt er ratlos um sich: was tun?
Der blaue Fleck unterhalb ihres rechten Auges. Er muß an den Zitzewitz-Witz denken: »Brille in Kakao gefallen, janze Kakao zersplittert!« Sie muß mit dem Kopf auf das Klobecken aufgeschlagen sein. Er klaubt die Reste ihrer zerbrochenen Brille zusammen. Nachdem er den Körper der alten Frau ins Wohnzimmer geschleift hat, bleibt auf dem Parkett eine breite Blutspur zurück. Jetzt, da die Erzfeindin, die Verleumderin wehrlos, vom Tod gezeichnet vor ihm liegt, tut sie ihm leid.
»Bereue!« lächelt er ihr zu.
Der Abschnittsbevollmächtigte, fällt ihm ein. Er wohnt über ihnen und hat Telefon. Die Tür zur Treppe nach oben ist offen. Steffen klingelt zweimal an seiner Wohnungstür. Jetzt wird sich auszahlen, daß die Reißert immer »mit den Wölfen geheult hat«,

in der Nazizeit mit den braunen, jetzt mit den roten. Der für den Abschnitt ihres Wohngebietes zuständige Polizist, der in den Türspalt tritt, ist ein freundliches Männchen mit einem Mund voll von Nikotin gebräunter Zahnstummel. Das Unterhemd in die Uniformhose stopfend, stottert er: »Mo-moment, i-ich hab' diese Nacht D-dienst gehabt!« Gar nicht so abstoßend, dieser Abschnittsbevollmächtigte, denkt Steffen, der diesen Typen der Staatsmacht sonst lieber aus dem Wege geht, froh darüber, daß der den weiteren Verlauf der Aktion jetzt in seine Hände nimmt.

Im Korridor der Sportbaracke sieht Steffen, vierschrötiges Gesicht über Präsentanzug und Krawatte, Kantik auf sich zukommen. »Ich möchte Sie dann, bevor Sie gehen, noch einmal sprechen!« Zu Befehl! Warum wählt er nicht die Höflichkeitsform: Darf ich Sie einmal sprechen? Was will der Chef? Steffen hat seinen Unterricht beendet und schlüpft in seine Tageskleidung. Zum »Alten« gerufen zu werden bedeutet nichts Gutes in diesem »Kollektiv«. Steffen erinnert sich an seine erste Fehlleistung. Ein Referat zu »Fragen der kommunistischen Erziehung in der Arbeit mit Studenten«. Ausgerechnet ihn mußten sie mit so einem Thema beauftragen, um nicht zu sagen »provozieren«, sich in einer theoretischen Weiterbildung im Skilager vor den Kollegen vorzustellen. Hatte er es sich zu leicht gemacht? Lag es daran, daß ihm das Thema nicht lag, oder an den Vorgaben, zehn Minuten Redezeit, Literatur der Lehrerzeitschrift »Verfügungen und Mitteilungen«, die sich später als unzureichend herausstellten? Steffen hatte sich leger an die Vorgaben gehalten, was eine magere Rede ergab, während ein anderer neu eingestellter Kollege eine Stunde außerordentlich interessant über Netzplantechnik, die Strategie fundierten Planens zur Realisierung einer größeren, terminlich gebundenen Aktion, referierte. Die Kollegen der Leitung wechselten nach Steffens Kurzvortrag vielsagende Blicke: Kann er nicht mehr? Oder will er nicht mehr? Der Rüffel blieb nicht aus: »Wir hätten mehr von Ihnen erwartet, Kollege Mehners!« Keine Fragen. Keine Verständigung. Kein Recht zur Verteidigung. Anschiß. Wir können uns hier nicht mit jedem einzelnen be-

schäftigen! Dafür ist der Laden, das Arbeitspensum, das jeder einzelne von uns zu erledigen hat, viel zu groß!
Kritik, an Stelle von Verständnis, Frust, erst recht nicht dies: Selbstkritik.
Tage später die abfällige Bemerkung über Steffens mit beiden Enden unten aus dem Mantel herausbaumelnden, langen, schwarzen Schal: »Ihre Freundin ist wohl Künstlerin?«
Steffen schickt der Sekretärin im Vorzimmer des Chefs ein freundliches »Hallo« hinüber und tritt, nicht ohne vorher anzuklopfen, beherzt in die Höhle des Löwen.
Der schlägt eine weiß manschettete Pranke auf den Tisch und faucht Mehners aus hochrotem Gesicht an: »Die Sportprogramme müssen raus! Das ist ein geplanter Termin! Das ist schon das zweite Mal, daß ich mich mit Ihnen abgeben muß! Ich möchte nicht noch ein drittes Mal hier mit Ihnen sprechen!«
Steffen, Gewissensbisse, schweigt. Er hat den Termin verpatzt. Aber warum dieser Auftritt? Eine Frage hätte genügt ...
Der Chef ist noch nicht am Ende seiner emotionalen Attacke zwecks Verurteilung und Dienstbarmachung des ihm Unterstellten und fügt hinzu: »An der Kinder-und-Jugendsportschule war doch auch so eine Sache ...«
So läßt sich Menschlichkeit ins Gegenteil verkehren! Steffen sieht Kantik aus enger werdenden Augenschlitzen verächtlich an und schweigt.
»Bringen Sie das schnellstens in Ordnung! Geht das klar?«
Zu Befehl, elektrisiert es Mehners, zu antworten. Nur mit Mühe beherrscht er sich. Hat Kantik schon das Interview mit Carsten Paul in der Unizeitung gelesen? Wir hätten mehr von Ihnen erwartet! Was hatte Basel alles von mir erwartet! Und mich nicht ein einziges Mal zusammengeschissen. Sondern Mut gemacht. Halten Sie doch die Klappe! Ich werde das in Ordnung bringen!
Er sagt schlicht: »Ich werde das in Ordnung bringen. Morgen!«
»Sie sind ein schlechter Koofmich«, sagt Kantik jetzt in einem kameradschaftlichen Ton, gewissermaßen schulterklopfend. »Das hat mir mein Vater als Kind schon beigebracht: *Sie* wollen doch etwas! Da müssen Sie erst mal was auf die Waage bringen!«

Wie bitte? Steffen kann darauf nicht so schnell anworten. Er hat Mühe, das mit dem Wollen zu verstehen. Bisher war das immer anders in seinem Leben: die Gesellschaft wollte etwas. Die Schule, der Sportklub. Er wurde gebraucht und geachtet. Er galt etwas. Und hier? Hat Kantik recht, und nicht er als Vertreter der Gesellschaft will etwas, sondern Mehners, oder ist es nur ein übler Trick, die Rollen zu vertauschen, um die Mitarbeiter, wenn er sie einmal eingestellt hat, zu Bittstellern, zu Untertanen zu machen? Wenn das mit dem Wollen überhaupt schon ausgesprochen wird, wär' es nicht klüger und auch fairer zu erkennen – und zu sagen –: beide brauchen sich, beide wollen, Kantik für die TU und meinetwegen seine Karriere und er, Mehners, für sich? Wer nicht will, nicht braucht oder so tut, als brauche er nicht, ist immer in der stärkeren Position.

»Wissen Sie, wie ich meinen Sohn erziehe, wenn er einmal seine Schuhe nicht geputzt hat? Eine Woche Schuheputzen! In meinem Laden herrscht Ordnung, merken Sie sich das!«

Steffen sagt, den Chef nicht unangebracht besserer pädagogischer Prinzipien zu belehren, erleichtert, als habe er die Lektion verstanden: »Auf Wiedersehn!«

Wie soll einer wie Kantik, der sein Schmalspurdiplom im Fernstudium an der DHfK, der sozialistischen Sportschmiede der DDR, erworben hat, die feinfühligen, den Schüler fördernden (statt brechenden!) pädagogischen Auffassungen der altehrwürdigen hallischen Martin-Luther-Universität verstehen, die statt Drill die Lehrauffassung »Spielend lernen« und – adäquat für den Sport abgewandelt – »Spielend trainieren« vertritt? Abgesehen davon, daß Kantik wahrscheinlich gar nicht weiß, daß es eine andere Methode als die seine gibt?

Auf dem dunklen Barackengang stößt Steffen, seiner Erregung freien Lauf lassend, beinah mit einem älteren Kollegen zusammen. Es ist ein kleiner Mann mit Nickelbrille, der verschmitzt lächelt. Schon in Pension, gibt er noch ein paar Gymnastikstunden. Seine Tochter eine bekannte Sprinterin der DDR-4 x 100-m-Staffelauswahl der fünfziger Jahre. Eines der Sportidole für die damalige Jugend.

»Ärger?«
Steffen nickt.
»Machen Sie sich nichts draus.«
Der Ältere blinzelt ihm hinter den dicken Brillengläsern freundlich zu. Der lange Hürdenläufer ist ihm sympathisch.
»Mein zweiter Fehler«, sagt Steffen. »Ein Ton herrscht hier!«
»Gehen Sie mit essen?«
Drei Straßen im Winkel, der Weg zur Mensa. Debattierendes, dem Mittagstisch zuströmendes junges Volk, Studenten, Assistenten.
»Wissen Sie«, sagt der ältere Kollege auf dem Weg zur Mensa zu Steffen, »früher war ich der Abteilungsleiter des Studentensports. Vor Kantik. Da hat er mit seinen Kumpanen jeden Nachmittag nur Skat gedroschen. Keinerlei geistige Interessen. Keinerlei sonstige Mitarbeit. Ich hatte noch drei Jahre bis zur Rente, da haben sie mir – er war die treibende Kraft – falsche Leitungstätigkeit verbunden mit ideologischen Mängeln vorgeworfen. Nicht offen, wohlgemerkt! Hinter meinem Rücken über die Parteileitung! So daß ich eines Tages zum Rektor geladen wurde. ›Herr Doktor Walther‹, sagte der Rektor zu mir, ›das und das liegt gegen Sie vor. Brauchen Sie Unterstützung? Wir haben an Ihrer Arbeit nichts auszusetzen.‹ Ich hätte meinen Posten behalten können. Aber ich hätte den Kampf gegen diese Intrige – gestützt von Partei und womöglich Staatssicherheit – nicht durchgehalten. Wissen Sie, ich habe damals nächtelang, wochenlang nicht geschlafen. Mittlerweile bin ich in Rente. Und wenn ich jetzt das rote Theater mit meinen ehemaligen Kollegen sehe, kann ich nur lachen!«
»Ach, so ist das?« sagt Steffen. Zu spät, dem Mann helfen zu können. Doch nicht zu spät, sich selbst gegen diese Art von Abservieren, von Rufmord zu wappnen. Er läßt den älteren Kollegen, der sein Vater sein könnte, an der Essenausgabe vortreten ...

Eine Kinderschar auf dem grünen Rasen des Heinz-Steyer-Stadions und mitten drin – wie der Schäfer in einer Herde von Schafen – Trainer Basel. Er treibt die Schäfchen auf eine Linie, läßt

sie ausrichten. Kann einer melden? Das hätte er im Traum nicht gedacht: Über hundert Kinder sind auf seine Annonce in der Zeitung »Olympiasieger von morgen gesucht« gekommen. Kräftigstämmige, mager-aufgeschossene, verspielt-schlaksige. Mädchen mit Sommersprossen und Rattenschwanzzöpfen, Jungen in kurzen Turnhosen, mit Sperlingswaden.
»Wir überprüfen sechzig Meter, Dreierhop und zum Abschluß laufen wir eine Runde«, sagt Basel zu ihnen. »Herr Mehners, ein ehemaliger Hürdenläufer«, er deutet auf Steffen, der, eine Entschuldigung über sein Zuspätkommen in den Augen, von hinten an die Kinder herangetreten ist, »wird eure Zeiten stoppen und Weiten messen.«
Hundert Fragen dribbeln über die Laufbahn. Brauchen wir Spikes? Wie lange machen wir uns warm? Wie oft wird in der Woche trainiert? Was muß man essen? Für welche Olympiade trainieren wir? Aber nur der Beste kann fahren, stimmt's?
Natürlich kann Basel nicht mit hundert Kindern trainieren. Er wird auswählen. Höchstens dreißig werden übrigbleiben. Steffen sieht dem Experiment des Trainers skeptisch entgegen und lächelt bitter. Das Los der Athleten ist auch das Los des Trainers: Henning Kopp und Steffen, aus dem Kaderkreis entlassen, haben sich vom Sportklub abgemeldet. Klaus Brahe, der die Olympiateilnahme um wenige Zentimeter verpaßt hat, dafür mit Auszeichnung diplomiert, hat das Angebot angenommen, zwei Jahre als Wartungsingenieur für die im »Sachsenwerk« hergestellten Motoren für E-Loks nach Brasilien zu gehen. Das neue Weitsprungtalent, Basels Acht-Meter-Springer von morgen, nach enttäuschender Saison zum Wehrdienst einberufen, wechselt zum Potsdamer Armeesportklub. Rita aus dem Fläming schließlich verzettelt sich in ihrer ersten großen Liebe, einem Studenten der Elektrotechnik.
Steffen, am Hundert-Meter-Ziel, je eine Stoppuhr in der Hand, startt in lange Pausen. Basel weist die Kinder umständlich in die Tiefstartregel ein. Müßten die doch eigentlich aus dem Schulunterricht wissen! Na hör mal! Man merkt, Basel kennt sich in der Arbeit mit Kindern an den Schulen nicht aus. Er wird seine Schwierigkeiten mit ihnen bekommen. Die Kinder in diesem Alter muß man kurz anfassen, mit raschen Impulsen lenken. An-

stelle von Erklärungen, Einsicht von Erwachsenen, brauchen sie straffe Führung, Strenge, Pflicht. Wie viele Jahre wird es dauern, bis diese Knirpse ins Erwachsenen-Wettkampfalter kommen? Merkwürdig, von wieviel Zufällen – neben Erfahrung, Wissen und Können im Aufbau einer Sportlerpersönlichkeit – die Erfolge eines Trainers abhängen ...

Mehners, in der Küche beim Teekochen, hört Schritte vom Korridor näher kommen. Sollte die Feindin schon wieder aus dem Krankenhaus entlassen worden sein?
Einen Schritt in die Küche eingetreten, den Kopf gesenkt, die rechte Hand auf die Krücke gestützt, verharrt die Reißert und schleudert Mehners, der ihr den Rücken zukehrt, von hinten die Worte zu: »Damit Sie es wissen, ich zieh' zu meiner Tochter nach Wien!«
Steffen erinnert sich an die Geschichte von der Hochzeit ihrer Tochter. Der Mann fuhr mit dem Sanka vor. Während des zweiten Weltkrieges in Dresden. Arzt. Hielt um die Hand der Jungfrau Reißert an. Zwanzig Jahre älter als sie. Das einzige Kind. Und später nach Wien. Was soll man da machen?
»Vielleicht ist es das beste«, sagt Steffen. »Rentner dürfen ja ohne Probleme in den Westen ziehen. Die nützen dem Staat nichts mehr. Im Gegenteil, man spart noch ihre Renten.«
»Glauben Sie?« Die alte, steinharte Frau fängt plötzlich unvermutet an zu weinen. »Ich geh' nicht gerne weg«, schluchzt sie unter Tränen.
Siebzig Jahre auf und ab inmitten dieses Juwels von einer Stadt: Dresden. Kindheit in den Elbwiesen. Viel zu frühe Hochzeit. Aber dafür Trauung mit allen Schikanen in der Hofkirche. Übernahme und Prosperität des väterlichen Geschäftes: Pferdehandel. Einkauf der Pferde für »'nen Appel und 'n Ei« in Schlesien. Verkauf für ein Vielfaches an die Offiziere der faschistischen Wehrmacht. Freunde, zur Begrüßung erst einmal in den Aal beißen, der von der Zimmerdecke herunterhängt! Und dann ein Glas Champagner: Prost, auf die guten Geschäfte! Am 13. Februar die aus dem von einer Bombe getroffenen Stall ausbrechenden, brennenden Pferde. Den Rest besorgen wenig später die Russen: leere Salons, leere Ställe.

Der Mann verliert den Verstand darüber. Dresden, mein schönes Dresden! All die süßen und bitteren Erinnerungen. Von nun an ganz allein in der viel zu großen Wohnung. Hindurchwandernde, wechselnde Gesichter. TH-Studenten. Eine Schauspielerin. Dann dieser junge Lehrer. Was geschehen ist, ist geschehen und läßt sich nicht ändern. Man kann nicht heraus aus seiner Haut.
»Wien muß eine schöne Stadt sein! In Wien wohnt die Cousine meiner Mutter«, sagt Mehners, um die alte Frau, der er in diesem Moment verziehen hat, zu trösten.
»Ich wollte nie, daß ich einmal jemand anderem zur Last falle!« Eine Gnade, von ihr ein Almosen zu bekommen. Kann sich vorstellen, wie das ist, wenn sie selbst darauf angewiesen ist.
»Sie sind dort in Wien bei Ihrer Tochter und ihrem Mann bestimmt gut aufgehoben. Ihre Tochter braucht nicht arbeiten zu gehen und kann sich um Sie kümmern.«
»Ich hab' den Antrag erst eingereicht«, sagt die Reißert und wischt sich die Tränen aus den Augen. »Es wird noch ein paar Monate dauern.«
Sie will doch nicht etwa noch hier sterben? Steffen wirft ihr einen aufmunternden Blick zu.
»Ich muß erst noch die Möbel verkaufen.« Mit etwas neu gefaßtem Mut schielt sie über ihre Brillengläser. »Ich hatte gedacht, wenn Sie den Schreibtisch und den Bücherschrank in Ihrem Zimmer kaufen wollen ... Es sind Extraanfertigungen. Solide Tischlerarbeit. Zusammen fünfhundert Mark.«
»Ich werde es mir überlegen, Frau Reißert.«
»Bett, Stühle und das alte Sofa kriegen Sie umsonst dazu!«
»Danke. Ich sage Ihnen nächste Woche Bescheid.«
»Aber nicht später. Sonst werde ich die Möbel anderweitig verkaufen!«
»Nein. Sie wissen doch, wie man so schön sagt: Ein Mann, ein Wort!«

Jeden Freitagnachmittag Dienstbesprechung. Machmal marxistische Weiterbildung, manchmal nur Weiterbildung. Anschließend Kollegiumsfußball. Im Sportplatzkasino sind dreißig

Kollegen (vier Kolleginnen) versammelt, der Bierhahn schweigt, die Aschenbecher sind fortgestapelt, es knistert im Raum, der Chef spricht. Mitteilungen heute. »Die Judokas der HSG sind Studentenmeister der DDR geworden. Herzlichen Glückwunsch!« Klopfen. Mehners Blick streift das an der Wand hängende Walter-Ulbricht-Bild. »Wir stehen vor dem Semesterende, es ist zu beachten, daß jeder Kollege seine Testate einträgt. Nicht kleinlich, wer einmal gefehlt hat, jetzt am Ende, aber ...«
Draußen schreitet ein Fasan übers Spielfeld, Gymnastin Ruth betrachtet die Blümchen auf ihrer Brust im Muster ihrer Bluse. Der Alte steht, Dirigent, im Vordergrund, wuchtige, zur Faust geballte Gestalt der sozialistischen Arbeit: »Die Seminargruppenbücher sind abzuschließen mit Einzel- und Gruppenbeurteilungen, die Sportkarten mit den Testnoten und dem Testat auszugeben, diese Kleinarbeit ist ein wesentlicher Bestandteil unseres politisch-pädogogischen Auftrages ...«
Kram, denkt Gerwolf, genannt Wolli, und bringt über die Lippen: »Das schöne Wetter draußen, wir könnten schon längst spielen!«
»Die Gründungsarbeiten für die neue Turnhalle sind abgeschlossen«, fährt der Chef unbeirrt fort, »in den nächsten Wochen, in denen das erste Studienjahr nicht mehr da ist, werden wir gemeinsam einige Arbeitseinsätze machen.«
Schwül strömt der Nachmittag durch die geöffneten Fenster und die Schlacken der Woche werden schwer in den Gliedern der Sitzenden. Des Fechters, des Ruderers, der Leichtathleten, Turner, Schwimmer, Judokas; der Tennis-, Basket-, Volley-, Hand- und Fußballehrer. Der Gymnastiklehrerinnen.
Müller hat noch etwas zu sagen und Lehmann. Die Augen Kantiks sind Dreiecke: Ungeduld, Ehrgeiz, Erfolg. »Und jetzt Praxis!« sagt er. »Was steht auf dem Programm?«
Fußball. Das wollte er sagen hören. Alle wissen es. Fast immer das gleiche. Eine Schlacht, eine sozialistische Schlacht. Kollektiv gegen Kollektiv. Genosse gegen Genosse. Mann gegen Mann. Fuß gegen Fuß. Kopf gegen Kopf.
»Fußball«, flüstern die einen selig. »Schon wieder Fußball!« murren die anderen.

Die Damen werden entlassen zum Tennisspiel.
Pünktlich wird angetreten. Vierundzwanzig Mann, zwei Schiedsrichter. Wer wählt?
Mehners, der Leichtathlet, und Magert, der Fußballspieler. Wenn die Leichtathleten gewinnen, haben sie eine Trainingszeit mehr in der neuen Halle, wenn die Fußballer gewinnen ...
Wer den Chef schlägt, hat eine Woche nichts zu lachen. Wer den Chef wählt und verliert ... Wer den Chef wählt und gewinnt ... Der Chef ist der fanatischste ...
Steffen wählt Brummer, den Tormann, und seinen Freund Ahner. Es geht nach Leistung und Sympathie. Magert wählt Kantik und den Gewerkschaftsvertrauensmann Peter. Keinen Streit um Bauer, einen im Spiel nicht so wichtigen Mann.
Wolli, mit windhundartiger Unruhe, streift sich die Spielweste über, und Kantik gibt taktische Anweisungen. Die Taktiker gegen die Improvisateure. Die Erfolgslüsternen gegen die Spielfreudigen. Die Einplanigen gegen die Vielplanigen. Die eisernen Kommunisten gegen die »sogenannten« Humanisten.
»Warum hast du denn nicht abgespielt!« schreit der Chef. Kellermann, Benjamin im Kollegium, gestikuliert: »Stimmt, aber ich bin schließlich kein Fußballer, sondern Judoka.« – »Und keine Noten eingetragen? Und von den Studenten zum Fußballspielen überreden lassen? Da wird es höchste Zeit, daß Sie ...« Aus der Hitze des Gefechts gewinnen sie wieder Abstand. Mehners im Gegenangriff, tänzelt um Magert, sprintet ihn aus, Scheulich, steifer Geradeausläufer könnte jetzt an den Ball stoßen, schwups, der Ball ist weg, der Kontakt ist weg, die Stunde hin, der Vortrag umsonst, kein Vorwurf der Mann ist Leitungskader, Genosse, womöglich sogar bei der Stasi, Mehners bleibt am Ball, einen Fuß schneller, einen Zentimeter genauer: eins zu null! »Das war wieder mal Klasse!« sagt Ahner.
Angriff rollt auf Angriff. Magert, belobigter Referent über Netzplantechnik, bitte keine Kritik, wird rasch unfair, kann schließlich nicht alles wissen, ihr seht doch, ich geb' mir maximal Mühe, Magert wirft einen Blick zu: Scheulich – zu dem spiel ich nicht, der vermasselt bloß wieder alles, flankt hoch nach rechts außen, dort steht der Ruderer, ein Hüne, singt »Ihr Matrosen ohe«, Kul-

turobmann in der Gewerkschaftsgruppe, immer weißes Hemd, Schlips, spricht sogar französisch, so verschieden zusammengesetzt ist die Mannschaft, zieht in der Mitte zu Heisig, der trifft mit der Spitze: eins zu eins.
»Na also«, sagt Kantik, »das war längst fällig!« Meint Prämie. Gibt sich riesig Mühe, der Heisig. Modell für den Freizeitsport der Studenten im Wohnheim seiner Sektion. Die Architekten, intelligente, sportbegeisterte Studenten. Wer ist – wenn er die Möglichkeit dazu angeboten bekommt – gegen Sport?
»Wie kannst du so was pfeifen, alte Pfeife!« entrüstet sich Wolli, »Fußballdoktor«, und schlägt sich mit der Hand an die Stirn. Ostfriese. Soll vorsichtig sein, daß seine Stirn nicht noch flacher wird vom Ostfriesenwitze erzählen. Spielerseele, mein Gott, hat der einen Humor! »Mensch, das war Abseits«, sagt er jetzt väterlich zum Schiedsrichter, der wirklich von Fußball keine Ahnung hat. Pfeife kennt Wollis Spottgedichte, »das Köchelverzeichnis der Fußballographie, wer den Köchel nicht kennt, der lernt es nie, wer am Köchel klebt, hat umsonst gelebt«, Pfeife schluckt, wird rot, wird noch unsicherer, denkt an seinen Knöchelbruch den er sich vor zwei Monaten zugezogen hat, als er mit dem Fuß statt an den Ball in die Grasnarbe stieß, sieht Wollis neue Verszeile auf sich zurollen: »Mit dem Abseits hat er zwar noch Schwierigkeiten, aber was Aus ist, kann er schon sicher entscheiden!« Pfeife bleibt nichts weiter übrig, als seine Scham hinunterzuschlucken, das nächste Mal, nimmt er sich vor, das nächste Mal, da schaffst du's.
Das Spiel geht weiter. Der Ball fliegt hoch, gerade, quer. Rollt wie von unsichtbaren Fäden gezogen über den Rasen. Fischer ist jetzt am Ball, ein kleiner, gedrungener Mann, rammelt, zieht überstürzt am Netz, gibt wieder Leine, was wollt ihr denn, man muß das mal ausprobieren, mal diesen, mal jenen testen, die Übungsleiter fallen uns nicht vom Himmel, spielt überraschend ab zum Ruderer: zwei zu eins!
»So ging's auch!« sagt der Chef. Traut ihm nicht so recht. Probiert zu viel, dieser Fischer. Könnte mehr Fische an Land ziehen mit seiner Übungsleiterausbildung. Woher die Namen kommen und was sie uns heute noch zu sagen haben. Hat früher auf gefrorenen Gewässern mal Eishockey gespielt.

Mehners hat sich den Ball »von hinten geholt«, das tut er nicht gern, schließlich haben wir dafür zuständige Verteidiger, Platzwarte, Werktätige, Handels- und Staatsorgane ... aber wenn es nicht läuft – läßt drei Mann stehen, der lauffaule Petrolki in Schußposition, noch besser Lange, der Basketballer, aber mit dem Fuß nur zwanzigprozentig, Mehners will es allein machen und bleibt hängen. »Diese Eiertänze, verflucht noch mal!« tobt Petrolki, hätte es gern auch mal gemacht. Riesenchance. Schlägt sich wütend auf die dicken Oberschenkel. Stellvertreterleben in stetiger Angst um sein rundes Gesicht.
Da fällt wie ein Geschenk vom Himmel das dritte Tor! Nach einem Eckstoß köpft der Ruderer, dem es schnurz ist, wer gewinnt, wenn nur Sport getrieben wird statt Krieg, mit der kahlen Stelle auf seinem Kopf den Ball ins Netz: drei zu eins.
Halbzeit wird jetzt gepfiffen. Seitenwechsel. Der bauchschwere alte Herr aus dem Geschäftszimmer der Hochschulsportgemeinschaft, Herr über Tausende von den Studenten abzulegende Sportabzeichen, gewissermaßen der leibhaftige Kranz des Sportabzeichens in Bronze, Silber, Gold über dünnen Spinnenbeinchen, besorgt den Wiederanpfiff. Verträumt schaut er der runden Kugel nach und kratzt sich am Kopf. Läßt sie rollen. Hauptsache, sie rollt. Eine Revolution war das, ja Revolution. Das hättet ihr erleben müssen! Mit Stoffbällen haben wir wieder angefangen. In Turnhallen, da gab es keine Glasscheiben in den Fenstern. In Betrieben, da gab's kein elektrisches Licht. Aber jetzt rollt das. Na ja, meinetwegen nennt das immer noch Revolution. Und er lächelt vor sich hin. Bleibt auf der Erde! Der, der zurückgefunden hat. Was soll diese Rakete, die Scheulich in die Luft feuert! Nehmt den Mund nicht so voll! Noch besser, haltet die Klappe!
Ahner treibt den Ball jetzt nach vorn, das ist die Entwicklung vom Niederen zum Höheren, Jahresplanung heißt das, nicht schlappmachen, auch wenn dieser und jener Punkt nicht gehalten werden kann. Korrekturen. Wenn's sein muß, ein neuer Plan! Ahner dribbelt wieder zurück. Schlägt den Gegner in die Beine, hebt den Arm, das war unfair, ich war's, ich bin in meinem Eifer zu weit gegangen! Kantik legt sich im zweifelsfreien Vollgefühl seiner Zuständigkeit den Ball zurecht, schießt: ins Aus. »Was sollte

ich denn machen?« rechtfertigt er seinen Fauxpas. »Ihr wart alle gedeckt!« Rechenschaft, ein Vorgang, den hat er, der hat ihn schon automatisiert. Handeln. Keine Umstände. Keine Experimente. Kein Risiko. Das wäre – Kunst!
Vorsicht, da ist Mehners wieder am Ball, zieht nach innen, paßt zum Fechter, der holt mit der linken unteren Waffe aus: Tor! »Das war eine Vorlage, Steffen, danke!« Seine mächtige Brust wölbt sich vor Stolz und Eitelkeit. Revanche, denkt Steffen, du hast wie ein Pferd an diesem verhaßten, militärischen Geländelauf für die Studenten geackert, und ich habe deine Vorlage in einen Artikel in der Uni-Zeitung verwandelt. Vorlage, Beziehung zwischen dir und mir, schönes Wort.
Die sinkende Sonne wirft lange Schatten aufs Spielfeld. Die Konzentration der Aktiven läßt nach. Noch wenige Minuten ... Bauer denkt an seinen behinderten Sohn. Hol's der Teufel, wenn ich noch einmal wählen dürfte: kein Kind. Halt, keine Rührseligkeiten! Warum helfen wir uns nicht gegenseitig, besser mit unseren Mängeln, unserem Unglück zurechtzukommen? Bauer schlägt an den Ball und verfällt darauf wieder in apathisches Grübeln. Immer um diese Zeit, wenn ihn die zunehmenden Schatten an zu Hause erinnern.
Aber das Spiel reißt noch einmal alle in seinen Bann! Spielertraube vor Kantiks Tor. Worum geht es? Daß Kantiks Prämie, die höchste, tausendneunhundert Mark beträgt und Mehners, die zweitniedrigste, einhundert? Eine Sauerei, diese Unterschiede im Namen des Kommunismus, Steffen sucht und findet die Lücke, schießt: drei zu drei.
Das Spiel ist zu Ende. Man geht duschen. Morgen ist der nächste Arbeitstag.

5

Regen wie Stecknadeln im Gesicht von Marie-Luise, die durch die Finsternis irrt. Ich muß diese Kneipe unbedingt finden, in der diese Kollegiumsfete stattfindet! Stecknadeln fallen herab aus der Nacht.
Die Brigadefeier nähert sich dem Höhepunkt, einem kleinen Kulturprogramm. Steffen fühlt sich wie eingeklemmt im Kreis der Kollegen. Eine Verpflichtung, eine Pflicht, die sie fast alle als lästig empfinden, an der nicht teilzunehmen sich aber keiner wagt. Selbst das Vergnügen eine Pflicht!
Heisig spielt die Pantomime »Der letzte Gast«. Er torkelt von draußen herein, debil verzerrtes Gesicht, wirres Haar, liederliches Jackett, vor dem Hosenstall ein mit Sicherheitsnadeln befestigtes Schild: »Reserviert«. »Ober, eine Bockwurst und eine Flasche Schnaps«, lallt er. Schwenkt linkshändig die Flasche, die ihm der Fechter auf einem Tablett reicht, hin und her. »Seid ihr Arbeiter oder Geistesschaffende?« Alles grölt. Schwappt sich den Alkohol in die Visage. Glotzt einer Kuh gleich, im sabbernden Maul die verdrehte Zunge. Nimmt die Bockwurst, streift den Senf auf Flasche, Tisch und Hose. Läßt die Wurst von der einen in die andere Hand gleiten. Hält sie sich vor den Hosenstall. Setzt die Flasche an den Mund, wobei ihm der Fusel über den ganzen Anzug trieft. Der Fechter, der den Ober spielt, sagt: »Das Abendbrot kostet...«, Heisig fällt ihm ins Wort und stottert: »Das be-bezahlt die Kirche!«
Ich muß es ihm sagen! Marie Luise stolpert mit wehendem Mantel durchs nächtliche TU-Gelände. Ich muß es ihm sagen, heute noch, mitten in diese Feier!
Gerwolf, blond und breitbeinig wie ein norddeutsches Kaltblutpferd, lächelt, setzt die Lesebrille auf und gibt seine neuesten Verse zum besten: »Auf dem Fußballfeld steht Doktor Kantik wie ein Fels in der Brandung. Aber in der Wissenschaft muß er sich hüten vor Versandung.« Eine Anspielung auf Kantiks flache Promotion »Geschichte des Sports der deutschen Arbeiterbewegung von den Anfängen bis in die Gegenwart«. Der Leiter mit seinen Eselsohren in der untertänigen Rolle des Prüflings. Eine Fleiß-

arbeit mit eindeutig politischen Schlußfolgerungen. Summa cu
laude. Summa cum laude. Indes fährt Wolli fort: »Seine Sekretärin, Marquise de Pompadour, pudert sich den ganzen Tag nur. Wenn sie dazwischen mal Zeit hat, tippt sie die Selbstergüsse des Chefs ab. Inmitten der heißen Nachmittage in der Barackenverschalung verzichtet sie auf Bezahlung.« Es kribbelt, es krabbelt, der Alte lacht, ein Spaß, ein Wagnis, alle lachen, jeder weiß, eine Schweinerei, was sich der Chef herausnimmt, aber es ist eben so, es ändert sich nichts.
»Das Sportkasino? Da sind Sie hier völlig falsch!« antwortet es aus einer durchnäßten Kutte. »Zurück und dann rechts auf den Damm vom Sportplatz hoch.« Der Damm. Das warme Bett. Ich hab' richtig gemerkt, wie es eingeschnappt hat. Mitten im Schlaf. Mitten im Schlaf kamst du zu mir. Leda und der Schwan. Ich konnte nichts dagegen tun.
»Auf unseren frischgebackenen Doktor!« ruft Petrolki, zieht einen Buckel und hebt sein Bierglas.
»Prost, prost, Dr. Kantik!« ruft es ringsum. Kantik, der Feldherr, der Held, winkt bescheiden ab, läßt seinen Blick in die Runde schweifen. »Na, Kollege Mehners, woll'n wir uns zuprosten?«
Steffen hebt sein Limonadenglas. »Von mir aus!«
»Der Leistungssportler trinkt Limonade!«
Summa cum laude. Summa cum laude.
Steffen wechselt den Platz und setzt sich zu einem älteren, grauhaarigen Kollegen, den er wegen seiner rauhen Ehrlichkeit, er war früher Maurer, mag. »Ich war damals Skispringer«, erzählt der aus seiner Jugendzeit. »Vor der Olympiade sechsunddreißig. Unsere Olympialehrgänge waren immer in Oberstdorf. Frauen gab's da! Bis der zweite Weltkrieg ausbrach. Da war es aus mit dem schönen Leben. Ich war bei einem Bautrupp an der Westfront. Hab von Zeit zu Zeit eine Unfestigkeit in die Säulen gemauert. Bis sie eines Tages herausgekriegt haben, wer es war. KZ. Sie hatten mich schon auf den LKW verladen. Da hat mich ein älterer Kamerad herausgehauen. ›Ich war's. Laßt den da herunter!‹« Sabotage gegen den Faschismus. Verräter. Helden?
Steffen spürt eine Hand auf seiner Schulter, dreht sich um und sieht in die großen Augen von Pele Fischer.

»Draußen steht eine Frau, du sollst mal rauskommen!«
Marie-Luise, dunkelgrüner Pullover unterm offenen, pitschnassen Mantel.
»Ist etwas?« Steffen nimmt sie an der Hand und zieht sie unter das schützende Dach.
»Scheiße, ich bin schwanger.«
»Verdammt!«
»Was soll ich denn jetzt machen?«
»Ich weiß nicht. Kommen lassen.«
»Nein.«
»Was heißt nein?«
»Ich will es nicht haben.«
»Warum denn nicht?«
»Ach, darum!«

Als Marie-Luise und Steffen sich das nächste Mal treffen, zieht Marie-Luise ihn mit verschämt triumphierenden Blick in eine dunkle Toreinfahrt. Spärliches Laternenlicht läßt in ihrer Hand ein verchromtes, medizinisches Instrument aufblitzen, unten mit einem Gummiball, wie es Steffen schon bei Zahnärzten gesehen hat.
»Bist du verrückt? Was willst du damit?«
Sofort läßt sie das Instrument in der Manteltasche verschwinden. Die Psyche einer Frau. Ein Brief mit sieben Siegeln. Warum will sie das Kind nicht? Weil es Steffen nicht will? Daß er jetzt, da es passiert ist, dazu steht, glaubt sie ihm zwar, aber ist es für sie nicht eine Schuld, eine Strafe – wenn er sich nicht darauf freut? Und dann die Blamage vor all den anderen? Mitten im Studium – ein Kind? Wohin mit dem Baby? Utopisch für »Nichtwerktätige« einen Krippenplatz zu bekommen ...
»Ich denke, du willst das Kind nicht? Du brauchst dich nicht zu kümmern. Ich mach es allein«, sagt Marie-Luise trotzig.
Mit eingespritzter Seifenlauge! Der sichere Tod! Oder wie meine Mutter mit einer Stricknadel. Wußte zu diesem Zeitpunkt noch nicht, daß meine Geburt für sie ihr schönstes Erlebnis sein würde ...

»Es ist deine Entscheidung. Wenn es ein Arzt machen würde. Aber Pfuscherei ...«
Marie-Luise schweigt kleinlaut. Steffen muß an Joachim und das Küken denken.
»Ich kann mich ja einmal bei einer aus meiner Klasse erkundigen, die hat Medizin studiert.«

Die breite Treppe in einem düsteren, ehemals repräsentativen Leipzig Geschäftshaus hoch. »Fleck, staatlich geprüfte Heilgymnastin«, liest Steffen auf einem schwarzweißen Blechschild in der ersten Etage. An der Tür nebenan der Name seiner ehemaligen Klassenkameradin: »Dr. Klingsporn, dreimal klingeln«.
»Was willst du denn hier, Steffen? Komm rein!«
Das runde Mädchengesicht, Weizenhaar mit dicken, zum Kranz gelegten Zöpfen. Die Kinderliebe eines Kindheitsfreundes. Ihr Vater Bauer. Zwangskollektivierung. Später Landarbeiter in der LPG. Ende einer jahrhundertealten Familientradition. Die Töchter studieren.
Jetzt mit OP-Handschuhen an den Händen. Als Fachärztin für Innere Medizin wird sie doch etwas über Abtreibung wissen?
Korbstuhl, Teetisch, Bücherwand. Während der Oberschulzeit Jakobs Tanzstunden- und Gesellschaftsdame. Alle keine Genies, aber eine sympathische Klasse.
»Ich kann dir Bücher geben«, sagt Christel mit schlagartig ernstem Gesicht. »Ich selbst hab' mich mit diesem Problem bisher noch nicht beschäftigt.«
»Was, denkst du – ohne in literaturverbriefte Details zu gehen –, könnte dabei dümmstenfalls passieren?«
»Das Risiko einer Infektion mit Lebensgefahr. Wenn ihr keinen Gynäkologen kennt, würde ich euch dringend abraten. Willst du ein paar Bücher mitnehmen?«
»Nein.«
»Ist das Kind denn von dir?«
»Ganz sicher.«
»Und du willst es nicht haben?«
»Doch. Aber sie nicht.«

»Kennt sie deine Meinung?«
»Ich hab' mit ihr noch nicht so konsequent darüber gesprochen!«
»Das solltest du unbedingt tun!«
»Ja, aber was, wenn sie hart bleibt?«
»Dann brauchst du dir später keine Vorwürfe zu machen!«
»Denkst du?«
Steffen kratzt sich am Kopf und mit dümmlich-saurer Miene entschlüpft ihm: »Verdammt, Christel, ich werde Vater!«

Fasching in der Mensa. Jakob, als Torero mit Capa und Degen, holt Steffen ab. Steffen, dessen Freundin zu einem Praktikum in Ungarn ist, geht Jakob zuliebe mit, wie in alten Studentenzeiten.
Ein brodelnder Strom kostümierten Volks durch die Erdgeschoßsäle und den oberen Festsaal der Uni. Die Klarinette intoniert »WHEN THE SAINTS ...« Jakob mischt sich unter die Tanzenden. Steffen setzt sich auf einen der Stühle an der Wand und läßt all die Ausgelassenen und Verrückten an sich vorüberziehen. Was soll ich hier?
Ein Mädchen balanciert barfuß über die Stuhlreihe, ihr langes, kastanienfarbenes Haar fällt über ein mit Spitze besetztes, aus Großmutters Truhe herausgekramtes Nachthemd. Sie läßt sich keß neben Steffen nieder und fragt: »Wissen Sie, wer ich bin? Wir hatten an der Kinder-und-Jugend-Sportschule mal eine Stunde Hochsprungtraining bei Ihnen.«
»Ehrlich?«
Sie wolle Medizin studieren. Aber sie sei Olympianachwuchs und man habe sie vor die Alternative gestellt, Studium oder Klub. Ob er ihr einen Rat geben könne?
Die Forderungen werden härter: alles oder nichts.
»Du mußt wissen, was dir mehr bedeutet«, sagt Steffen. »Das Studium läuft dir ja nicht weg ...«
»Und dann will ich auch mal vier Kinder.«
»Vier Kinder? Tanzen wir?«
Die junge Hochspringerin legt unbekümmert ihre Wange an Steffens Wange. Eine freie, unbeschwerte Natur. Es wird heiß im un-

teren Teil ihres Nachtgewandes. Aber schon spielt die Jazzband eine jener elektrisierenden Rhythmen, die die Tanzenden in zuckende Ekstase treiben. So tanzen sie bis in den frühen Morgen. Jakob, der Torero, wer sollte ihm vor die Capa laufen, Jakob ward nicht mehr gesehen.
Wie jetzt um diese Zeit, da keine Bahn mehr fährt, nach Hause kommen? Steffen und das in ein dünnes Mäntelchen gehüllte Etwas mit rotem Wuschelkopf durchqueren die ganze, große Stadt. Vor ihrer Haustür schmiegt sie sich dankbar an ihn. Ihre tremolierende Stimme: »Wenn du mir sagst, daß du mich liebst, kannst du mit nach oben kommen.«
»Du gefällst mir«, sagt Steffen. Er streichelt ihr, fernab aller Ordnung und Zeit das Haar und beißt ihr sanft in den Nacken. »Aber ich bin verlobt. Und ich liebe Marie-Luise, so heißt sie. Wenn das nicht so wär' ... Wenn du willst und es geht, können wir aber Freunde bleiben. Top?«
»Top. Ich finde es toll von dir, daß du mir das sagst.«
Zwei Freunde, die einen unverbrüchlichen Pakt besiegeln, geben sie sich zum Abschied die Hand.

Weites, schneebedecktes Land. Mit dem Kind unterm Herzen nach Polen. Ein Dorf in der Nähe von Opole, ehemals deutsch Oppeln.
Heute leben hier nur noch die Großmutter und die Geschwister von Marie-Luises Mutter. Ihr Onkel, ein schüchterner Junggeselle holt sie mit dem Pferdewagen, vor den ein klappriger Gaul gespannt ist, vom Bahnhof ab.
Das erste Wiedersehen seit der Kindheit. Schüchternes, freudiges Umarmen. Freundliche, warmherzige Tanten. In der Wohnstube des alten schlesischen Bauernhauses die steinalte Großmutter mit zahnlosem Oberkiefer, aber im Unterkiefer noch ein Giftzahngebirge. Wärme und Behaglichkeit. Draußen rieselt leise der Schnee. Auch das noch, nachts bricht unter Marie-Luise und Steffen das Bett der Großmutter zusammen! Ein Malheur, das hier niemand aus der Fassung bringt, das sie eher mit einem Schmunzeln hinnehmen. Bis ein Cousin, der sie anderentags besucht, The-

menwechsel, sein Gebiß mit den herausgeschlagenen Zähnen fletscht und sich seinen Frust von der Seele schreit: »Ich bleibe nicht hier in Polen! Meine Heimat ist die BRD!«
Mit dem Kind unterm Herzen zu Besuch bei Steffens Mutter. Die von ihrem zukünftigen Enkel noch nichts weiß. Beschnuppern der beiden Frauen. Das also ist seine Mutter! Marie-Luise, aufgeregt, aber läßt sich nichts anmerken. Das also ist seine heimliche Verlobte! Steffens Mutter vorwurfsvoll: faule Puppe. Läßt sich bedienen. Statt in der Küche mit anzufassen!
Als Steffen im Wohnzimmer an Marie-Luise vorbeigeht, nimmt sie seine Hand und legt sie auf ihren Bauch: »Fühl mal, wie es schon strampelt!«
In Mänteln, mit dem Kind zu dritt, im Bett von Steffens ungeheiztem Dresdner Zimmer. Die Reißert ausgezogen. Die Kohlenlieferung das dritte Mal bestellt und nicht gekommen. Steffen verspricht: Für morgen bring' ich aus der Uni ein paar Kohlen mit!
Eine Zeitung in die Aktentasche gebreitet. Zu blöd, die Platzwartsfau in der Baracke zu fragen, ob man aus dem Kohleneimer ein paar Briketts mitnehmen darf ... Draußen, im Freien liegt ein Kohlenhaufen, von dem nimmt sich Steffen sechs Stück. Zehn hätten es sein sollen, da hört er hinter sich eine keifende, weibliche Stimme: »Diebe! Diebe!« Er dreht sich um, eine Vogelscheuche von Frau, die zu dieser Stimme gehört, er zieht die griffbereite Hand, wie an etwas Heißes geraten, von dem Kohlenhaufen zurück und trollt sich – immer darauf bedacht, etwas schneller als die ihn verfolgende Person zu gehen – bis sie aufgibt und schließlich nicht mehr zu sehen ist. Adieu! Übermorgen muß ich für fünf Wochen als Sportorganisator in das Armeelager zur vormilitärischen Ausbildung der Studenten!
Zu dritt mit dem Kind oben auf einem schmalen Doppelstockbett in einer der spartanisch eingerichteten Armeebaracken. Kommen und Gehen. In feldgrauen Uniformen. Post von Ahner: »Mach dich, wenn du wiederkommst, darauf gefaßt, du sollst einen Eimer Kohlen gestohlen haben!« Diebstahl von Volkseigentum. Raskolnikow, der die Alte mit dem Beil erschlug. Keine Angst, nur ein Dieb, den sie bestrafen. Schlaflose Nächte.

Zu dritt im Hörsaal, überfüllte Bankreihen. Technische Apparaturen vor den Tafeln wie bei einem großen Beatkonzert. An den Fensterseiten Fernsehkameras. Tonsignale. Wortfragmente in kindlich stockendem Rhythmus. Ein Männlein in einem grauen Anzug, wie sich herausstellt, der Professor, tritt an das Pult und verkündet: »Meine Damen und Herren, werte Gäste, sie hörten gerade die Begrüßungsrede eines der ersten Sprechautomaten in der Welt! Eine Rede, die zwar vom Menschen entworfen, aber von einem Automaten vorgetragen wurde.«
Marie-Luise flüstert Steffen zu: »Kindlich, aber grausamer als jedes Kind!«
»Meine Weste ist schmutzig«, lallt das mechanische Wesen weiter. Synthetische Sprache, verständlich, tölpelig, wie von einem kleinen, unbeholfenen Kind.
Mit dem Kind zum Standesamt: Mann, jetzt ist es schon nicht mehr zu übersehen! Eine Mußheirat. Die Angestellte lächelt zuvorkommend. »Sie wollen so schnell wie möglich heiraten? Das früheste wäre Anfang Mai.«
Am nächsten Tag, Doktor Kantik hinter dem Schreibtisch, kneift die Augen zusammen und sagt kalt: »Geben Sie es doch zu, daß Sie einen Eimer Kohlen gestohlen haben!«
Mehners, der nächtelang alles genau überdacht hat; wenn schon diese Lappalie hochgespielt werden soll – jeder Kollege ist auf »Vorschlag« des Chefs verpflichtet, fünfzig Prozent seines Gewerkschaftsbeitrages als Solidaritätsaufkommen zu spenden, Steffen sieben Mark fünfzig im Monat, verglichen mit dem Wert von sechs volkseigenen Briketts –, dann nicht mit ihm! Er kann sich gut an ein Disziplinarverfahren gegen eine Berufsschullehrerin erinnern, die in einem Selbstbedienungsladen Bleistifte mitgehen ließ. Peinlich. Wie konnte man als Lehrer so blöd sein. Dies dagegen – niemand kann beweisen, daß ich überhaupt ein Brikett in die Aktentasche eingepackt habe!
Mehners sagt lässig: »Ich habe keinen Eimer Kohlen gestohlen.«
»Gib's zu!« schreit Petrolki, der neben dem Alten sitzt, außer sich, seine Stimme überschlägt sich, er springt hoch und in seinem finsteren, runden Gesicht schwillt eine mächtige Zornesader. Hat er »Hände hoch – oder …!« geschrien? Der Jagdhund des Alten

als Karikatur mit einem rot übernähten, unguten deutschen Symbol am Ärmel.
Steffen dreht sich wortlos um und geht aus dem Zimmer. Petrolki rennt ihm nach. Versucht zu vermitteln. Es war doch nicht so gemeint! Komm doch wieder herein. Dieser Ton? »Das ist bei unseren Parteiversammlungen so üblich ...« »Aber für mich nicht«, sagt Steffen. »Außerdem habe ich nichts mehr hinzuzufügen.«
»Geben Sie es doch zu!« sagt der Abschnittsbevollmächtigte des Reviers, ein gutmütiger, älterer Polizist einen Tag später auf der Treppe zur Baracke zu Steffen. »Ihnen passiert nichts!« Der ABV ist extra wegen dieser Angelegenheit herbestellt worden. Warum soviel Aufwand wegen dieser Lappalie, für nichts und wieder nichts?
Mit dem Kleinen im Bett im siebenten Monat. Alles o. k.? Alles o. k. Draußen, überm Pflaster des Hofes blüht Forsythie. Kein Mensch denkt mehr an Kohlen.
Aber der Chef bringt den Fall vor die Konfliktkommission. Ich muß meinen eigenen Verteidiger spielen, denkt Steffen. Längst hat er den Prozeß im Kopf durchgespielt. Wer hat gesehen, wieviel Briketts der Beklagte in die eigene Tasche gesteckt hat? Niemand? Wie wollen Sie dann behaupten ... Nur weil der Beklagte die Klägerin, eine altjüngferliche Kindergärtnerin aus der Nachbarbaracke, übersehen, das heißt nicht gegrüßt hat ...
»Die Konfliktkommission hat das Delikt für zu gering erklärt«, verlautet die Information des Chefs einen Tag später. »Ich stelle beim Rektor den Antrag auf Disziplinarverfahren.«
»Auf der Grundlage einer juristisch nicht geklärten Situation?« Steffen zuckt verächtlich mit den Schultern.
»Mensch, wie kannst du so was machen?« sagt der ehemalige Astronomielehrer und Turner vor der Baracke zu Steffen und distanziert sich, Teil eines Kraftfeldes, in dem nicht seine eigene Meinung, sondern die von Kantik steht, anteilnehmend, gutmeinend von Steffen. Statt zu sagen: »Der Alte hat eine Macke. Vergiß es!«
Es ist einer der letzten Apriltage. Steffen steht am Geländer des Sportplatzes und wartet auf seine Leichtathletikgruppe. Dr. Kantik nähert sich ihm auf der Dammkrone. »Kollege Mehners, dem

Antrag auf Disziplinarverfahren beim Rektor wurde wegen Geringfügigkeit des Umstandes nicht stattgegeben. Die Angelegenheit wird für null und nichtig erklärt.«
Daß er sich nicht lächerlich vorkommt! Steffen zupft ein paar Grashalme aus dem Rasen und wirft sie in die Luft, um zu prüfen, aus welcher Richtung der Rückenwind kommt.

»Polterabend. Heute Abend ist Polterabend!« jubelt Marie-Luise im Vorgefühl eines herrlichen, nicht zu fassenden Glücks. Sie knickst wie eine Hofdame vor dem großen Spiegel ihrer Wirtin, der Opernsängerin, und dreht sich in dem weißen Rüschenkleid, unter dem sie das Kindchen wiegt.
Steffen tritt ans Fenster des großen Zimmers seiner Villa: eine Fliedertraube vor tiefblauem Himmel! Im Mai bist du zur Welt gekommen, es war ein wunderschöner Tag! Neben dem Fliederbusch das grobe Pflaster des Hofes, auf dem die Gören des ABV über ein Kreidemuster hüpfen. Im Hintergrund das verfallene Mauerwerk des alten Pferdestalles.
Frau Wolch, für einen Wimpernschlag allein im Schlafzimmer, hebt ein Dielenbrett an und läßt zehn Hunderter unter ihrem Rock verschwinden. Meine große Tochter. Sie wischt eine Träne fort.
Frau Mehners lupft ihren großen Federhut, den sie selbst entworfen und bestickt hat, aus dem Kleiderschrank, legt ihn aber dann wieder zurück. Heute ist ja erst der Polterabend. Und überhaupt. Aber: Deine Freude ist auch meine Freude. Dein Glück ist auch mein Glück! Hoffe ich!
Gaub liest die Werte der drei Außenthermometer seiner Berliner Hinterhauswohnung ab und interpoliert den Mittelwert für die Auswahl der Kleidung, die heute, an diesem Tag von Steffens Hochzeit zu empfehlen ist. Dann fährt er in seinem Trabi zum Dienst und telefoniert den ganzen Tag mit seinen und Steffens Freunden, was sonst noch alles genauestens für diesen Abend zu bedenken ist.
Gepoltert wird im Wintergarten des Puschkinhauses. Das dunkle Grün tropischer Blattpflanzen. In der Mitte des Raumes die

Tafel mit dem Bankett, Kognak, erlesene Weine, Sekt. Unauffällig, in einer Ecke, der Plattenspieler. Ärgerlich, daß Jakob abgesagt hat! Ausgerechnet Jakob, mit dessen Gefühl und Geschmack Steffen sich eins weiß, auf dessen Urteil über diesen Abend er so viel Wert gelegt hätte.
Trainer Basel plaziert auf dem Gang vor der Tür eine Frauen- und eine Männerhürde, hüstelt, lacht sich ins Fäustchen, symbolisch das Ganze, eine der vielen Hürden, die uns das Leben in den Weg stellt, überwinden.
Bürste, die Freundin von Marie-Luise, umgeht das Hindernis. Kenter, im Frack, schwingt sich mit einer Flanke über die hohe Hürde. Das Küken protestiert lachend: »Nein!« Rafft ihre Röcke hoch und kriecht unten hindurch. Den Höhepunkt bildet der Auftritt von Klaus Brahe mit seiner bildschönen, brasilianisch anmutenden Frau auf der Durchreise von Brasilien nach Brasilien über Dresden. Er geht locker im Hocksprung, Schwungbein in der Waagerechten, über die Hürde, wirft im höchsten Punkt seiner artistischen Flugbahn eine flamingofarbene Schale in die Luft, und verfolgt mit jenem jungenhaften Lachen übers ganze Gesicht, wie die große Schale auf dem Parkett aufschlägt und in tausend Scherben zerplatzt.
»LORD, LORD, LORD«, tingelt es von der neuesten, bei Amiga erschienen Chris-Barber-Schallplatte.
»Hilfe, Hilfe!« wimmert dazwischen von der Tür her eine dünne Stimme. Sie gehört zu Gaub, der draußen ängstlich gestikulierend wie ein Häuflein Spucke auf der hohen Hürde hängt. Wie immer zu spät gekommen, steigert er seinen Auftritt spontan ins Groteske. »Rosie ist schon ganz blaß«, zischelt er mit spitzer Zunge und deutet, auf die Gefahr hin, abzustürzen, auf seine irritiert neben ihm stehende Begleiterin.
Schon tanzen mit Rasseln, Masken und bunten Kostümen, ein Narrenzug, die Kommilitonen von Marie-Luises Malklasse herein, heben Gaub von der Hürde, und verteilen sich zu einer heiteren Brautfeier mit Wort, Gesang und Tanz anmutig in der Runde.
Im Nu ist die Tafel leer! Kenter hat sich mit einer Flasche echten französischen Kognaks in eine stille Ecke verzogen. Die Stu-

denten machen jetzt eifrig Skizzen oder tanzen. Basel, der Steffen an der Tafel gegenübersitzt, steht feierlich auf, nimmt sein Glas und sagt: »Wißt ihr ...«, und er wirkt neben seiner Frau seltsam steif und altväterisch, »der Steffen und ich sind Kollegen! Ab heute sagen wir du!«
»Das ist der Augenblick, wo auch ich ein paar Worte sagen möchte«, tritt Kenter aus seiner Ecke hervor, holt zu einer großen Rede aus und endet mit den Worten: »Jetzt, da du ein Kind gezeugt und die Spikes an den Nagel gehängt hast, einer der vielen, unbekannten Helden dieses Arbeiter- und Bauernvolks, jetzt, da du auf dem Weg bist – du hast bis morgen noch Zeit, es dir zu überlegen –, ein trefflicher Ehemann zu werden, hat deine unbesonnene Sturm- und Drangzeit eine jähe Wende zugunsten deiner holden Braut im engeren und der Fortpflanzungsgeschichte der Spezies Mensch im weiteren Sinn genommen! Dazu gratuliere ich, gratulieren wir dir und deiner Braut ganz herzlich!«
Gläser klirren. Satzfetzen und Sektbläschen rauschen und zerstieben in der sich wieder lockernden Runde. Um Mitternacht entführt Steffen die Braut. Trägt sie im Hürdenschritt über die hohe Hürde. Traumschritt. Und läßt die fröhlich weiterzechende Gesellschaft allein.

Frau Mehners setzt nun doch ihren großen Federhut auf und fährt, um die standesamtliche Trauung nicht zu verpassen, mit dem Bus zum Bahnhof.
Steffen steht wie auf glühenden Kohlen in der Bahnhofshalle und wartet auf seine Mutter. Eine Stunde Verspätung hat der Zug schon! »Schnell!« sagt er, »schnell!« als sie außer Atem vor Aufregung auf ihn zukommt und ihm wie zur Abwehr einen Strauß Rosen entgegenstreckt.
»Ausgerechnet heute hat der Zug soviel Verspätung!«
»Schon gut«, sagt Steffen, eilt mit ihr zur Straßenbahnhaltestelle, um die zwei Stationen bis zum Standesamt mit der Bahn zu fahren.
»Der Zug kam schon mit einer halben Stunde Verspätung! Es war kalt, alle froren. Dann hielt der Zug auf jedem Bahnhof, um die

anderen Züge durchzulassen! So eine Aufregung! Unterwegs seh'
ich – ich mußte mal zur Toilette – in den Spiegel; da hab' ich ein
silbernes und ein schwarzes Ohrringel angemacht! In Radebeul
hielt er wieder eine Viertelstunde. ›Ich bin Dozent‹, sagte einer,
›ich komme zu spät zur Vorlesung‹ und stieg aus, um mit dem
Taxi weiterzufahren! Ich wäre am liebsten auch mit dem Taxi gefahren, aber ich wußte ja nicht wohin! Da kam ein Bahnmann
durch und sagte, das ist immer so, wenn ein Zug Verspätung hat:
er muß erst die anderen durchlassen – nein – kommen wir denn
noch zurecht?«
Frau Wolch, eine schlanke, dunkelhaarige Frau lächelt zaghaft. Sie
wirkt hilflos in ihrem einfachen Kleid. Steffen umarmt sie. Frau
Mehners streckt ihr die Hand entgegen und mustert mißtrauisch
wie ein Feldherr die neben ihr stehende Tochter. Auch Joachim
und das Küken als Trauzeugen haben geduldig gewartet.
»Wer hat dir denn die Haare geschnitten – du siehst um den Kopf
ja grauenvoll aus!« flüstert Steffens Mutter ihrem Sohn ins Ohr,
während der Standesbeamte die institutionelle Zeremonie der Ver-
mählung kalt wie eine Beerdigung zelebriert. »Wie konnte ich
auch nur auf die Idee kommen, mir die Haare von Marie-Luise
schneiden zu lassen«, denkt Steffen und wird in diesem Moment
mit seiner Braut nach vorn gebeten, um ihr – und sie ihm – das
unverbrüchliche Jawort zu geben und den Ring anzustecken.
Marie-Luises Mutter zuliebe wird anschließend kirchlich getraut.
Marie-Luise, im weißen Unschuldskleid, wird zur Beichte gerufen. »Was soll ich denn sagen?« stupst sie Steffen in die Hüfte.
»Sag, du bist schwanger«, dämpft Steffen die Stimme, »aber du
bereust es nicht!«
Dann, nach vorn gerufen, knien sie, zwei Sünder, Steffen im
schwarzen Anzug, auf einer Bank nieder und schieben sich noch
einmal die Ringe über die Finger. Psalm acht. Es ist kalt in der
großen, leeren Kirche Auch Bürste mit ihrem fünfzigjährigen
Freund ist gekommen ... »Er könnte bald mal aufhören mit seiner Rede«, flüstert Frau Mehners Joachims Freundin, die ihr besser als ihre Schwiegertochter gefällt, zu, »ich habe ganz kalte Füße.«
»Ich auch«, flüstert die lächelnd zurück.
Nach der Mittagstafel verreist das junge Paar, natürlich nach Prag.

»Also weißt du, Steffen! Du machst dich nach der Hochzeit aus dem Staub, und ich muß das ganze ausbaden!« Den Ärger, den Frau Mehners in der Zwischenzeit zu Hause mit Marie-Luises Vater hatte, kann sie ihrem Sohn, als er von der Hochzeitsreise zurückkommt, nicht vorenthalten.
»Was war denn?« fragt Steffen naiv.
»Ich kam mit dem Sechsuhrzug in Döbeln an, es regnete. Ich hatte einen Durst, da bin ich gleich noch mal in die ›Bauernschänke‹. Auf dem Weg nach Hause wurde es schon finster. Ich knipste in der Wohnung das Licht an. Da klopft es. Die Nachbarin, Frau Neudel. Ein Mann steht unten. Er will mich sprechen. Ob sie sagen soll, ich bin nicht da? Das wär' besser gewesen! Ich seh' ihn unten im Schein der Laterne neben dem Auto stehen. Ein Taxi bestimmt. Da rief er auch schon, denn er hatte die Fenster beobachtet: ›Wo hat denn die Hochzeit stattgefunden?‹ Ich sagte: ›In Dresden.‹ Da wußte ich, wer es ist und hab' das Fenster zugemacht.
Am nächsten Morgen erzählten mir die Leute im Haus, er wäre schon einmal dagewesen und hätte dich schlechtgemacht: Du seist ein Taugenichts, der die Frauen wie die Hemden wechselt und auf Kosten seiner Tochter lebt! Na, das hat mir gereicht! Meinen Sohn schlechtmachen vor anderen Leuten mit Vorwürfen, die überhaupt nicht stimmen! Er hat sie auch ausgefragt, wo ich sei. Ich wär' zur Hochzeit gefahren. Er muß Bekannte in Döbeln haben, denn er hatte ein kleines Kind an der Hand.
Am Freitag nach deiner Hochzeit ist er dann wieder aufgekreuzt. Hatte mich aber nicht angetroffen. Ich war im Kino. Er ist vorm Haus auf und ab gelaufen und hat gewartet. Frau Neudel hat ihn gesehen und wiedererkannt. Später erzählte mir eine Bekannte, daß er sie auf der Oberbrücke angesprochen habe, ob sie wüßte, wo er mich finden könne. ›Nein‹, hat sie gesagt, ›aber vielleicht ist sie in der Bauernschänke, dort arbeitet sie manchmal als Aushilfe.‹ Auf dem Weg vom Kino war ich wahrscheinlich durch die Kirchgasse gegangen und er durch die Sattelstraße, so daß er mich verfehlt hatte.
Also am nächsten Morgen um acht, ich ging die Treppen hinunter, meinen Bettvorleger auszuklopfen, auf dem Sims von

Riemsfelds Ladenfenster, da kommt er wieder. Und in welchem Aufzug, sag ich dir – diese Latschen und Hosen!
›Mein Name ist Wolch‹, sagte er. ›Sind Sie Frau Mehners?‹
Ich sagte: ›Ja.‹
›Ich war Offizier‹, sagte er, ›jetzt bin ich in der Partei.‹
Ich hab' den angeguckt – der und Offizier! Die hatten ein ganz anderes Benehmen! Ich hatte gerade den Teppichklopfer in der Hand: ›Noch ein Wort, noch einen Schritt‹, ich hatte kein bißchen Angst vor ihm!
Er wurde ganz klein und wich an die Hauswand zurück. Jetzt entschuldigte er sich. Er sei in Ekstase geraten. Und fing an, dich zu loben und seine Tochter zu beschimpfen. Diese Mißgeburt! Die Frucht soll ihr im Leib verfaulen! Scheinbar ahnte er schon etwas von dem Kind. Wie kann man sich denn so gehenlassen, als Vater? Nein, das war nicht schön! Der sollte sich was schämen! Ich glaube, das habe ich ihm auch gesagt. Und ich kann auch verstehen, daß deine Frau ihn nicht zur Hochzeit eingeladen hat! Der und Offizier! Vielleicht war er einer vom Personal!
›Sie brauchen keine Angst zu haben‹, hat er schließlich gesagt, ›ich komm' nicht wieder.‹
Und ich: ›Das würde ich Ihnen auch nicht raten!‹«

Exmat, Sie wissen doch, was das heißt? Natürlich weiß er das, Streichung aus der Liste der Studierenden. In diesem Zusammenhang vorzeitiger Abgang, Rausschmiß. Da das nach geltenden Gesetzen im »real existierenden Sozialismus« aber nicht zulässig ist, bedeutet es nicht mehr als eine Drohung. Verbunden mit den dem Chef zur Verfügung stehenden Maßnahmen zur Bestrafung oder nennen wir es »Erziehung«, insbesondere zwei: Streichung der Höherstufung und Streichung der Jahresendprämie. Höherstufung im Unterschied zu den Lehrern der Oberschulen an den Hochschulen eine Kannbestimmung für nur sechzig Prozent auszeichnungswürdiger Kollegen. Jahresendprämie als einmalige zusätzliche Stimulanz differenziert nach subjektiver Einschätzung für alle Kollegen. »Ich kenne zwei Hebel, mit denen die Menschen beherrscht werden können: Furcht und persönliches Interesse.« »Napoleon«, Eugene Tarlé. Zwei Peitschen, die Dr. Kantik gnadenlos zum Vorteil der sozialistischen Gesellschaft, der vor allem der seine ist, schwingt. Ja, er geht in seiner Forderung nach Übereinstimmung von persönlichen und gesellschaftlichen Interessen so weit, daß die Persönlichkeit als Persönlichkeit letztlich nicht mehr zu existieren hat, es sei denn als widerspruchsloses, wie geölt funktionierendes Etwas im Sinne des übergeordneten Ganzen, der Interessen der sozialistischen Gesellschaft und der sich maximal damit in Einklang befindlichen Interessen des Chefs. Humanismus? Das alles im Namen der Menschlichkeit, des Humanismus? Steffen verwirrt das: wer hat denn nun recht mit seinem Humanismusverhalten: seine Mutter, die Lehrer der Oberschule, Lessing, Schiller, die Uni, Trainer Basel und all die anderen – oder Doktor Kantik? Statt Liebe und Helfenwollen, dem anderen, sich gegenseitig, gebe es noch eine andere, Leistung erzwingende, die Arbeit und die Beziehung der Menschen regelnde Kraft? Ist man ein Leben lang, die ganze Jugend über falsch erzogen worden? Und erst jetzt, unter Kantik mit seinen nach außen hin über das Maß vorbildlich befolgten staatlichen Richtlinien, wohlgemerkt nicht zuletzt zum eigenen Vorteil und Ruhm, beginnt die wahre Erkenntnis, die wahre Schule des Lebens? Abrechnung mit bis zu neunzig Wochenstunden der Kollegen für die Abteilung Studentensport des Doktor Kantik! Da gibt es Gehaltsabzüge, wenn du eine schwerkranke Mutter zu Hause pflegen mußt, wie Wolli. Da verdonnern sie dich zu Arbeitsplatzbindung, wenn sie erfahren, daß du in deiner Freizeit ein Haus baust wie Ahner. Da wird dir die »rote Laterne« angehängt als abschreckendes Beispiel, wem nützt das und wem schadet das, für alle weithin sichtbar. »Das ist bei uns so«, sagt Heisig, »wer einmal unten ist, den machen sie fertig.« Nein, das ist nicht die Uni, wie ich sie von früher her kenne. Wie ich sie als Student geliebt habe. Gutwilligkeit als Voraussetzung des Lehrens und Lernens. Verständnis, gegenseitige Hilfe, Toleranz. Statt dessen Machtkämpfe, Angst, Unterwerfung. Wo ist die Gewerkschaft, die gegen die Neunzigstundenwoche Doktor Kantiks protestiert? Die Gewerkschaft in Person Petrolkis durch Höherstufung und Prämien korrumpiert. Stimmt den Spielregeln

nicht nur vorbehaltlos zu, sondern hat sie schon längst zu ihren eigenen gemacht. Mehrarbeit ist freiwillig. Terror und Repressalien, wer sein Regime unterläuft. Das zeichnet Kantik als hervorragenden Stimulator und Leiter aus: daß das Leben vorbeirennt an den Kollegen im Interesse der Karrieresucht des Chefs, dem hervorragenden Vertreter der sozialistischen Gesellschaft, ihrer Ideale und borniertem Grenzen, deren eine ihrer aberwitzigen Überlegenheitsstrategien Sport, Sport und nochmals Sport heißt, der sich am liebsten als Professor neben den Rektor setzen würde mit seiner Forderung nach gleichen Rechten, ja der – einmal soweit – nicht zurückschrecken würde, als reich dekorierter Diener der Staatsmacht zu fordern, aus allen Universitäten und Hochschulen sozialistische Sportuniversitäten und Sporthochschulen mit Unterfächern wie Maschinenbau, Architektur, Medizin zu machen, um sie, nach den erklärten Zielen der Partei auf die Weltherrschaft des Sozialismus vorzubereiten, so wie er bereits die Kollegen zu einer Art roter Sportautomaten mit ein paar löblichen Leerlaufbeschäftigungen, wie Briefmarken sammeln, mit elektrischen Eisenbahnen spielen oder Gartenzwerge hüten, umfunktioniert hat.
Hierbleiben, in diesem »Kollegium«, hierbleiben und kämpfen? Und sei es nur darum zu beweisen, daß man dieses lieblose Kantiksche Klima mit seinen depressiven Auswirkungen über Jahre hin erträgt? Nicht Anrennen gegen Kantik, die Ideologie des Sozialismus, die Staatsmacht, was sinnlos wär', nicht Aufwiegelung, sondern einfach nur passiver Widerstand?
Telefonkabel von der Zentrale zu allen Räumen der Universität. Von dort zurück zur Zentrale. Netz aus Drähten. Das verbunden ist mit den erklärten Zielen der sozialistischen Gesellschaft, die auf humanistischen Idealen und Spielregeln, der Mensch des Menschen Freund, juristisch nicht anfechtbar, beruht. Das dich trägt, wenn du deine Arbeit machst. Mit all deinen Fehlern. Du brauchst keine Angst zu haben! Du hältst einen vorzüglichen Unterricht! Jeden Tag, ohne Versäumnisse. Du wirst anfragen beim Rektor wegen nicht gewährter Höherstufung und zu niedrig bemessener Prämie. Als schwarzes Schaf, als Einzelgänger das »Kollektiv« ertragen. Sich wappnen. Promovieren. Aber da stößt du

wieder auf den Leiter. Genehmigung Dr. Kantik. Gibt es denn je mit einem solchen Menschen, dem Fanatischen, dem alles andere sich Untertan machen wollenden Extremen, ein Näherkommen? Oder gibt es einen anderen Weg? Welchen? Weggehen? In den Westen?

In einer der nach Zigarettenmief stinkenden Telefonzellen ruft Steffen zum wiederholten Mal die Klinik an. Diesmal antwortet die unsichtbare Schwester am anderen Ende der Leitung:
»Ja, ich gratuliere Ihnen, Sie haben einen Sohn!«
»Einen Pullermann«, würgt Steffen; das Wort bleibt ihm vor Freude im Mund stecken.

Anmerkungen

S. 7	TU: Abkürzung für Technische Universität
S. 7	ND: Abkürzung für »Neues Deutschland. Zentralorgan der SED« (Parteizeitung)
S. 11	»Der geteilte Himmel«, Roman von Christa Wolf
S. 24	»Das Chagrinleder«, Roman von Honoré de Balzac
S. 28	BSG: Abkürzung für Betriebssportgemeinschaft (kleiner Amateursportverein)
S. 30	Praktica: Fotoapparat
S. 30	ABF: Abkürzung für Arbeiter- und Bauernfakultät
S. 34	Adler: ältere deutsche Automarke (Adler-Werke)
S. 37	HO: Abkürzung für Handelsorganisation (staatliche Geschäfte)
S. 42	»Madame Bovary«, Roman von Gustave Flaubert
S. 42	»Lieben Sie Brahms?«, Roman von Françoise Sagan
S. 58	»Nebelherz hab' ich gegessen«, Zitat aus dem Gedicht »Nebelland« von Ingeborg Bachmann
S. 62	Das Mädchen Rosemarie: Hauptfigur in dem gleichnamigen Film von Rolf Thiele (BRD 1958)
S. 64	Paluccahose: nach der Dresdener Tänzerin Gret Palucca
S. 75	Charlotte Meentzen: Private Kosmetikschule in Dresden
S. 77	DSF: Abkürzung für Gesellschaft für Deutsch-Sowjetische Freundschaft
S. 78	Ralf Winkler: später A. R. Penk
S. 82	HJ: Abkürzung für Hitlerjugend
S. 89	Leopillen: ein Abführmittel
S. 92	DHfK: Abkürzung für Deutsche Hochschule für Körperkultur (Leipzig)
S. 97	ASK: Abkürzung für Armeesportklub
S. 103	»Pierre und Luce«, Erzählung von Romain Rolland
S. 105	VEB: Abkürzung für volkseigener Betrieb
S. 105	Polytechnische Oberschule (POS): für alle Jugendlichen verbindliche Zehnklassenschule in der DDR

S. 126	»Undine geht«, Kurzgeschichte von Ingeborg Bachmann
S. 155	Hanomag: Abkürzung für Hannoversche Maschinenbau-A.-G.
S. 156	Lloyd: Kleinwagen von Borgward
S. 156	HSG: Abkürzung für Hochschulsportgemeinschaft
S. 174	»Eulenspiegel«, satirische Zeitschrift in der DDR
S. 174	Wartburg: DDR-Automarke
S. 174	Moskwitsch: sowjetische Automarke
S. 174	Skoda: tschechoslowakische Automarke
S. 179	»Sportecho«, DDR-Tageszeitung für Sport
S. 184	Gewi: Abkürzung für Gesellschaftswissenschaften
S. 193	TH: Abkürzung für Technische Hochschule
S. 208	ABV: Abkürzung für Abschnittsbevollmächtigter
S. 209	Amiga: Schallplattenfirma in der DDR

Bibliographische Informationen der Deutschen Bibliothek

Die Deutsche Bibliothek registriert diese Publikation in der Deutschen Nationalbibliographie; detaillierte bibliographische Daten im Internet unter: http://dnb.ddb.de.

ISBN 3-89812-223-9

2004
© mdv Mitteldeutscher Verlag, Halle (Saale)
Umschlaggestaltung: Peter Hartmann, Leipzig
Printed in Germany
Nachdruck, auch auszugsweise, verboten. – Alle Rechte vorbehalten. Recht zur fotomechanischen und digitalen Wiedergabe nur mit Genehmigung des Verlages.